CONSTELADO

千里远景，如在尺寸之间。

U0866199

W

我 们 捡 些 木 头 ， 我 们 去 山 上 生 火 。

老士兵日记

1916-1919

[新西兰]伊恩·特拉福德/编

Into the Unknown

The secret WWI diary of Kiwi Alick Trafford No.25/469

Ian Trafford

姜鸿玉/译

中国工人出版社

本书献给亚历克·特拉福德的孩子们，

特别敬献给我的父亲哈维，

他于 1998 年冬末结束了自己的生命……

也献给亚历克的子子孙孙。

“做个苟且的懦夫，
还是舍生取义的英雄？”
“还是睡觉吧，孩子。”
掌旗的军士如是说。
——帕特里克·麦克吉尔《战壕悲歌》

序

亚历克·特拉福德是个生性敏感的人。他生逢乱世，命运多舛，总是思虑重重，这种状态一直保持到退休。一天，他吩咐儿子哈维到天花板上面找到一个神秘的包裹，把它烧掉。在那里，用破旧军用防水布包裹着的是他参加第一次世界大战时的日记。他只说了一句："那是定时炸弹。"

没有哪个儿子不想窥探父亲隐秘的过去。亚历克深藏不露的谜团被编织成一个动人的故事。这个故事是他亲历的一切，别人无法涉足其中，却又那么美好，不应被毁掉。

作为哈维的儿子，我能够感受到那本日记的神圣性。甚至在长大成人、离开家之前，我就知道有朝一日我会撰写这本书，以记录那场并不伟大的战争中的真实生活。

亚历克识文断字，还是个文学爱好者。尽管在战争中明令禁止写日记，但他还是随身带着日记本，甚至在前线的战壕中或防空洞里仍坚持写作。他的故事质朴而感人，不适宜怯懦的人或一心追求荣耀的人阅读。其中没有任何主题是神圣的：死亡不神圣，灾难、异说、恋情或士兵的疾病都不神圣。

实际上，他（常常离经叛道地）在日记中提及战壕和战斗，诉说着在埃及、法国、比利时和英国的军务倥偬，以及占领德国的情况。他详细介绍着朋友们的名字、他们如何死去，以及他或者其他人将他们葬于何处。他能够感受到每个人的痛苦。他也同样诚实地记录怎样融入外国百姓的生活中，还坦陈自己罹患抑郁症，还有那些偷走了他的心的女人。

这本日记反映了那段峥嵘岁月，其中的文字时而以意识流的形式出现，混作一团，时而由于他忆起某些重要时刻而在时间上出现跳跃。我润色了亚历克的文字，使其更加流畅生动。我没有更改涉及的人名、地名。跟他一样，我也畅所欲言。这不是一个为战争歌功颂德的故事。

在阅读这本书时，我们闯入一个人的不同寻常的故事，一个真实的故事，与裹挟进那个时代的7000万人的在世亲人产生共鸣。

亚历克是我的祖父，他很少和我说话。对我来说，他始终像个未解之谜。但现在我用他的口吻讲述，仿佛是我自己说的一样。我能切身感受到他的每一处细微变化，因为我拥有他的血脉。

此刻这本书一定握在您的手中，我感谢您。

——伊恩·特拉福德

目录

1914 年 9 月 5 日

第一次马恩河战役爆发，又被称为『马恩河奇迹』。德军距离巴黎本仅有 24 公里，却因侧翼暴露，遇到英法联军的惨痛打击。德军试图迅速击败法国的施里芬计划失败。

1915 年 4 月 25 日

英法联军试图夺取达达尼尔海峡，登陆加里波利半岛，再直取奥斯曼首都伊斯坦布尔。澳新军团在加里波利登陆，在经历八个月的僵持后最终撤退，3.5 万人伤亡。这场一战中最大规模的登陆作战最终失败，英国海军大臣丘吉尔引咎辞职。

1914年6月28日

奥匈帝国皇储斐迪南大公在萨拉热窝遇刺，凶手为塞尔维亚人。萨拉热窝事件被视为第一次世界大战的导火索。

1914年7月28日

奥匈帝国向塞尔维亚宣战，并炮击塞尔维亚首都，第一次世界大战正式爆发。

1914年8月1日

德国以俄国进行战争总动员为由，对俄宣战，随后又对宿敌法国宣战。

1914年8月4日

在德国入侵比利时后，英国进入战争总动员，并向德国宣战。作为英国的自治领，新西兰成立远征军。随后，新西兰与澳大利亚军队组成澳新军团，在埃及进行训练。

第一部

远征

海外传来恳求之声，
『国陷危难，水深火热』，
翩翩少年奔赴战场，
全力以赴只为荣光。

——莉娜·吉尔伯特·福特《家园之火永不熄》

Part one

①

离别

1916年1月1日

今天，我心里有些惴惴不安，因为明天我就要离开山谷，和弟弟一样参战了。父亲交代给我的一些农活儿我已基本干完。他已离开一周，去了平原，早就该回来了。我猜他一定因风湿性心脏病而卧床不起。妈妈去找他了。

清晨，我在拉弗伯恩山的山坡上播撒草种，连续干了几个小时的活儿，直至我听到一声枪响。这是我和姐姐伊娃预先约好的信号，如果她需要我的话就放一枪。我急忙赶回家，却失望地发现自己多此一举。这是一次爆破的回响，一些养马人正在岩石嶙峋的骑行小路上清理一个小坡。

下午，我把3匹马各载上100磅的物资，然后出发去深山里，父亲会带回来一些帮工，在那里继续砍伐树木和劈木桩。

多么美好的时光。

丛林小径逶迤而上，陡峭险峻，道路由于树根丛生而坎坷不平。持续不断的阵雨或暴雨冲刷着峡谷，使小径变得泥泞不堪。

在山上制高点，栗色马想原路返回，惊慌中陷入沼泽地，泥水没过了马腹。我骂骂咧咧地在泥水中挣扎着卸下它背上的货物。这可怜的牲畜喘着粗气，从泥淖中一挣脱出来就立即飞奔回家。我赶着另外两匹马继续前进。距离山顶营地大约 200 米的时候，小径太过崎岖，马鞍防滑带与灰白色的树丛无可救药地纠缠在一起。天色渐暗，我卸下它们背上的重负，然后下山回家。

山下，在小溪旁的平地上，唯一的生命迹象是小屋窗边的煤油灯散发出欢快的光芒，还有从烟囱中冉冉升起的手指般粗细的炊烟，在一排新生的白杨树上方层层叠叠，一缕缕轻柔地飘散。

我望着眼前粗犷的丛林景象，望着劳库玛拉山脉的山脊逐渐隐没，无法想象在远方等待我的会是什么。

我穿过烧焦的树桩，将两只待宰的羊儿关进剪毛棚，解开靴子，然后进去看看伊娃在做什么饭。

整夜时梦时醒。一早醒来，在晨雾中，我坐在台阶上，朝刀刃吐口唾沫，然后用手试试刀锋，割开待宰羔羊的喉咙，剥下羊皮，掏出内脏，挂在粗糙的椽子上后，等待家人回来。

太阳刺破了鱼肚白，我跨上马鞍，骑马离开了怀欧艾卡。这一别，或许便是永远。

妈妈和弟弟汤姆在马塔怀，父亲还没有回来。在我登上火车之前，有许多人来参加马塔怀运动会，因而纷纷与我告别。每个人都和我握手，拍拍我的背，祝愿我一路顺风，平安归来。“再见妈妈”却成了最难说出口的几个字。

晚上，我的丛林人朋友比利·康登拖着我去奥蒙德大厅跳舞。在那里，我终于见到了他所有的女朋友。

在河津农场肥沃的土地上逍遥了一段时间，我感觉自己精神饱满，充满活力。在悠然的假期结束后，亲爱的姑娘艾薇·纽曼驱车把我送到吉斯伯恩车站。在那里，我登上了开往上赫特的火车，去特伦特姆军营报到。

1916年2月5日

早上五点起床后，我们去照看700匹军马，都是些骏马。和我们一起干活儿的还有60多个老百姓，看起来乱糟糟的。比尔·梅西的赛马场就是个笑话，员工都受雇于首相大人。我们在每匹马的蹄子上涂上一个数字，给它们服用硝石，解决小便问题。人们大呼小叫、指手画脚，直到一位自以为是的“专家”被马精准地踢了一蹄子才得到教训，消停下来。

我级别最低，是新西兰步枪旅的步枪手，他们喜欢称为“利物浦伯爵旅”[1]。军事训练和风餐露宿对我来说都不算什么，多年的丛林生活早已把我锻炼得皮糙肉厚。

1916年2月10日

两天后我们将启航，小伙子们都被准假外出。我们从当地酒馆买了一大桶啤酒，然后推着“借来的”独轮车去赫特河牧场。置身于一群热热闹闹的年轻人

---

1 “the Earl of Liverpool’s Own”，指新西兰步兵旅。第二代利物浦伯爵亚瑟·威廉·德·布里托·萨维尔·福尔贾姆（Arthur William de Brito Savile Foljambe，2nd Earl of Liverpool）于1907年在新西兰步兵旅服役时继承他父亲的伯爵头衔，因此新西兰步兵旅也被称为“利物浦伯爵旅”。福尔贾姆也曾担任过新西兰总督（1912—1920）。

中，我很快开心起来。每个人都在期待这次远航。我心情愉快，搭乘火车去惠灵顿，结识了一些吉斯伯恩女孩，在城里度过了一段惬意的时光。

1916年2月12日

起床号在凌晨一点吹响。我们先用火车运送300匹军马，到早上六点三十分又牵着它们登上“怀特玛塔”号轮船。

猛烈的南风带来滂沱大雨。在我见过的最猛烈的暴雨中，我们的船离开了惠灵顿。大多数马匹在一开始状态不错，但男人们则不然。几乎所有人都晕了船，脸色发青，横七竖八地瘫倒在甲板上。剩下极少数健康的人被派去照料马匹。他们发现一个偷渡者，于是打发他去厨房干活儿。

第二天，有个人跳了海。船长掉转船头，放下一艘小船进行搜救，但没找到他。船上笼罩着一层阴霾。这是我度过的最糟糕的星期天之一。可怜的乔·摩尔啊。

第三天，有一匹马落水，又有一个人想跳海。船上张贴着从惠灵顿通过无线电发来的第一条战报。盟军方面传来好消息，有传言说战争不会持续太久。

我们需要长时间打扫卫生和照顾马匹。不但工作

1916年2月21日

德军集中了西线约二分之一的兵力，对拥有『巴黎钥匙』之称的凡尔登发起猛攻。此后，凡尔登战役陷入了漫长的僵局，双方共发射了4000多万发炮弹，超过70万人伤亡，被称为『凡尔登绞肉机』。

时间长，而且吃力不讨好，于是小伙子们召集会议，想要罢工。这是白费工夫，根本没有胜算。工作继续进行，小伙子们没有被指控为叛乱，逃过一劫。一周后，太阳犹如朦胧的火球冉冉升起，炙烤着澳大利亚的南海岸。海上波涛汹涌。一艘三桅轮船经过，它向东航行，在疾风的推动下，无须扬帆，亦可乘风破浪。

马匹和小伙子们都已习惯了海上的生活，即便现在船正在剧烈摇晃也没关系。尽管如此，仍有一匹马在澳大利亚南海岸航线上摔断了腿，被抛下船。

我们与澳大利亚“卡罗拉”号医疗船交会，编号为A63，有可能船上载满了在战争中受伤回家的军人。

日复一日。轮船像犁一样在大海中一路耕耘，天气越来越冷。马匹身上都盖了东西，小伙子们忙得不可开交，倒也都能吃饱喝足。每天会发给我们许多“惠灵顿市长基金会”赠送的苹果，真是天赐之物，我都吃不完。又一个星期天到了，但工作还是照旧。

我被派去巡视马匹，在午夜时分看到一艘蒸汽轮船经过，大概离我们有一英里远。曾有一度，3匹马发疯了。天亮前，有一匹马死掉了。不久，又有一匹马死去，被抛进海里。它是个牺牲品，我把这归咎于兽医的玩忽职守。

仿佛触手可及一般，我们能清楚地看到奥尔巴尼的海岸。一艘船停泊在旁边，一名领航员引导我们的船穿过狭窄的入口，后面簇拥着十几只鼠海豚。傍晚时分，两艘运煤船从两翼给我们的船加满煤，甲板上覆盖了一层黑灰，肮脏不堪。

早上八点，有传言说不允许上岸休假。伙计们罢了工，于是得以逆转。我们挽起袖子加油干，赢得了从中午十二点到下午三点的外出时间。这是个美丽的小镇，码头上人头攒动，粗犷的汉子分割着鲸鱼，在热油喷溅的铁锅里熬化大块的鲸脂。

除了蒂尼·沃辛顿外，所有的人都收假归队了，我们还收留了 3 名从早前的船上滞留这里的逃兵。我们扬帆西行，开启了穿越印度洋的远航。

越过卢因角后驶入公海，一场暴风骤雨即将袭来。我们用条板封好所有的舱口，严阵以待。我们的轮船已经向左舷倾斜，并且在剧烈地颠簸。入夜，狂风呼啸而至。我们努力扒在铺位上不让自己摔下来。在每一次可怕的颠簸中，我们都怀疑这艘船是否还能摆正过来。情况极其糟糕，我们自顾不暇，根本无人照料马匹。

在热带地区，我们转向正西方，驶向非洲海岸。

我们尽量在南线航行，避开最严酷的高温，以免对马匹造成伤害。它们的处境很可怕，环境十分肮脏。在逼仄的船舱里，我们给它们喂食腌制的干草、刷马衣、按摩肿胀的马腿。如果它们倒下了，我们就把它们拽起来。今天又有一匹分配给我和亚历克斯·米尔恩照料的军马死了。我们发现了一批变质的干草，显然，这是某个农场在青草还潮湿的时候就交货了。

尼科尔森船长每天早上十一点视察全船，被“鱼头们”，就是少校、副官、值班军官和中士们簇拥着。这是我们最不喜欢的时间段。

尽管如此，人们总体来说还是很开心的。这艘船简直就是苏格兰人的天下，从船长到水手全部都是苏格兰人。所有的军官都穿着白色粗斜纹布军装，看起来神采奕奕。风笛经常在船尾响起，他们是个幸福的大家庭，认为自己就是最棒的。老水手吉米会给我们讲述引人入胜的故事。“利物浦伯爵夫人基金会”赠送的留声机在晚上大受欢迎。从厚厚的一摞最新的爱迪生·贝尔的唱片中，我们会挑出最喜欢的来播放。

1916年2月29日

往日的生活似乎已经远去，但我们从闰年[1]聊到了家乡的女孩。此刻我们多么希望能在那里赢得她们的芳心啊。

当穿越南回归线时，迎接我们的是热带风暴和大群的飞鱼，其中有一条从舷窗直接跃入船上的猫爪中。我们吃了一顿像样的咸肉派、西米和无花果，安安静静地庆祝了一下。到现在，市长赠送的苹果已经变质了。一个家伙朝我扔了颗烂苹果，打中了我的眼睛。

海面变得死一般平静，黏稠的热气在空气中浓浓地飘荡。每日的起床时间为凌晨四点四十五分，我们得在酷热到来之前完成最艰苦的工作。船的前后都竖起了遮阳篷，我每天用海水冲凉3次。每个人都抱怨着被晒伤了，夜不成寐。我有点中暑，整夜辗转反侧。伙计们说我在船舱里梦游，会撞到东西。即使在我醒着的时候，在8英尺乘20英尺的房间里，在20张铺位间挤来挤去也很困难。

---

1 闰年（Leap Year）：该篇日记写于2月29日，这一天被称为闰年的Leap Day。爱尔兰有一个古老的习俗，每个闰年的2月29日，女子可以向心仪的男子求婚。如果这个男子拒绝求婚，也会有一个代价。据说这一天的求婚成功率非常高。

每天都有战马死于炎热，鲨鱼意识到在这里可以大快朵颐，于是总有成群的鲨鱼出没，一些品种优良的鲨鱼群尾随着我们的轮船。有个下士傻了，医生照顾他不到一个小时。军队体制真是烂到根上了。我们的军医可以在八分半钟内给一群人匆匆看完病，为此他每周可以赚 32 先令 6 便士，还配有一名海员为他洗衣服，吃着船上最好的伙食。

从一个军官的菜单上，我发现他吃得像国王一样，而我们吃的肉却大多是腐烂的。作为普通士兵，我们的伙食品种单一，即便如此，我们还得争抢才能吃上。麦片供应充足，每晚都会发大麦汤。炊事员们在吸我们的血，私底下一瓶英式啤酒卖 2 先令，香烟每包 1 先令 6 便士。

号手杰克·米尔斯今晚与白色雄猫进行了一场恶斗，所有人都为之欢呼，后来被卢克斯福德下士制止。这只猫早就欠收拾了。

小伙子们开始感到无聊、躁动不安，大多数人都渴望登陆。在食堂打打闹闹时，我朝比尔·法夸尔泼了咖啡，因此受到惩戒，被押送到老船长面前，被他大声叱责了几句。此时赌博盛行，促使偷窃行为经常发生。赌博是恶行，还导致人们经常打架，互相指责。谢天谢地，我对此毫无兴趣。

我们用朗姆酒和饼干庆祝穿越了赤道，还举办了一场不错的餐厅音乐会。定期的朗姆酒配给是最令人愉快的，大家总是小聚一下。

在热带潮湿的环境中，人们长了痱子和疖子，并且很快传染开来。酸橙汁、水果干和玉米粉被分发下来，希望能对缓解病情有所帮助。

晚餐时分，我们看到了非洲的陆地，大概在瓜达富伊角附近。当我们驶入亚丁湾时，到处可以看到货轮。

在夜间执行纠察任务时，我看到海面泛起美丽的磷光，从船头和尾流散发出幽灵般的蓝色光芒。亚丁湾附近出现了两座灯塔，一艘巡逻船将探照灯的灯光打在我们身上。

一艘运兵船缓缓经过，两艘形状怪异的阿拉伯独桅帆船出现在不到100码远的地方。狂打一阵信号后，一艘编号为C21的船以极快的速度拖着一艘驳船从我们身边驶过。这是一艘巡逻的布雷舰，拖着潜水设备。

早餐时，又有一艘布雷舰经过，编号为K17，在大约四分之一英里后拖着一艘驳船，载满海军的炸药。有传言称海军正在北海交战。

奇异的云彩从红海地区升起，阿拉伯贫瘠、多岩石、条件恶劣的土地映入我们的眼帘——首先是西奈山，然后是一座山谷，据说是摩西曾经走过的。在埃及和苏丹一侧，景象更糟，这里寸草不生，简直是兔子不拉屎的地方。尽管如此，早在《圣经》出现之前，就已有人类在这里繁衍生息，我们很快也要生活于此了。

②

澳新军团在埃及

1916年3月17日

在众人的期待中，我们从苏伊士的陶菲克港驶入埃及。单桅帆船随处可见，海港中停泊着十几艘较大的船只，其中的几艘船，包括S46号扫雷舰、“莫科亚”号轮船和“阿萨耶”号医疗船，都在船尾装备有大炮。荷兰的“赫尔墨斯”号老油轮也徐徐驶入港口，烟囱一路冒着黑烟。

停泊了两晚，我们在港口官员和卫生部门审核完文件后上了岸，把马匹从船员在船侧割开的洞口卸下来。港口到处堆着沙袋，显然气氛十分凝重。卫戍任务由北汉普郡团的人员负责，他们是蒙斯战役和达达尼尔海峡战役的幸存者。

当地港口工人不停地呼喊着劳动号子，这些可怜人简直像奴隶一样。他们个个食不果腹、衣不蔽体，戴着无边毡帽，有什么穿什么，有穿军装的，还有穿女人衣服的。一些可怜兮兮的驴子被拴在附近，身体两侧各驮着一个柳条筐。

火车于下午五点三十分驶离车站，我们所有人都挤在臭烘烘的三等车厢里。这片浪漫的大地沐浴在橙色的夕阳中，点缀着成群的骆驼和帐篷。田地里一排排整齐的棉花、烟草和稻谷从火车旁掠过。到处都是成群结队的当地人。一艘军舰在运河上游弋，远处有一支幽灵般的军队在沙漠中行军。

从伊斯梅利亚出发，我们乘坐火车 30 分钟后到达莫斯卡营地，然后在黑暗中四处游荡，走在齐膝深的沙子里寻找我们的行军帐篷。闹哄哄的埃及当地人已经起床了，他们四处走动，在营地里忙碌着，仿佛此时正值中午一样。

早上，我们对埃及的初步印象被狂风和飞沙所破坏。我得说这里的情况不容乐观。

工作极其辛苦。成群的苍蝇黏糊糊地不断袭扰着我们和可怜的马匹。我们的早餐是咸牛肉罐头和饼干，晚餐是饼干和咸牛肉罐头。在沙漠的炎炎烈日下，我们铲除马粪和驴粪，为继续搭建一排排白色军用帐篷做好准备。

晚上，队医给我们做了一个关于性病的讲座，他说这是英国军队中最严重的疾病，因此我们不由得紧张起来。有传言说，去年澳新军团在酒后发生了骚乱，因开罗的瓦扎区物价飞涨而袭击了那里。他们士气消沉，饮酒盛行，还被当地妓女传染了性病。军警被召来了，有人开枪，有人被击中，整个乱成一团。

安顿下来后，我们的伙食有所改善。早餐有培根，还混合了鸡蛋和西红柿，相当不错。这些东西都是从那些大喊大叫的当地小贩手中购得的。午餐有面包、黄油、果酱和奶酪，配上一大杯茶，一扫而光。黄油变质了，但切掉发霉部分的奶酪还不错。晚餐是咖喱饭，还有拉格啤酒，真是让人心情大好。

每个人都会得到两盎司的烟草、12 打大麦棒棒糖和 3 包黄色三堡牌香烟。我们可以从泵站打来水，用于洗漱。到处都沾着沙子，因此刮胡子是件痛苦的事情。

闹哄哄的炮兵们发射着演习炮弹，飞行员驾着飞机在头顶上来来往往，传来地狱般的轰鸣声。几天前，他们突袭了西奈山下某处土耳其军营。

我的老朋友弗雷德·济慈跟第 1 营和第 2 营一起从轮渡岗哨撤下来了。他面色苍白，身形消瘦。他参加了加里波利战役，就此给我的建议值得铭记，在那里，许许多多的人历尽磨难。

我们肯定要去法国，这样的传言甚嚣尘上。我被分到新西兰步兵第3旅第4连，亚历克斯·米尔恩被分到了一连。和伙伴们分开令人难过。

军队把我们从普通百姓训练成士兵。我们在凌晨四点三十分起床，在天气还算凉爽的时候开始训练。在机械地进行队列和敬礼训练时，我们有时候能乖乖执行命令，有时候则不听话，违抗命令。在此期间我们还进行射击训练，负重60磅在阳光下跋涉，穿越一英里又一英里的沙海。我们练习战斗编队，将刺刀插入假想敌的胸膛。有时也会和另一支澳大利亚军队或新西兰军队进行战斗演习。

一天，在正午的阳光下，我看到沙漠里出现了一幅生机勃勃的景象——有军人和乐队在风景宜人的湖畔游玩。这一美好的景象后来被证实是闪闪发光的海市蜃楼。

一天的辛苦训练结束后，我们都期盼能在甜水运河里游泳，那会令人神清气爽。有时，整个旅的人都会出动，小伙子们用滑稽的动作在水中嬉戏，然后在宁静的岸边打闹、放松。

澳大利亚步兵第5师第14旅在经历了一次可怕的沙漠行军后，从泰勒凯比尔赶来。有9人死亡，更多人崩溃了。消息迅速传播开来，我们脱离了队伍，带着水冲了出去，帮助那些失魂落魄的澳大利亚散兵游勇。

我们收到了从家乡寄来的第一封信。军营中有很多吉斯伯恩的小伙子，我们可以谈天说地。毛利人分遣队找到了一只宠物兔作为吉祥物，很受欢迎。奥塔哥第 14 步兵团用一只白兔与他们分庭抗礼。公山羊四处游荡，人人喜爱，而毛驴随处可见，总是在辛辛苦苦地干活儿。

我终于找到了与奥塔哥人在一起的弟弟雷。他看起来状态不错，但对我应征入伍不太高兴。他说早知如此，为了家人，他会对当兵这件事三思而后行。他很少谈及加里波利战役和保卫苏伊士运河的经历。我们准备去拍照，寄给妈妈。

我四处打听老同学莱斯·莫里斯的下落，得到消息说他的手臂和胸部在与塞努西族人[1]的战斗中受了重伤，已被送到了英国。

有 5% 的人可以请假去开罗，我错过了这次机会，但被准假去伊斯梅利亚玩玩。这是我第一次体验东方城市。我不知道自己为什么要多此一举。这里没

1　塞努西族人（the Senussi）：北非穆斯林的一个战斗性同道会（的会员）。

有埃及广受赞誉的浪漫。当地人聚居区通风不良、臭气熏天，鸟类、鸭子、火鸡和山羊随心所欲地四处游荡。

欧洲人聚居区倒是一派宜人的景象。在法国人聚居区，迎接我的是两个漂亮、彬彬有礼的女孩子，她们正在运河两岸美丽的花园里为一个军人的葬礼采摘红花。我四处寻找明信片，想通过军队邮政系统寄给妈妈和伊娃。

官方通知下来了，我们两天后启程去法国。

我们经历了一次有辱人格的“裸体阅兵”，排着队接种了除“防弹疫苗”之外的所有疫苗。最痛的一针是打在右胸上的伤寒疫苗，我们都感到极不舒服。

我们的最后一次大阅兵是有史以来最大规模的新西兰人集结——两万多人接受阿奇博尔德·默里将军阁下的严格检阅。场面十分热闹，军乐队在演奏，枪炮得以展示，景象极为壮观。威尔士亲王出席了阅兵式，看起来像个害羞的小青年，但赢得了小伙子们雷鸣般的欢呼。

我们扔掉衣物和其他东西，将基本装备减至每人110磅。每人都领到了弹药。雷来到我的帐篷，告诉我他今晚乘“弗兰肯”号轮船离开。我会在法国再次赶上他。

早上收拾行装时一阵忙乱。帐篷被拆下来，垃圾和剩余的装备被扔到火上烧掉，如衣物、金属桶等。我们保持着新西兰之师的优良传统，撤离时营地干干净净。

下午，数百只秃鹰在营地周围盘旋，然后俯冲下来。这些可怕的家伙使我很是惊慌，它们秃头秃脑，瞪着眼睛监视着我们的一举一动。对我们来说，它们是“炊事班的杂役”，来帮忙“打扫战场”了。

1916 年 4 月 7 日

我们的火车悄悄地出发了，沿着运河行驶，经过一片片绿意盎然的菜地，大批的农人在地里辛勤地耕耘。这是我经历过的最有趣的旅程。我们经过扎加齐格（这里曾经是一个古老的奴隶贸易中心），然后驶往亚历山大，穿越尼罗河三角洲，经过墓地，绵延的驼队一眼望不到边。

4 艘医疗船停泊在港口。“梅诺米尼”号轮船或 E106 号运兵船，应该是我们装备优良的一流英国马匹运输船。我不喜欢它的样子，因为船尾装备有一门口径为 18 磅的野战炮，让人看了就紧张。

我们把马匹塞得真是满满当当。船上到处磕磕绊绊，过道处两个人得挤在一起才能通过。船上共有近

500 匹马、1000 人。

我想找个睡觉的地方，但找了一段时间无果，最后只好在为病马准备的空马厩里的一堆马毯上躺下来。我咳嗽得很厉害，已经有一段时间晚上睡不好觉了。更糟糕的是，我身上长满了虱子，奇痒难耐。

我们的船犹如游弋的鳗鱼，在清晨六点悄悄离开港口，海面光滑如镜。

我们得到命令，要求每一个人都必须日夜佩戴救生带。若是有人不戴，被抓住可就惨了。我们摸黑前进，所有舷窗都被遮盖住，在一条曲折的航线上行驶，一艘巡逻船负责在前方带路，寻找敌人。船上有两名海军人员操控大炮。我属于第 14 号救生艇。如果船被鱼雷击中，将会造成惨重的伤亡——就跟捕鼠器里的老鼠一样。4 声哨声警报一再响起，吓得我们立刻行动，每个人都冲向自己的岗位，结果每次都是演习或虚惊一场。德国潜艇在这片水域出没，有小道消息称在我们这条航线上，最近有船只被击沉。

离开埃及之后，天气变得十分寒冷。我们生活在腐烂稻草发出的猪圈臭味中，没有人晕船，这简直就是奇迹。我终于得到一个吊床，是总工程师给我的。有些家伙喜欢吊床，但我对这东西没感觉。我在马厩里睡得更踏实。

由于在本该值班照顾马匹时去吃晚饭，我被狠狠地训了一顿。但这天我赢了，因为那个打我小报告的下士被剥夺了军衔。

在马耳他，我们与一艘澳大利亚运输船互致问候，还往船上装运牛肉。在装货时，四分之一的牛肉落入海中，沉没了。有个旗语信号要求我们留意许多载着奥地利逃跑战俘的小船，但我们什么都没看到。

令人惊奇的是，这艘旧船竟然行驶得十分平稳。在这艘跑风漏气的破船里，我们感到天气冷得吓人，几乎每个人都被冻感冒了。

马匹的情况也不容乐观。一名兽医队长下令将第4营营区的一匹病马抛到船外。我们拒绝执行命令，让他自己去干这肮脏的勾当。这匹马被牵着穿过一个活板门，兽医并没有杀了它，而是将它推入海中。在整整4分钟内，这匹活生生的马都在奋力向船游来。有一个病人也将得到几乎相同的待遇。在过去的8天里，已经有12匹马死后被抛下轮船，其中大部分死于肺炎。剩下的马匹将如何承受这场战争？

第二部

法兰西欢迎你

你说我们疯狂纵酒，
但如果你在恐惧中颤抖，
和那些把伤员带回来的少年，
一起穿越无人区的深渊，
你还为战士们吟诵什么诗篇？
你会借酒消愁来忘却所见，
忘却被撕裂的肢体和失神的双眼，
忘却那死去的战友，他在那里长眠。

——一战士兵

Part two

③

你好，法国；你好，英国大兵

1916年4月15日

我们的船在马赛锚地抛锚，周围高地上耸立着古老的灰色石头堡垒。早上六点三十分，轮船停泊在汤米夫妇建造的巨大棚屋旁，这对夫妇后来与我们没有什么交集。军事物资堆积如山，绵延数英里。此地到处都是法国士兵，留着大胡子，穿着独特的蓝色军装，十分帅气。一大群沮丧的德国战俘从我们旁边经过。看到我们的人马与日俱增，他们一定很不舒服吧。

在火车站，每个人都自顾不暇，场面十分混乱，但最后还好，我们带着足够的草料启程了。就在我们即将出发时，又有一批英国大兵下船，这些人看起来还不错。

难怪法国人热爱他们的祖国。我们的火车经过绵长的、美丽的林荫大道和整洁的白墙红瓦的农舍，每家的窗台都装点着鲜花；精耕细作、绿意盎然的田野和葡萄园，以及成千上万棵花团锦簇的果树是一道亮丽的风景线；山坡上还点缀着优雅的城堡。这一切让我觉得帮助这些人保卫他们用心打造的家园是有道理的。

毫无疑问，这是世界上最美妙的火车旅行之一。我想我们一定是在隆河河谷，这里与埃及的景象有着天壤之别。

在每个车站，法国女人和老者都微笑着迎接我们，有些人拿来加了朗姆酒的热咖啡给我们御寒。很多人穿着德国军大衣。在较大的中心城镇，眼神哀怨、身着黑裙的漂亮女孩给我们献上鲜花，向我们飞吻，并拽掉我们军服上的备用纽扣。在巴黎附近的一个小镇上，更多美丽的法国女孩和红十字会护士为我们送来热面包、美酒、苹果和巧克力。如果我们能说他们的语言就好了，所以大家都在努力学习法语。

巴黎北部的春耕正如火如荼地进行着，一匹匹骏马吃力地拖着耕犁，犁出一道道垄沟。这里的农业不如南方发达，但我们仍然可以看到一些品种优良的奶牛，还有一些白羽来航鸡在四处觅食。

每隔20米左右都有手工挖掘的排水沟，里面蓄满了水。在这么潮湿的地方战斗，前景堪忧。和几十个小伙子一样，我感冒后久久未能痊愈，胸口很痛。将我们的马匹从干燥炎热的埃及带到如此寒冷潮湿的地方是极其残忍的。它们流着鼻涕，其中两匹马已经死于肺炎。

我们路过红十字会列车、成堆的弹壳、炮车零件、英国军营和一个用绿色帆布伪装起来的巨大机场——种种迹象明确表明，我们离火线越来越近了。几个小伙子兴奋起来，笑话四起，但空气中弥漫着紧张气氛，最终大家都难过地陷入沉思。我们心里知道，在这场战争游戏中，我们每个人都是新手。

60多个小时后，我们到达了目的地：佛兰德斯广阔、低洼、潮湿的沼泽平原。英国军官在阿兹布鲁克与我们会合，带领我们穿过泥泞的道路，来到一个小村庄，那里有第3营和第4营。我们足足跋涉5英里多才到达这个小小的营地，就在一个农舍旁边的马厩里。房主是个可爱的法国女人，她的丈夫被德国人俘虏了。我们睡在阁楼的稻草上。重新和狗、家禽、猪、牛待在一起令我心情愉快。动物的浓烈气味和奇怪的厚脸皮老鼠困扰着城里的男人，但我想，在这里我会如鱼得水。

两名比利时难民尽其所能帮助夫人打理农场。一些法国年轻人正在一大片树林中锯开树木，向部队分发木柴，并把大一些的原木留下来，用于加固战壕的射击掩体。

天还没亮，一只打鸣的公鸡惊扰了年轻人的清梦，引起一阵窸窸窣窣的声音。一场电闪雷鸣正在远处某个地方酝酿。小伙子们纷纷坐起身来，因为我们很快意识到这是枪炮声。我穿着内衣慌忙跑到门口。黑暗中突然响起爆炸声，地面摇晃着。尽管爆炸发生在几百码之外，但是我们所有人都本能地蹲下来，低着头。这种情况持续了大约一个小时，但没有炮弹落在附近。看来我们真的来到前线了。

我们从吱扭作响的水井里为自己和善良的女房东打水，她很惊讶男人们会乐于为她效劳。早餐是“麦克诺基乱炖”，用我们从棚子里拿来的煤油罐热一下，安安静静地吃完。它更像是汤，也就是肉汤中加点蔬菜，里面漂着几块肥厚的肉片。

在出早操的时候，我们了解到不远处的一家弹药厂是炸弹袭击的目标。我们在塔奈，靠近蒂耶讷，位于阿兹布鲁克的南部。长官警告我们要做好随时开拔的准备。

这个地方可能潜入了间谍，我们奉命不得与任何人交谈。德国人在这里乔装打扮成法国农民。我们收到上级命令，放哨的时候，向任何拒绝停下来回答问询的人开枪。我们怀疑自己是否会冷酷地射杀另一个人，特别是镇上还有女人。我的第二批邮件到了。我们发了些好东西，有培根、牛奶、茶和白糖。可怜的比利时难民不断地缠着我们，跟我们要吃的。所有的女人都喝“卡菲”咖啡，并以每杯一分钱的价格卖给我们这种好喝的加奶热咖啡。葡萄酒、啤酒和朗姆酒是按加仑供应的。

春寒料峭，到处都是泥水，我们脚上总是湿漉漉的，而且炮声不断。人们纷纷病倒了，医院里挤满了肺炎和痢疾患者，而我们还没有上前线呢。集结的人们有的执行放哨任务、有的挤在商店或四处游走。在操练中，我们反复练习拼刺刀，好像我们能不能活下来全都靠它了一样。

1916 年 4 月 21 日

“美好星期五”[1] 并不美好。现在像例行公事一样，

---

1 “美好星期五”（Good Friday），是纪念耶稣受难的节日。《新约全书》记载，耶稣被罗马统治者钉死在耶路撒冷的十字架上。教会称这一天在犹太教安息日的前一天，规定复活节前的星期五为“受难节”。

每天凌晨就枪炮齐鸣了。我们会习惯的。在严寒中，我们无法安睡，单条毯子根本不顶用。农场里的动物在马厩里与我们仅一墙之隔，而我们的马匹则留在露天里，泥浆没到膝盖，难怪它们会纷纷倒下。

昨晚收到命令，三个澳大利亚人、一个加拿大人和两个英国军官，还有一个手榴弹兵被开除了，他们从此不再享受国王提供的任何待遇。

早上五点三十九分，枪声打破了清晨的宁静，有个人当了逃兵而被处决了。星期天，我们在临时营舍里举行庄严的教堂游行仪式，耳边不时传来大炮的轰鸣声。

当一架德国飞机冲过来扔下炸弹时，我们终于把马匹关进了马厩。今天有许多装甲车和机动车经过，里面挤满了英国大兵。

黎明时天清气朗。枪声已经平息下来，取而代之的是数十头猪被屠宰时发出的尖叫声。两队被抽调出来的马匹沿着泥泞的道路行进，拖着英军炮兵的大炮。在煎熬的等待中，我喝咖啡上了瘾。我们训练刻苦，纪律严明，时刻做好战斗准备。毫无疑问，新西兰军队严阵以待，收到命令会立即接手战壕。前线并不遥远，它就在那里。

这里的法国人非常善良。我们的好房东现在会将烤好的食物送到营舍。

我们待在这里的日子已经屈指可数了，被征召来可不是享清福的。

成千上万的军队集结在此，就像一大群绵羊围着一个巨大的围场乱转。弟弟雷一定就在附近。自从在法国登陆后，我既没有见过他，也没有听到过有关他的任何消息。

④ 战火的洗礼

1916 年 4 月 25 日

一艘飞艇在清晨悄然飞过，让我们品尝了一下炸弹的滋味，我们纷纷被炸醒。邻居的屋顶被炸飞了。

每天早晨都会唱响激烈的炮弹交响曲。每次排山倒海的声势和随之而来的剧烈颤动使我们神经紧张。我们没有被击中只是运气好而已。

自从离开家以来，我们连一分钱的军饷都没看到，而且小伙子们最不满意的是没钱买酒。法国人误以为我们都滴酒不沾，因为我们很少去酒吧喝酒。我的背包里还有一先令，暂时还能挺得住。

有人在商店发现了一条肥美多汁的火腿，于是我们制订了计划，准备暗度陈仓。就像踢足球一样，一名中卫沿着我们优秀的后防线把“球”往下传，直到后卫把它藏在大衣里，偷偷带回营地。善良的女主人立即发现了我们的战利品，急忙把它拿去为我们做饭，使得我们吃起来更加津津有味。

他们法国人似乎以吃炸土豆为生。我去取火腿时，惊讶地看到一个黄油搅拌器被连接到一个轮子上，一条狗跑着把装置转动起来。闲逛的孩子们似乎很高兴不用去上学。

由于轰炸在持续，又不知什么时候上前线，我们感到越来越紧张。晚上被准许外出了，我直奔小酒吧。小伙子们抓上现金去酒馆倒上廉价的啤酒、香槟，然后“咕咚咕咚”灌进喉咙，许多人很快就不省人事了。我们翩翩起舞，一些放荡的小妞与所有的小伙子都打情骂俏。

清晨，在警报响起的时候，酒鬼们可没法潇洒了。全员收拾好行装后，我们前往位于斯泰贝克的旅部，然后挎上步枪，严阵以待，准备上前线。除了和一些在旅部晃荡的老兵聊聊天外，也没有别的事可干。听他们说着狙击手、炸弹和被炸得粉碎的尸体，即使是我们之中最强悍的人也不禁魂飞魄散。我们似乎并不知道自己自告奋勇地来做什么。

在返回的路上，炮弹呼啸着从天而降，就落在我们附近，让人难受。我们像兔子一样匆忙窜进路边银行的避难所。路边，圣母玛利亚和我们的主耶稣的小雕像在一片喧嚣中静默着。天主教徒和刚刚皈依的人停下脚步，在所有神像前都在自己胸前画着十字。当地的法国人，大多为女性，若无其事地忙着耕种马铃薯，用扁担挑着水桶去打水。

又有来自新西兰的邮件了。我收到了伊娃的来信，还有她用崭新的相机拍的一些照片，十分激动。雷每周都会给她写信，她再把这些能通过审查的消息告诉家人。

1916年5月1日

起床号突然在凌晨三点响起。背着60磅重的背包，我们在五点时踏上了征途，急行军16英里奔赴战壕。抵达埃斯泰尔时，所幸在黑暗中没有人员伤亡。我们的迂回路线成功避开了德军的远程炮弹。双方的飞机正在上演一场激烈的空中对决，我们也紧张地等待着飞机突然爆炸的声响。

我们走得非常辛苦。我的腿脚僵硬酸胀，一旦休息，便很难再站起来。所有的乡下小伙子都恨不得拿枪去打鸭子，新西兰的猎鸭季从今天开始。

我们的营房是一家空面粉厂，门口有武装警卫站岗，以防我们开小差。英国人的庞大驳船船队在前面的运河上驶过，满载着前线需要的辎重过来，然后又载着打着绷带的伤员返航。

德国人于 1915 年曾占领该镇，迫使法国人交了一大笔赔款才没有实施破坏。一些当地人留了下来，其中包括一些亲德的人。可以肯定的是，某些法国人为了 20 法郎可以出卖一切。

这是个普通的军镇。每家二手杂货店都是热闹的小酒馆。每瓶香槟售价 3 先令 6 便士，一杯啤酒 11 先令 2 便士。那些厚颜无耻的女人知道如何使男人们纸醉金迷、乐不思蜀。漂亮的法国女孩子们已经与一些幸运的家伙如胶似漆了。我们这些来自殖民地的人已经融入了欧洲大陆的生活。

镇上驻军吸引了敌方火力，一架德国飞机带着“礼物”飞了过来。一枚炸弹摧毁了一座房屋，吓得老百姓在大街上四处逃窜。毒气也随之而来。从德军那边弥漫而来的邪恶的东西需要 20 分钟飘到这边，如果不戴防毒面具，我们是不许走动的。平民也都有英军发的防毒面具。

我暂时隶属于装卸队，搬到火车站旁的一个房间住。以前这里住的是德国人，从血迹斑斑的墙壁可以看出这个房间曾经遭遇过什么。我们开始用消毒剂清洁这个地方。

我们与毛利人同在一个营区，他们很受欢迎，但是被法语难倒了。我的吉斯本老朋友罗伊·布斯菲尔德就是他们中的一员。我们离战壕很近，关于上前线的事情大家众说纷纭，流言四起，每个人心里都惴惴不安。

最新的命令禁止任何人携带相机和日记。规定是规定，反正我会随身携带日记本。毕竟，想要把日记本藏起来，然后让去英国休假的人帮忙带走并不是一件很难的事。

整个晚上，大炮射出的炸弹把天空和大地点燃，四下里亮如白昼，然后可怕的机关枪开始突突突地响起来。军用飞艇是最可怕的。昨晚，一个澳大利亚营房的士兵们看到一艘，40人瞬间死亡。

今天是埃斯泰尔露天大集的日子。集市特别奇妙，各种商品应有尽有。小到各种花哨的小饰品，大到一头牛，人们在这里都可以买到。一个法国人赶着牛车，车里装满大块牛肉，仔细查看后发现似乎是马肉。小男孩们用狗拉着三轮车，车上装着一大堆新鲜面包，一边在人群中挤来挤去，一边咯咯地笑着。我给自己买了个面包。法国人擅长烘焙，这是我吃过的最好吃的面包。

战争的喧嚣萦绕着我们。每当抬头仰望，总能看到果敢的战斗机和炸裂的防空弹之间的鏖战。

洗澡的日子到了。我们在一个容纳62个浴盆和一排更衣室的大棚里，先来一个滚烫的来苏尔消毒浴杀死虱子，然后进入温热的矿泉浴，再进另一个，最后跳进冷水里。把脏内衣留在这里，人们可以穿上新发的干净内衣。自从参军以来，我从没感觉这么爽过。我们要感谢德国人在占领这个小镇时建造了浴室。

成千上万的英国人在这里奋战。一大群人正在修路和清理下水道。一个工程兵隧道掘进队在地下10英尺处发现一条管道，里面有通往德军的电话线——这是间谍的电缆。

毛利人和工程兵在夜间进了战壕，而我们则继续耐心等待。夜里十一点，一颗炸弹把我们吓得正惊魂未定，德军趁风向对我们不利，又施放了毒气。教堂敲响了警钟，灯光立即熄灭，我们奉命戴上防毒面具。面具能罩住整张脸，由绒布和护目镜组成，在黑暗中看起来个个如凶神恶煞一般。

一小时的毒气攻击毫无用处，没有产生伤亡。其间一个爱开玩笑的家伙喊着：停一下，给我们抽支烟的工夫。只要戴上密封严实的防毒面具，保持头脑冷静，我想人们不必害怕毒气。

在一切似乎都平静下来后，我请求去遛马。把前线抛在身后，骑着骏马驰骋在法国的美丽乡村，我忘记了战争就在左右。

今天早上，一支平民送葬队伍从我们的营房前经过——首先是两个戴着十字架的小孩，接着是一位庄重的神父在诵经祈祷，然后是另外两名神父，再是棺材，最后是一些老人领着女人们。很多法国人每天早晚都在一座可爱的石头教堂里参加弥撒。所有人都穿着一身黑色。

今天发了折刀和崭新的布罗迪钢盔，看到这些东西就让人头疼。用新刺刀进行格斗训练是今天在营地的主要任务。

1916年5月9日

我们在早上七点集合，去莫尔贝克进行步枪训练。大雨滂沱，寒冷刺骨，到处都是泥浆，在某些地方，路边的柴捆简直是天赐之物。一个可怜的小伙子因受战地惩罚而被绑在树上鞭挞，我们看了都不禁战战兢兢。

我以为自己身强力壮，但这次行军却使我筋疲力尽。我的双膝都在疼痛，全身都湿透了。大衣吸收了雨水，膨胀起来，越走越沉。最糟糕的是，我们陷入了没过靴子深的泥泞中。

大家都说奥塔哥旅之前在这里打仗，所以我刚刚错过了见到雷的机会。

今天大家都异常兴奋，军队发了 120 法郎军饷，以 4 英镑 4 先令计入我们的工资簿。两天前我花光了最后的半便士，已经身无分文了。口袋里有了钱，晚上我们请了假，去了镇上的小酒吧。我迫切需要和伙伴们快活一下。长官们放浪形骸，与法国女人的亲昵程度让我大开眼界。他们的妻子不宜知道这些。

我们终于收到通知，即将前往阿尔芒蒂耶尔。启程之前，富尔顿旅长在阅兵式上检阅了我们。酗酒已经使很多人得了酒精依赖症，他们很庆幸剩下半天放了假，可以去快活了。

大约两点钟，英国军队从战壕里撤了出来，一起大声唱歌来鼓舞士气，也让我起了一身鸡皮疙瘩。新西兰一旅已经上了前线，把他们替换了下来。

我们听了关于战壕的讲座，为将来上前线做准备。前线的战壕是弯曲的，不是笔直的，所以我们可以看到前方和两侧。战壕外面是无人区，大约两百英尺外是德国领土。前线以排为单位作战。在后面一两百码处是支援壕。作为最坚固、人员最多的战壕，这里更频繁地受到炮击。大多数战壕都通过交通壕连接起来，方便通行。再往后退 600 码是辅助防线。然后是阿尔芒蒂耶尔防线，另一条防线从阿尔芒蒂耶尔到弗勒尔拜。

我们被警告路上会十分凶险。上前线将困难重重，因为德国人会轰炸所有主要通道。

1916 年 5 月 16 日

晚上七点三十分出发，我做了最坏的打算，但黑暗将我们隐藏了起来，在午夜前安全抵达了阿尔芒蒂耶尔附近。马舍和我们的营房都不错，食物储备充足，还可以很好地避开敌人。我们在交通壕里闲逛一通，交付了运来的弹药，然后在凌晨两点上床睡觉。

天还没亮，炮火和机关枪就把我们惊醒。作为预备队，我们全副武装。前线战壕遭到了一些火力攻击，随后的毒气几乎没有造成什么影响，新防毒面具发挥了作用。一大早我就出去了，暂时安然无恙，被调回到原来的 4 连。

在回连队的路上，我绕进了奥塔哥营区。令我既高兴又惊讶的是，雷从战壕里撤回后睡着了。我猜他一睁眼肯定还以为自己在做梦。我很高兴能找到他，我亲爱的兄弟。他很快又睡着了。于是我和比尔·格兰特去餐厅吃饭，之后穿过一个可爱的公园，想象着战前人们在这里悠然自得的画面，而现在却被战争的喧嚣所取代，军马、推车、机动车来来往往。

第3营的营房在战前是个大医院。徜徉在如此美丽的建筑物中间，我不禁感到心痛。曾经的医院现在已破败不堪，曾经美丽的花园也已失去了表层土——被用来填装沙袋了。

我很高兴能看到战友们，但也可能跳进了火坑，因为我已经从安全、轻闲自在的营房退到一个醒目、暴露的地方。

阿尔芒蒂耶尔拥有迷人的、历史悠久的街道和建筑。许多平民已经撤离，但似乎仍有一大群散兵游勇和城镇官员在此逗留，还有拖着孩子的女人在街上行色匆匆。这个地方有一堆高射炮，连成一排，吸引着德国的炮弹。即使在爆炸发生数小时后，坠落的砖头瓦砾也会加剧危险。许多没被炸到的商店都已关闭，并用木板封起来；美丽的教堂被炸毁了；破损的家具和房屋的瓦砾散落一地；在被轰炸得最惨的地区，没有一块玻璃是完好无损的。

空战现在成了家常便饭。自从我们来了以后，已经有两艘飞艇被击落了。

新西兰师在北部战区的任务是保卫阿尔芒蒂耶尔，在街道上巡逻，维护战壕，在无人区巡逻，对任何移动物进行射击，对德军发动迅猛的突袭并击退他们。我们来这里是为了保持对敌军的高压态势并牵制敌军。虽然新兵不这么认为，但这一战区确实算是比较平静的了。我们新西兰人被派往这里是为了获取经验并强悍起来，为以后的战斗做准备。

又回到了13排，我忙于训练和巡逻。我在街上遇到了弗雷德·济慈，他看起来还不错。我们一起走着，遭遇到严重的炮火袭击。一颗炮弹在不到50码远的地方爆炸，一个女人和她的小女儿被抛在我们眼前的街道上。老百姓们冲过来帮忙，卫生队的担架员很快就出现了。

在宿舍里，读着刚寄来的新西兰邮件，我试图忘却听到的哭喊声。我已完全处于这场战争之中，深知更糟的还在后面。

⑤

在死亡的阴影中

白天行动会吸引敌人的炮火。像负鼠一样，我们也昼伏夜出，一群人悄悄跑到前线，运送食物、弹药和维修材料。这项任务令人胆战心惊。交通壕中的许多沙袋和胸墙都太低，我们无法藏身。一些狙击手的枪法十分精准，在暴露的地方人员移动会吸引子弹，它们如影随形。尽管如此，我们还是比那些骑马的人要安全，他们在运送物资或装货时极易把自己暴露给德国人。

灿烂的晨光照耀着静谧的树丛和可爱的花朵，颇有些不合时宜。教堂活动在巨大的老榆树的树荫下举行，然后我们和长官们谈天说地。自从上前线以来，他们变化惊人，竟然降低身段与我们这些毛头小伙子打成一片了。

雷还在营地。我们好好聊了聊，他似乎心情不错。我告诉他，我们将在近期去战壕里轮值八到九天。任何假期都被取消了，但我们并没有感觉太糟。据说，在镇上有几个人被喂了毒酒，所以上峰有令，无论如何都不准假。

1916 年 5 月 22 日

夜里，我们再次奉命冲向战壕，执行任务。满载着食物和弹药，一到那里，我们立即受到敌军机枪手的“欢迎”。我们低着头，沿着坑道狂奔，耳边砰砰作响，子弹射在护墙上，火花四溅，一路追随着我们。此时，我们不再感到负担沉重，一种强烈的兴奋感涌上心头，但也伴随着奇妙的平静。就在最惊险的时刻，恐惧完全消失了。很多家伙把这当作了刺激的娱乐。

绵延数英里的战壕像巨大的网一样相互连接。大多数情况下，战壕里有用木头和沙袋垒起来的护墙，高于地面。由于佛兰德斯的地下水位很高，战壕挖得很浅。难怪战争持续了这么久，而且还将会持续很长时间——双方都死守在战壕里，深陷泥潭。

我们设法在没有被发现的情况下顺利返回住处，但在夜幕的掩护下又被直接送到了前线。在位于比利时边境的乌普利讷，我们将值守在前线的2旅奥塔哥营替换了下来。

晨光中，无论是之前的各种传言，还是种种警告，都没有为我来到这可怕的地方做好准备。我们的战壕又深又脏又泥泞。在很多地方，许多沙袋都被炸开了，破碎的、损毁的大木头散落在战壕里和田野上。在撕裂开一包包的沙袋后，蘑菇状的弹头散落在射击台阶上。一大群苍蝇聚集在散落的血迹和粘在沙袋上的碎肉上。茅坑令人作呕，臭气熏天。

我们在泥浆中吃力地装满一袋又一袋的泥土，支撑起残破的护墙，同时要极其小心，不要把头伸到新鲜空气中，敌方的狙击手的反应是很迅速的。许多人大难不死。比如，一颗子弹恰好击中了一个人的步枪，把枪从他的手中击落，而他却毫发无伤。炮弹和高能弹嗖嗖飞过来，砰砰爆炸，近在咫尺，令人胆战心惊，在地上炸出一个又一个弹坑，给我们带来一波又一波的惊吓。

不过奇怪的是，如果能忘记战争，放眼望去，你能看见到处都是可爱的花朵和蓟草，似乎在无忧无虑地生长。

辛苦了20个小时后，我们在战壕下方分得一个地下防空洞。多亏了过去的“住户”，我们的防空洞小家里配备有从街头捡来的家具。我们在一个果园里，那里有曾经被悉心打理的葡萄树、梨树、苹果树、黑醋栗和草莓，现在却是一片荒芜，到处是罐头盒和成堆的战争垃圾。我们的新家被以前住在这里的英国大兵糟蹋得不像样，于是同胞们一大早就开始打扫和消毒所有东西。新西兰人被称为最干净的军队，而英国大兵似乎是一群得过且过、邋里邋遢的人。

熄灭了蜡烛，我们穿着靴子，全副武装，浑身脏兮兮的，抓紧时间睡了一觉。我感到很庆幸，因为新家还不错，而且神奇的是，还有几棵果树为我们提供掩护。德军距离无人区只有一箭之遥。

不知睡了多久，一场可怕、密集的火力攻击把我吵醒了。我相信我们随时都会去抢修战壕。于是在巨大的爆炸声和大地的颤动中我们装作睡着了，但炮弹直接击中了防空洞墙壁上的泥土和木头，我们只好放弃。接下来是更多的轰炸，我们只能静静地坐着。没有人提到这个洞穴很容易变成坟墓。

不知什么时候，我在黑暗中被粗暴地摇醒，有人拍着我的肩膀，让我越过护墙。我很高兴，来不及多想就离开了这个“陷阱”，加入一支由 12 个战士组成的队伍，和一个军官一起行动，溜进漆黑的、阴森森的无人区，架起带刺铁丝网。夹在两支军队之间，我们的任务惊心动魄。在平地上，在天空的映衬下，我们的剪影会显现出来，很容易被发现。我最怕照明弹，能把整个区域照得恍如白昼，亮到我们可以看到德军的防线。机关枪对我们紧追不舍，疯狂地朝我们扫射，迫使我们拼命贴住地面，每一块肌肉都因恐惧而绷紧。

随着时间的流逝，我们趴在地上浪费时间的时候越来越少。在露天地里，一个人抱着一卷铁丝网，另外两个人负责展开。然后我们竖起障碍物，同时等待下一个照明弹升起，使我们成为聚光灯下的人。

我们不时会遇到一具德军尸体，躺在黑暗中令人紧张。我小心翼翼地试图唤醒一个倒下的人，他似乎能动弹，其实尸体已经僵硬了，动的是他肚子上的老鼠。尸体对我们极有诱惑力，都想上去洗劫一空，但我们的长官坚决制止。新西兰人和澳大利亚人已经以盗抢闻名军中了。

肥硕、大胆的食尸鼠是战地王者，与我们生活在一起，啃噬任何东西，无论是活的还是死的。一只大家伙啃着我扎在刺刀尖上的奶酪。在这里，只有它们“鼠丁兴旺”，成千上万。如果我们用刺刀扎住一只，马上就会有另外几只上来把它分食掉。

第二天晚上，我和布网队一起在大暴雨中往回走。我们刚走 30 码，照明弹就爆炸了，机枪手向我们开火。我们迅速卧倒在吸满雨水的地面上，面朝下，一动不动。子弹在头顶呼啸而过，我们在寒冷和恐惧中颤抖着。枪榴弹开始发动攻击，轰鸣声震耳欲聋，我旁边的人纷纷被击中。我只是蹭出个呼吸孔，再也不敢动弹，直到一切归于平静。

和受伤的人一起回去充满艰险。在伸手不见五指的黑暗中，我们一步一滑，踉踉跄跄。与此同时，狙击手不断朝我们射击。凌晨两点，当我回到战壕时，我感觉自己已经半死不活了。我像往常一样睡着了，跟平时一样和衣而卧，而且全身湿透，裹着泥浆。

在另一天晚上，我们又去布铁丝网。大雨倾盆，在很长一段时间里我们没法干活儿，而且再次被机枪手压制，不过这次的结果稍好一些。

我们在黎明时分回来，浑身湿透了。这种经历清楚地勾勒出寒冷的、深陷泥泞中的冬季战役的画面。

睡眠总是极其短暂，因为纷飞的炮火预示着清晨的来临。我想不明白，在这样的枪林弹雨中，我们怎么没有被炸成粉末？

我们被转移到更远的防空洞，更接近德国最活跃的火线。地下的新家大约有狗窝那么大，据说可以挤下 4 个人在里面睡觉。老鼠杀红了眼，撕咬任何暴露在外的肉体，通常从我们的耳朵开始。我们穿着湿透的军装，冷得要命。如果我们以为生活不可能更糟的话，那就大错特错了。在黑暗中，我们匆忙离开防空洞，上好刺刀，把子弹顶上枪膛，等待敌人的进攻。他们开始用机关枪猛烈射击，还有一连串的迫击炮弹，直到早上九点，一切才渐趋平息。

当天，随着军事命令而来的还有一条好消息，上峰称赞我们迄今为止表现出色。

我们的生活就是睡觉、吃饭、布铁丝网，周边到处都是泥泞、枪声和炮击。有一次，大轰炸使防空洞都晃动起来，我们再次带着刺刀到了上面，半睡半醒地站了几个小时，等待战斗。结果我们什么都没做，又回到了防空洞。寒冷刺骨，让人难以入睡。真正的就寝时间已经很短了——两个小时一次，多在傍晚或清晨时分。

幸运的是，我们的防空洞避开了持续的轰炸和枪林弹雨，证明了它的价值。在地面之上，由于整天的重炮互射，战壕遭受了极大破坏。我们要出去辛苦地维修被炮击的护墙。食物、大梁、木板、水泥、水，还有一袋又一袋的泥土和砾石，这一切都是靠人力在夜间搬运来的，而且人们常常冒着枪林弹雨。

据说这是我们在战壕值守的最后一晚，我巴不得离开这里。在炮火和子弹的袭击下，我们一周的伤亡人数持续上升。双方对峙的前线只有两百英尺宽。听说我们对面是西里西亚人和德国波兰人，再往前是符腾堡人——他们经过巴尔干战争的磨炼后强悍起来，成了优秀战士。

谣言破灭了。最近，我们的一支突击队从德军手中夺取了战壕，我们被留下来清理，没有撤出。湿泥挂在铲子上，我们暴露在狙击手面前，于是把一个德国男孩的尸体举到护墙上面。他躺在那里，我们无法直视，很快尸体就会臭了。狙击手的射击呼啸而至，而他的尸体帮我们挡住了子弹。

又有传言说，我们还要在这里值守半个月。我希望这不是真的。我们剩下的这些人不一定能坚持那么久。

来自新西兰的邮件在夜间到了，一直送到前线。可爱的艾薇·纽曼给我写了一封信，还有个我素未谋面的英国姑妈罗斯寄来的包裹，里面有个还没变质的猪肉派。我把它放进口袋里。我们的给养被送来时还是热乎的，大家会赶紧趁热吃掉。水被装在汽油桶里，幸好能用，还没有油污。

给养里还有香烟，算是小小的奢侈。我们抽烟的时候，可怕的炮弹嗖嗖地从头顶飞过，奇怪的军号声从德国防线传来。那边有一个精锐的机枪手，名叫帕拉佩特·乔，既令人敬佩，又遭人唾弃，他往往在横扫我们之前，在机枪旁吹响号角。

我们被困在大炮的猛烈轰炸之中，所能做的就是贴着护墙蜷缩着，等待轮到我们进攻的时机，假如能轮到的话。此时爆炸声震耳欲聋，炮弹坠落如雨。在硝烟中，钢铁碎片和大块泥土四处飞溅。我身边的人纷纷倒下——6 人受伤，3 人阵亡。

一枚炮弹直接炸毁了我上方的护墙。喧嚣突然沉闷起来，可我的耳朵却嗡嗡作响。我用手指摸索，发现头上有个口子，看来我被击中了，但似乎没事，多亏了钢盔，我的名字才没被添加到伤亡名单里。

稍后，我们爬出去修理破损的铁丝网。如果德军的大炮不会再次把铁丝网炸断的话，这张网将阻止德军预计于今晚发动的进攻。机关枪又朝我们开火了，四下里炮火纷飞。事态越发严重，这一晚注定又将在炮击声中艰难度过。

然而，我们得到了两个惊喜。第一个犹如一场表演。我们的观察气球挣脱了系绳，飘向敌方防线。一名空军战士立即打开降落伞，飘到了安全的地方；另一名战士的情况则非常危急，他在气球停在敌军防线上方之前跳了出来，幸运地逃脱了。我方朝气球疯狂开火，将其击落。

第二个惊喜是 2 旅的奥塔哥营到了，将我们从战壕中替换出来，我对此求之不得。战壕里的食物令人无法恭维，我们的伤亡人数居高不下，对此我无法开心起来。仅在我们这一轮次的战壕值守中，就有 6 人死亡、26 人受伤。

我突然想起了那个猪肉派，它在口袋里已经被压扁了。我把它撕开，津津有味地吃了起来。

⑥

疗养与美妙的假期

我们的疗养院在乌普利讷的一个老酒厂里。重新回到有床、毯子、桌子和软垫椅子的生活，令人深感惬意。有人贴心地在桌子上放了一个花瓶，里面插着我所见过的最芬芳的花朵。我想，这应该是某位女士所为。

我不确定在哪里更安全，是这里还是战壕里。现在，这里四周布满大炮，吸引着敌人定期进行炮击。

1916 年 6 月 2 日

德国炮兵一早就向我们狂轰滥炸，投掷了 3000 枚炮弹，算是完成了一天的任务。间谍一定起了大作用，因为每当我们换岗时，他们总会发现，然后开火。

食物很棒，活计很轻松，训练时间很短。我们多少有点游手好闲，为下一次出征养精蓄锐。我痛痛快快地洗了个热水澡，换了套像样的内衣。

从战壕的震撼中撤出时，我的心情真的很糟糕。但美食和休息确实起到了很大作用，我这辈子都没有感觉这么好过。人必须自己迅速强大起来，才能适应这场战争游戏。又开始下雨了，我很同情那些陷在前线的可怜人。一旦被雨水淋湿，他们就一直浑身湿漉漉的，听任太阳决定什么时候把他们的衣服晒干。

随着修建战壕任务的到来，我们的休整很快就结束了。在夜色中我们重回前线，建造了一个坚固的射击战壕。我们还在果酱盒里装上鹅卵石，将其绑在铁丝网上。竖起这样的铁丝网是为了在德军发动进攻的时候，它们能起到警报的作用，但大多数情况下也没什么用，不是被炮弹炸毁就是被老鼠咬得嘎嘎作响。

白天，我漫步在乌普利讷的瓦砾中，许多建筑物已成废墟。在历史上，该地区曾战乱频生，有“欧洲的斗鸡场”之称。在岁月的长河中，这里的法国人遭受了多少苦难！他们特地把街道设计得狭窄且弯弯曲曲，意在遏制敌人入侵和火灾蔓延。

一定有一群胆战心惊的德国人在战争初期藏在某一个房间里，他们的遗骸还在那里，米尔斯炸弹的碎片散落一地。另一个房间曾经一定是个女人的卧室，如果墙壁会说话，它应该会给我们讲述一个悲惨的故事吧。

1916年6月7日

半夜十点五十五分，我被叫出来陪护一个撒酒疯的家伙。我不怪他。在这里很容易发疯，人不应该这样活着。

中午十二点，激烈的交火爆发了，我方占了上风。战斗持续了几个小时，我预计自己随时会被炸飞。我们有两个人被弹片击中了，外面的战马也有中弹的。受伤的战马发出的凄厉惨叫无助于鼓舞士气。军官们必须尽快用子弹结束它们的痛苦。

我们从乌普利讷转移到之前在阿尔芒蒂耶尔的医院营房。又有传言说，在前往俄罗斯的途中，英国陆军大臣基奇纳勋爵乘坐的轮船在英国海岸附近触雷，基奇纳勋爵遇难——这对帝国来说是个巨大的打击。

生活很简单，伙食很好，我变得很胖。为了让我们开心，军队铜管乐队在基督教青年会（YMCA）为我们举办了一场精彩的庭院音乐会。我们每天进行一些低强度的体能训练。直到富尔顿旅长来视察，把方方面面看个遍，就此一切都改变了——这是我们即将返回战壕的征兆。

果然，我们重返战壕，辛辛苦苦背沙袋去了。在干活儿的时候，我在前线战壕里遇到了雷，但只是匆匆打了个招呼。我盼望战况能有所好转，得知弟弟被困在那里，真令人难过。

1916年6月11日

周日放假，早上我们都在一个小教堂参加了一次美好的活动。教堂古色古香，完好无损。

我亲爱的朋友莱斯·莫里斯来看望我。他在埃及受了重伤，奇迹般地康复了。我们聊了很多，他向我展示了手臂和胸部的巨大伤疤。他的伤势非常严重，医生要求他回家休养，但他违背了医嘱，又回到了战场。

令人惊喜的是，我们突然赶上了好事。我们排里暴发了麻疹，所以都被送进了隔离室。我们没有勤务，也不用进战壕。

我们被安排用消毒水洗了澡，然后就懒洋洋地开始度假，抽着发的香烟，开着玩笑，感叹着我们的好运气。小伙子们心情很好，打打闹闹，吵个不休。

我收到一封来自新西兰的信。对于从来没有收到过任何东西的人来说，这时候肯定极为失望。自从我们来到这里，排里的好些人没有收到过一封邮件。看到他们脸上的表情后，真替他们感到难过。如果在新西兰的人能得到真实的消息就好了。我相信他们还以为我们在这里有多惬意潇洒呢。在下一封信中，我想请伊娃向《先驱报》发送一些消息。

我们住在一所国立大学里，房间的布置非常现代且较为舒适，里面有壁炉但没有柴火。人们很快就砸碎了书桌和写字台，于是像家里一样温馨的炉火开始噼啪作响地燃烧起来。这使我想起了我的学生时代。我们在晚上举办了一场小型音乐会，一直持续到午夜十二点，这又是个欢乐的夜晚。我们真是快活啊。我注意到自己听音乐有些吃力。我的耳朵一定是被爆炸声震聋了。

我被关在有哨兵把守的房间里，除了吃饭、睡觉外，无事可做。在最初几天里，我大部分时间都在睡觉。每天都会暴发一两例新的麻疹病例，这些麻疹患者被送往医院。典型的军队行事风格，很快我们就有了新任务，即我们这些所谓的麻疹“密切接触者”要去清扫街道。

当我在大街上干活儿的时候，一个德国战俘被带了过来。一名警卫护送着他。突然，一个法国女人发出可怕的尖叫声，向前猛冲，迸发出巨大的力气扭断了一个士兵的刺刀，将那个战俘刺穿，同时对这个不幸的家伙做着可怕的手势。

人们不知从哪儿弄到了一份《约克郡邮报》，在天气专栏有这么一句："六月里，玫瑰盛开，沁人心脾。"由于夏令时的原因，时钟被拨快一个小时。他们怎么利用时间对我们来说没有区别。我想我应该设法染上麻疹，然后到距离这里约50英里的医院住院。

3连的一个排今天也进来了，怀疑是天花。我们不情不愿地承担了站岗的任务——这本来是卫生队的活儿，因为他们中许多人似乎无所事事。新进来的人带来消息说，4连进行了一次大整顿，几个士官被剥夺了军衔。

这栋楼里还住了些澳大利亚人，人都不错。他们渴望踢场足球比赛，于是砍倒了一些美丽的树木，立即进行了一场比赛。

我们在晚上有"表演"可看——从观察哨观看轰炸。从远处看，令人毛骨悚然的大炮和爆炸产生的火焰似乎有所不同，竟也十分绚烂。每隔一段时间就会响起毒气警报，据传昨晚的警报来自大约6英里外的默西讷，前一天晚上的警报来自大约10英里外的伊普尔。

1916 年 6 月 22 日

昨晚，伴随步枪和机枪的射击声，我们听到了猛烈的轰炸声。有传言说，在过去几天，新西兰人的部队越过护墙，冲向德国战壕，造成我方大约 100 人伤亡。

为了度过这段最安静的时光，我写了许许多多的信，比这辈子写的都多。艺术学院的一排排帕里斯半身石膏像盯着我看，时间过得如此缓慢，我竟然有些巴不得回到前线。

我离开宿舍去值夜班，向站在门外的两个中年法国女人点点头，然后我眼角的余光瞥见，似乎从某栋房子的二楼传来了闪光灯。我向总部做了汇报，以便调查清楚。

当我一大早回到我们的大楼时，刚一进去，里面就传来爆炸的声音。一个睡在铺位上的人被击中了，但他毫发无损地跳了出来，只有他的毯子被弹片炸得粉碎。

今天早上，炮击仍然猛烈，教堂的尖塔被燃烧弹击中，整个教堂被烧毁。另一个高爆弹落在附近，医疗人员急忙逃到地窖里。马匹学得很快。在营房旁的一匹马听到炮弹声响起，立刻和主人躲到一棵树后面。

毒气警报再次响起，又有一枚炸弹在营房内爆炸，这次炸伤了几个人。我们都奉命躲到地窖里去。弹片像冰雹一般落下，到处都是砖头瓦砾。人们淡定冷静，走在去地窖的路上，或在迷宫般的过道上，没有人惊慌失措。我们在地窖里挤得水泄不通，仅有立足之地，身上散发出令人难以忍受的热，气味也难闻极了。下次我宁可撞大运留在外面，也不待在这里了。担架员的情况更惨，他们得留在室外，尽快把伤员带走。

当轰炸停歇下来时，天气暂时好转。我去串门，在旁边的营舍找到了雷。在难得的阳光下，我们前往埋葬新西兰人的墓地。在法国的土地上，每个人都有一小片属于自己的地方，坟头竖着十字架。我们的军官和士兵毫无区别地葬在一起。“致一位不知名的德国军官”，一块墓碑上写道。我们站在那里时，有6个人被埋葬了，然后可爱的法国少女种上鲜花。她们精心照料着这些坟墓。

我们参观了帆布工厂，在那里，所有美丽的法国少女都在辛勤地缝纫。

在回去的路上，我们看到一群白兔。经过一个阳台时，我们看到一只漂亮的小鸽子，奶油色的，颈环羽毛是黑色的，突然撞到了柱子上，落在我们脚边。

⑦

伤亡

我们的隔离戛然而止，被转移到以前那家医院。回战壕的另一条路线依然令人胆战心惊。我们加固防空洞来抵御高爆弹，还运送毒气罐，等风向对我们有利的时候朝敌军施放。希望我们比澳大利亚人运气好点，他们弄得一团糟，风向不对，最终自己成了“受气包”。

毫无疑问，我们在这一带让德军吃尽了苦头，我方炮兵气势如虹，对敌方阵地不断轰炸，敌人有时也会猛烈还击。在这场危险的游戏中，一切全凭运气，奇迹般逃脱的例子时有发生。但也有很多倒霉的人，而且倒霉的人数与日俱增，受伤或死亡的人太多了。

一架活跃在天空中的新型英国飞机已经烧毁了5个敌方观察气球。气球掉下去越多，对我们来说就应该越安全。

1916年6月29日

一早天气晴朗。从我们抵达后，这里就一直断断续续地降雨，今天难得有个好天气。我们奉命随一队人马去战壕里建造防空洞。

我们在晚上八点三十分离开营房，通常是一小时的路程。途中突然爆发了可怕的轰炸，将我们困在交通壕中。在震耳欲聋的爆炸声中，周围的一切被炸得粉碎。爆炸将泥土和不幸的战友抛向空中，人们就在我面前被炸成碎片，从衣服中飘散出来。我难以置信地看到人体变得支离破碎，零落在泥浆里。这情景令我反胃，但我不能表现出来。这可怕的景象就像我在一家从未见过的人肉铺里一样。所有的毒气罐都被炮弹击中、摧毁。今天，一个卡特顿人叛逃到德军阵线了。就这样，他们得到了情报，我们的一切行动都使我们成了“活靶子”。而有两个德国人则叛逃到我方。

一直以来我很幸运，得到上苍的眷顾。一个人在几码外被杀死，而另一个人却可以安然离开。我完好无缺地回到营地，但又奉命直接回去铺设通往炮台的地下电缆。在极其猛烈的轰炸下，我们被迫躲进一个狭窄的角落里。在回去时，我一路连滚带爬，但炮击却如影随形，于是我只好钻到最近的、拥挤的地窖里过夜。

早上，又潮又臭的空气将我熏醒。当我想爬上去喘口气时，感觉腿脚都不听使唤了。回到营地后，我们发现营房遭到严重炮击。有15个人被击中，已经被带走。教堂遭到轰炸，可怜的平民被杀，但我在这里再次毫发无损。敌人对我们的位置了如指掌。早上，坐在我们宿舍外面的两个法国女人不见了，要么被杀，要么在出色地完成了间谍任务后消失了。

我们不是在地窖里短暂停留，就是在战壕里执勤，抽空才开始清理宿舍，并四下搜寻炊具来更换我们被弹片炸毁的行军锅。任何搜罗到的东西都被泡在孔第消毒水中清洗，我们还用这玩意儿漱口来防止感染。据传，德军部署了更多的潜艇封锁海上航线，并成功炮击了我们的补给运输线，于是食物配给越来越少。

其他三个营即将去把澳大利亚人从战壕里替换出来。我们人力不足，无法集结足够的人手，所以派不上用场。有人生病，有人阵亡，还有人受伤，原本208人的一个营现在只剩下80人。

一旦伊普尔战线向前推进，新西兰军队将跟进。我们现在守在英国防线的最北端。步兵已经很久不再认为这是一项刺激的娱乐了。

经过与德国人一夜的鏖战后，我们将营区转移到拉沙佩勒—阿尔芒蒂耶尔。他们因为盟军的成功推进而对我们开展报复行动。

午夜时分，小镇上一片火海。这里到处是妇女、儿童，德军竟然干出这样卑鄙的事来。1000多发炮弹袭来，逼得我们从地窖进进出出，房子被烧毁了，还造成平民伤亡。没有预期的大规模地面进攻。显然只有一个突击队过来，被第一旅击退。双方伤亡惨重。

令人大为欣慰的是，我们被安置在乡下小木屋里，新营舍被树木遮蔽，远离让每个人惊心动魄的持续炮火。

一夜酣睡。一大早，我们又搬进了一座长长的三层楼房，每个小房间里住8个人。我们刚开始进行体能训练就被几颗炮弹阻止了。我们洗了澡，换了内衣，然后想在大树的掩护下踢一场足球比赛，但很快也放弃了。

傍晚，我们作为哨兵正在阿尔芒蒂耶尔巡逻，此时德国人开始狂轰滥炸，无论是战壕还是城镇，都未能幸免。听说德国人袭击了一个叫“蘑菇”的据点，但被击退了，我方又有大约100人伤亡。

我们又回去执行任务，玩起那个“冒险游戏”，

1916年7月1日

为了减轻凡尔登战区的压力，英法联军发动了索姆河战役，坦克首次运用于实战。索姆河战役是一战中伤亡最大的战役，双方共计伤亡130万人，被称为『索姆河地狱』。

向步枪旅的其他成员运送食物。我们迂回前进，以躲避敌人的猛烈炮击。我赶紧和莱斯·莫里斯说了两句。他现在隶属“自杀俱乐部”——机关枪队，敌人的优先目标。

终于，中士想起了让人害怕的点名。好久以来，形式主义被摒弃了。连我们的长官们也厌倦了英式的条条框框和走过场。在点到亚历克·特拉福德之前因有些人没到而有停顿，之后又有很多人没到。

今天是弗雷德·济慈的生日，我和他一起去“死亡之街”饭店吃了个饭，悄悄庆祝了一下。明天我们将重返战壕。

1916年7月10日

作为前线来说，天气好得不像话。天黑后，我们喝下配发的朗姆酒，然后奉命全部参加战斗，毫不畏惧地沿着壕沟匍匐前进。驻守在那里的人们靠着护墙在休息，有的打着瞌睡，有的默默地挪着脚。大家悄悄地把消息一个接一个地传下去，然后他们像幽灵般溜进交通壕，朝营房的方向撤走了。

低地笼罩在雾气之中。无人区的腐烂尸体散发出恶臭，粪坑都溢出来了。无人区外就是德军，离我们不到两百英尺。跟我们一样，他们会像兔子一样躲藏起来或者严阵以待。如果他们计划进攻，就会枪炮齐发，以削弱我们的防御，破坏铁丝网，然后带着手榴弹和步枪过来，最后带着刺刀和挖战壕工具出现在战壕上方。

工事墙上有一些射击口，一旦德军有任何动静我方将立即射击。大多数情况下，我们看不到任何人。我们不断修战壕，等待德国大炮找到我们并慢慢将我们消灭。此刻，万籁俱寂。

30 分钟后，一切都变了。我没注意到从对面射过来的枪榴弹，它突然在我身边爆炸了。我被打倒在地，世界一片寂静。恍惚中，我的肩膀有灼烧感。我用手摸摸自己，似乎完好无损，所有部位都还在。我能感到温热的血在衬衫里顺着皮肤流下。我口干舌燥。

我看到贺拉斯·拉什手里拿着敷料弯腰蹲在我身旁。他干净利落地为我包扎好，用我的水壶给我喂了口水，然后给我点了支烟，把我靠在护墙上。

担架员到了，抬上另外两个人，同时把我拉进交通壕。我双腿颤抖，在担架员的带领下来到了拉沙佩勒的 4 营包扎站。路上，我遇到莱斯·莫里斯，他说了什么，但我没听到。

伤员们的情况十分糟糕，大多数人看起来比我还惨。鲜血浸透绑着胳膊腿的绷带和止血带。有个人昏迷不醒，腹部受伤了。他脸色蜡黄，突然发出一声惨叫。还有一个人显然是肺部被射穿，发出呼噜呼噜的声音，安静了片刻，又开始呼噜起来。如果击中我的弹片再向右 6 英寸，我可能也是这样。我坐在地上，上半身被剥光了，伤口得到清洗，被血染成深红色的绷带被取了下来，换上了新的白色绷带。我感觉还不算太糟。

我被塞进一辆拥挤的救护车里，里面的人眼神都直勾勾的，然后被带到阿尔芒蒂耶尔野战帐篷医院。两位医生给我做了检查，清洗了伤口，喷洒上有刺痛感的碘溶液，然后再给我包扎好。医生除了怀疑我肩膀附近的骨头深处嵌入了一块弹片外，什么也没找到。我打了破伤风针，听说德国弹药有毒。我从上午十一点到下午两点都在卧床休息，然后排队和一群还能走路的伤员，慢慢登上一辆辆机动车，前往大约 14 英里外的巴约尔。

下午六点左右我们抵达，没有医院，只有 2 号伤病员处置站——一间铺着成袋稻草的教室。我得到了一杯热饮，在指定位置躺下来。这个地方挤满了来自不同国家、各种级别的伤员，有些人非常痛苦。我感觉自己好像在一个人类屠宰场中。我认出躺在不远处的是马塔怀人巴素·西普。我很感谢他说了一些为我打气的话。的确，我们得勇于面对现实。

我想睡一觉，但剧烈的疼痛毫无征兆地袭来。我坐了一夜，无法安睡，一直到早晨十点才轮到大夫给我包扎。

上午十一点，我被送上医疗火车。这是我见过的最漂亮的豪华车厢，有软垫座椅，还有汤和热饮以及护士——美丽的天使。哦，她们对男人产生多大的影响啊！一个护士给我包扎了肩头，还给了我药。

我记不清了，一定是因为睡得太沉了。我只记得到第一站时醒了，在那里死去的伤员被带了下去。由于满载着伤员，火车开得很慢。傍晚时分，我们到达布洛涅，我被带到澳大利亚第13综合医院，护士给我洗了澡，然后我就上床睡觉了。

一觉醒来，眼前是美食和海景。唐纳德护士亲切地照顾我。以后如果我再来这座流光溢彩的赌场的话，应该是和法国上流社会人士在一起，而没有现在这火烧火燎的疼痛。

晚上九点左右，我被送上“圣大卫”号医疗船，扬帆启航，驶往亲爱的英格兰。

在大海的另一边，到处都是候车的担架员和伤病员，火车一再延迟。现在已是午夜，我们都筋疲力尽，受够了，但别无他法，只好继续等待。在站台上，绑着绷带的人有的坐着，有的无精打采，有的躺着，都望眼欲穿。我突然意识到，我来到了这里。这里没有枪炮，没有轰炸，即使在远处也没有。

伤口使我极其痛苦。身上什么都没带，提包和所有的东西都还在前线的营房里。一大早，一位目光慈祥的平民女士弯下腰和我说话，看到我面色苍白、浑身冷得颤抖，她不禁大呼小叫。她脱下漂亮干净的夹克，围在我的肩膀上，摸摸我的头，然后消失在晨曦之中。

没想到我竟然以这种方式第一次踏上英格兰大地——裤子血迹斑斑，身披女式夹克，没穿衬衫，也没戴帽子。

英格兰母亲啊，她把我置于危险境地，现在又把我带回安全之所。

第三部

老家英格兰

致 EW 小姐

一朵白色康乃馨，简单明了。
而你似已知晓，
我渴望的是佳人的娇笑
和纤纤玉手的爱抚，
你是痴傻还是撒娇，
竟把白色康乃馨送到。
因为如今啊，一见到康乃馨，
我就想起了你的娇俏。

列兵工·斯莫利·萨森
写于圣奥梅尔

Part three

8

安全的摇篮

1916年7月13日

在火车上，令人无法忍受的刻骨之痛折磨着我。终于，一位可爱的苏格兰老护士注意到我，重新给我包扎了伤口。

一位女士开车把我从车站送到伦敦市军事医院，十分热情地把远处的国会大厦和圣保罗大教堂指给我看。在医院里，克拉克医生像祖父一样对我关爱有加，一位可爱的护士把我安置在一张病床上休息。我仍然行动不便。由于不习惯这种温柔呵护，我感动得想流泪，差点儿丢脸。

伦敦所有的猫咪可能都聚集在这里。是夜，猫儿的号叫和病人痛苦的呻吟回荡在病房，令人难以入眠。有些人昏昏沉沉，说着胡话。一位护士守在病床旁照料着一名伤员，他像个孩子一样口中喃喃着“妈妈”，神游回家了。我希望自己一旦入睡，至少能保持安静。

晨光照亮了这个“疯人院”。我的病床是一长排病床中的一张。在我身旁并排躺着的人很可怜，他从头到脚像木乃伊一样被得包扎得严严实实。很多人失去了双臂或双腿，在战争结束之前，还会有更多的人失去生命。由于从前线到这里路途遥远，很多伤员患上“气性坏疽”——一种严重急性特异性感染。大家都很害怕。在法国前线肮脏的环境中，一个小小的伤口就可能很快导致菌血症，危及生命，最后只能截肢。

伤势较轻的伤员里有些风趣的人，他们给还有精神听的人滔滔不绝地讲着笑话。病房内空气污浊。护士用担架车推着伤员进进出出。那些回到病房的是经过治疗活下来的人，而那些没回来的人有的去了其他病房，有的进了停尸房。在去厕所的路上，我绕过一条掉在地上的毛茸茸的腿。

我被标记为待手术病号，转移到 D 病房，一个宽敞明亮的房间。医生用备受称赞的先进设备为我做了 X 光检查。他们认真查看着我的伤势，在我的肩膀上又捅又戳，搞得我痛不欲生。

一群善良的人络绎不绝地前来探视我们。一位英国随军牧师与妻子在巡视时向我们说了些宽慰的话，还在几个病号身边逗留了一会儿；一位苏格兰长老会的老牧师赠给我一些鸡蛋和自制馅饼；一位新西兰女士李小姐代表新西兰战争特遣队协会来看望我们，尽其所能为我们带来了许多东西；来自吉斯伯恩的费舍尔医生一边为我仔细检查身体，一边跟我聊着天；帕德雷队长格林也来看望我。我似乎是这个病房里唯一的新西兰人，但这些病友似乎人都不错。

1916年7月20日

昨晚做完弹片取出手术后，我感到虚弱、恶心又疼痛难忍。被麻醉后再苏醒过来的感觉糟透了。弹片深深地嵌进了我的臂骨，费舍尔医生费了不少劲才把它取出来。他给我看了，相当大的一块。难怪我一直这么痛苦。

夜里不知什么时候，又有一支车队抵达，运载的大部分是南非伤员。一个在索姆河战役中受伤的阿尔斯特志愿兵小伙子被安排在我旁边的病床上。他十分幽默，跟他在一起还开心些。

每天无所事事。我与其他伤员聊天、写信、阅读收到的邮件、思念着新西兰，让自己尽量不去想在法国前线的战友和雷。

护士查房和有人来探视成了生活中的全部亮点。可爱的澳新军团后勤人员和英格兰人民的深厚情谊使我们受宠若惊。那些女人都十分善解人意。

卧床 14 天后，医生允许我起床活动。不知不觉中，我变成了一名观光客和“社会名流”——新西兰“观光团”成员之一。行动方便和坐轮椅的伤员在伦敦被奉为“上宾”。我们在一些平民的陪同下，坐车到东印度公司的教堂接受女士们的款待，享用正宗的英式下午茶。她们还开车带我们穿过犹太区到白教堂艺术画廊和衬裙巷，经过皇家交易所，然后沿着泰晤士河来到一辆俘获的坦克旁参观一番，后经舰队街返回。一路上，人们成群结队地向我们挥手致意。这一切都使我心情好了很多。

又住院 9 天，强烈的疼痛一直折磨着我。看到我没有好转，费舍尔医生很担心，于是重新打开伤口，刮掉一大块脏东西，插入一根橡胶引流管，再给我缝合起来。我感觉很不舒服，再次卧床不起。

最终，无聊驱使我振作起来，离开憋闷的房间——远离忧郁，远离绷带和饱受折磨的病人的呻吟，远离石碳酸消毒液的气味，远离因失血和输血而在口腔深处产生的金属味道。

我从其他人那里了解到火车、电车和公共汽车的时刻表。在伦敦车水马龙的景象中，仅仅穿过马路都需要极大的勇气。我参观了舰队街、白金汉宫和骑兵卫队、萨默塞特宫、法院、国防部和皮卡迪利大街。在海德公园，我放松身心，在数英亩的茵茵绿草中随便选一处躺在那里。

我觉得自己像皇室成员，接受所有类型活动的邀请：新西兰战争特遣队协会在南安普敦街举办的自助晚宴；在环球剧院上演的音乐剧《心之所系》；斯托达德夫人和她的朋友们在宁静的巴特西公园举办的午后音乐会。我们坐车穿过著名的悉尼街，经过猎犬沟渠街，到处都是熙熙攘攘的外国人。在伦敦港务部门举办的非常文明的泰晤士河游船派对上，我们看到一艘U型潜艇停泊在泰晤士河边。

在这场战争两周年之际，我参与了一个幸运抽奖，赢得了去阿尔伯特音乐厅的机会。像上流社会人士一样，我们下了车后，被引领进音乐厅，在优雅、高高的穹顶下的预留座位上坐下，度过了一个难忘的夜晚。规模宏大的“苏格兰卫士”乐队的音乐悦耳动听，可爱的莱尔小姐的歌声甜美动人。

1916年8月7日

我深情地和所有人说了再见（希望再也不用在这里相见），并感谢了救治我的医生和护士。离开这些亲爱的人们我感到很遗憾，但不得不说，暂时不吃北海鲱鱼对我有好处。

三点时，我们已经站在了可爱的沃尔顿新西兰医院宁静的花园中，站在绿草如茵的草坪上，俯瞰着泰晤士河，沉醉在清新的空气中。房间干净整洁，人们友好善良，而我则胃口大开。

我可以沿着泰晤士河漫步，走在美丽的柏油路上，穿过古色古香的小村庄，还可以随时荡舟碧波。没有人对我有所期待。我正度过一段美好的时光。任何人在这里都会很快痊愈。

阿尔夫·伊斯特，我的瓦欧尔卡老邻居今天来访了。他还是那个快乐的阿尔夫，但他的头部中了弹，留下个大口子。我非常高兴能见到他。

拉克斯福德上校是位非常善良的绅士，他失去了一条腿。卡鲁斯修女明天将带着一群伤员乘坐“玛拉玛”号轮船返回新西兰。费森、赛普和格兰奇即将跟她一起回家。

在返回新西兰之前，弗兰克·毕晓普来找我，一起来的还有弗兰克·伦肯在伦敦的堂妹罗茜·伦肯小姐。她是个非常可爱、漂亮的女人。她邀请我去伦敦的时候拜访她。

邮件到了，一封是艾薇·纽曼的来信，邮票上面盖着6周前的邮戳；另一封是林肯郡表亲寄来的信，令人惊喜。妈妈知道我已无大碍，松了口气，发电报祝我早日康复。

整个八月，之前完美的天气逐渐变得寒冷多雨。我经常去书房写信，在娱乐室里打打乒乓球、斯诺克和台球，还趁着天气不算太糟之前偷偷去划船。

除此之外，我们的生活一成不变，日复一日。每天都有运输伤员的车队抵达，也有正在康复的病人离开，前往霍恩彻奇疗养院。我的伤口并没有什么起色，似乎我的骨头正在慢慢腐烂。

我们看着附近田地里成堆割倒的大麦慢慢变质，直至腐烂。骨折的人们在寒冷中越发受罪，糟糕的天气很快播撒下抑郁的种子。即便曾经十分坚强的人的意志力也在瓦解、消散。不可否认，有些人竭力要活下去，而另一些人则一心向死。

我们不知该何去何从。偶有访客的时候，或者在一些美国富人温馨的家中喝茶时，我们会稍稍振作起来，但还不足以让我们远离有关战争的传说。索姆河战况不容乐观，各种谣言四处流传。想到许多战友在法国前线战死，更加令我们茫然无措。

天一放晴，正在成熟的黑莓和许许多多的采莓人就把我们吸引到了户外。一群女人从哈克尼来采摘浆果和野餐。她们都是些大大咧咧的人。没过多久，她们就喝得酩酊大醉，粗声大气起来。她们虽然没有采摘多少浆果带回家，但个个心胸宽广，给小伙子们带来一段美好的时光。

在接下来的几天，我漫步在村路上，锻炼着身体，呼吸着新鲜空气，思考着不确定的未来。

⑨

霍恩彻奇疗养院

1916年9月5日

被定为疗养人员后，我穿着卡其色军装出发，前往位于伦敦东郊的霍恩彻奇疗养院。我穿过农田，步入营地——泥泞中的一片乱七八糟的营房。一大群人在铁丝网后面，像坐牢一样。

由于再次患上抑郁症，我可以免除勤务。谨遵医嘱，我每天在电疗室进行按摩治疗。

几天来，我先后与米德·奎格利和乔治·奈特组队打网球、保龄球或槌球，以此打发时间。我们步行或骑自行车去伊尔福德和斯特拉福德。在罗姆福德附近，我们看到了布伦特伍德的两大景观——威廉·亨特纪念碑（他为阐释经文而被烧死在火刑柱上），以及城镇新型下水道工程。

经人推荐，我们决定去士兵俱乐部。穿过田野时，我们看到地里长着卷心菜和其他作物，到处是石块，零星点缀着万寿菊。在磨坊旋转的风车下，我们终于找到了位于巴茨格林路上著名的特哈利普尼士兵俱乐部。我们欣赏着“艺术家之枪”横笛和打击乐队的表演，组织演出的可爱又热情的女士们为我们端来一杯杯热茶。

每周日都有教堂游行。人们成群结队地涌入罗姆福德和霍恩彻奇，我们这些从殖民地来的人是吸引人们到来的原因之一。我们在音乐会和花园派对上总能邂逅可人的女士。由于男人们都去参战了，她们似乎很喜欢和我们在一起，而我们也同样享受她们的陪伴。

赛克斯上校在卡克斯顿大厅发表了精彩的演讲。他阐述了一些设想，希望在战后开通道路，连接柏林、维也纳、君士坦丁堡和巴格达等中心城市，修建从开罗到开普敦的铁路线。他设想通过为交换生提供奖学金来发展世俗教育，让每个人都学习第二门语言。

有关索姆河战役中人员伤亡情况的传言甚嚣尘上。获得特殊通行证后，我在伦敦档案局查看了最新的伤亡名单。太令人震惊了！在长长的名单中有许多熟悉的名字，但我在阵亡名单中没有看到雷的名字，不禁松了口气。

我乘公共汽车去拜访罗茜·伦肯小姐，但没有人应门。

战争把我们从夜里惊醒。一艘齐柏林飞艇突袭了约一英里外的机场，投下5枚炸弹，然后飞到伦敦，又再次返回。探照灯精确定位了这艘漂亮的飞艇，它游弋在银色的灯光中。飞艇被击中了，成为一个巨大的火球，在距离营地两英里的地方坠毁，我们为之欢呼雀跃。

1916年9月27日

医生批准我休假，于是两周的假期从今天开始。我急忙收拾好行李，穿上战时十分紧俏的新衣服，转身离开了疗养院。归队后，我将被威尔特郡科德福德营地收编，在100英里外。

我去镇里的医院探视了比尔·安德森和戴维·约翰逊。两人都受了重伤，他们告诉我，莱恩·希里、波特·艾弗里、乔治·豪尔、丹·哈奈尔和阿尔夫·舒特都未能幸免于难。我和莱恩曾住在一个防空洞里，哎，他是个可爱的小伙子。现在他死了，因为头部中弹。我还听说可怜的马塔怀人阿尔夫好像是在自制炸弹时被炸死了。

我给林肯郡的姑妈和姑父发了电报，然后按照事先的约定，前往利物浦街见我的犹太朋友丽贝卡。

早上，我坐了4个小时的火车到达诺索普，在车站月台上见到了罗斯表妹。她驾车载着我行驶在平坦的马路上，穿过优美的乡村，道路两边都是修剪整齐的树篱。最终，我来到了格雷灵厄姆悬崖农场。

天哪，在温馨的家里，格洛弗一家给予我多么热烈的欢迎啊！我们从午后一直聊到深夜。罗斯姑妈详细打听了我父亲（她的兄弟）的近况，而姑父则与我聊着战事。姑妈家总共有6个孩子，5个可爱的女孩和1个男孩，都已成人，但现在他们很少能团聚在一起。

姑父和老朋友们带我去庄园打猎，捕获了家兔、野兔、鹧鸪、林鸽和野鸡等，一共99只。亲爱的姑父开车载着我自豪地绕着他家的田地巡视，芜菁甘蓝和黄球萝卜都长势喜人。他还向我展示了他的获奖公牛，然后和农场主朋友们赶往布里格，在特别法庭为他们的劳工争取免服兵役的权利。

在我父亲的出生地格伦瑟姆，一个几乎失明的老人在门口迎接我。他把手放在我的脸上说："哈维少爷，是你回来了。"这是老杰克·伊斯特，他做了

40年园丁，依然记得我父亲的名字。

整整一周时间，我奢侈地享受着亲人的陪伴。姑妈像妈妈一般待我。姑父驾着马车领我到处转悠。表妹莉莉安和罗斯伴我在田野里游荡。我们驱车在乡村观光，到历史悠久的村庄中古朴的茶馆里悠然地喝茶，在时髦的餐厅里大快朵颐。我见到了许多亲戚。在姑妈的要求下，我和她家人一起在照相馆拍了全家福。晚上，我们谈天说地，表妹们弹琴唱歌为我们助兴。小酌一两杯后，姑父也来了兴致，唱了一首他最喜欢的狩猎歌曲。我一定会怀念这个可爱的地方，难忘这浓浓的亲情。这里真令人依依不舍，我不想重返军营了。

⑩ 英格兰之冬

1916年10月14日

我来到军事禁区，在荒凉的科德福德军营门口感到心碎、孤独又失望。我从来没有对军队如此厌倦过，看来度了个假把我惯坏了。毫无疑问，在军队中，人得越粗线条越好。

在寒冷多雨的早晨，起床号在六点响起。我又恢复了日复一日的体能训练、拼刺刀和拉练的生活，不过至少军官们人都不错。

成千上万的澳大利亚人、新西兰人和英国人共同生活在数英里内一排排的营房里，同吃、同住、同训练。我在这里遇到了几个熟人，伙食也不错。听听各种乐队的音乐有助于改善心情。优秀的苏格兰风笛手总能拨弄我的心弦。行军路过山坡时，看到羊儿在吃草，它们脖子上的小铃铛发出清脆的叮当声。

由于伤口愈合不好，我被诊断为身体不够健康，获准5天的假期，可以再次探望我的亲人。我又一次沐浴在浓浓的亲情中，舍不得离去。亲爱的姑父从当地医生沙普利先生那里给我弄了张诊断书，证明我不宜舟车劳顿，延长了假期。

最终我不得不忍痛离开，登上返程列车。在火车上，一位慈祥的夫人把10先令塞到我手中，坚持让我收下。我真的看起来那么可怜吗？在科德福德站台上，在运兵车满员出发前，士兵们与他们的伦敦女友依依惜别，这场面令人心有戚戚。

在持续阵雨或雨夹雪的天气里，我们练习拼刺刀，也进行越野行军。大家非常讨厌英国的天气，由于千万双脚的踩踏，军营的地面泥泞不堪。

在恶劣的天气里，我们十几个人被派去干农活儿，为斯特拉顿先生收获药用万寿菊，但被淋成了落汤鸡，又回到营地。谁知，第二天这个当地人竟然给了我们5先令工钱，令大家喜出望外。因为他几乎双目失明，所以小伙子们也乐于伸出援手。最后我们一共挣了25先令。小酒馆和“长白云之乡”俱乐部会生意不错。

陆陆续续地，有人来，也有人走。史蒂夫·摩根和蒙蒂·怀斯曼在索姆河战役中受伤，现在出院了。我们同情那些不幸身陷湿冷的战壕里的战友。在十一月的凄风苦雨中，那里肯定犹如地狱一般。

经常能收到邮件是一桩乐事。体贴的伊娃姐姐给我寄来了一个可爱的蛋糕，但已经碎了，没法吃。我期盼收到艾薇·纽曼的来信，读起来会令人轻松、愉快。我真希望她就在隔壁，这样我就能去拜访她，和她一起喝杯茶。如果我能离开这里，她会是我第一位请求共舞的人，如果她觉得我还合适，会成为我的爱妻。

在营房暖洋洋的小火炉旁，我读信、写信。大家信口开河，无谓的争论可能让猫儿听了都会发笑。伦敦主教因他在《晚间新闻》中保守的说教而饱受谩骂，因为他谴责了与士兵交往的女性。喝酒是另一个受欢迎的话题。喝点威士忌后，大家更是吵闹不休。我们想象着 40 年后大家在“老兵之家”的样子，不禁哈哈大笑。

1916 年 11 月 17 日

一觉醒来，我们发现外面的皑皑白雪足足有 3 英尺厚，美则美矣，但当靴子深陷其中时，我们的脚都被冻坏了。

我自告奋勇地加入一个任务：拆掉一个野战锅炉和两个大炉子。我们被奖励了5天的特别假期。干完了这些脏活儿，我们心安理得地去度假。我直奔伦敦，从乔治·波茨那里买了一件像样的外套，在罗素广场的新西兰士兵俱乐部预订了一张床位，会见了一位女性朋友，然后在阿罕布拉剧院观赏了音乐剧《翩翩少年》，尽情享受一番。

我睡了个好觉，又买了点东西，在圣潘克拉斯车站附近较为僻静的地方走走，然后乘火车去凯特林附近拜望另一些亲戚。刚一到站，里格尔姑父就接上了我。伊迪丝表姐与爱丽丝姑妈在家等我，爱丽丝姑妈是父亲的另一个姐姐。他们准备了丰盛的晚餐款待我，然后我们一起玩游戏、聊天，直到大家都有了倦意。姑父80多岁了，但精神矍铄。姑妈是万里挑一的女人，生了16个孩子，失去了2个。她把我当作她的第17个孩子。

姑父开车带我去凯特林，见证了他的获奖绵羊以5英镑4先令成交，这几乎是创纪录的好价钱。像许多英国农民一样，里格尔一家在这场战争中过得很好。回来后，他悲伤地委托我去看看他两个女儿的墓地。

回到营地，天气依然恶劣，一切似乎都被永久封冻了。我热切地盼望着周末假期，只有这样才能熬过这段时间。我想在莉莉安表妹的婚礼上给她一个惊喜。

在美丽动人的月光下，冬夜清爽而寒冷，我兴致勃勃地从火车站步行3英里，来到格雷灵厄姆悬崖农场。九点钟，我在大家吃晚饭的时候从天而降。海军军官韦瑟霍格中尉坐在主位，他是女孩们的众多追求者之一。看到我不期而至，他们都大喜过望。

清晨，树上挂满了冰凌，雪白的霜花在灿烂的阳光下熠熠生辉，到处洋溢着热闹、喜庆的气氛。我们先去盖恩斯伯勒市场大肆采购，然后回家精心布置餐桌，用来招待40多位客人。家里住满了人，我和阿尔比·史密斯睡一张床，他可爱的妹妹史密斯小姐也来参加婚礼。

在大喜之日，教堂里气氛热烈，温暖如春。埃塞尔和罗斯是伴娘，手捧美丽的花束。史密斯小姐弹奏的《婚礼进行曲》，美妙动听。姑父就这样把女儿交到新郎的手中。婚礼早餐十分丰盛，最棒的是可以畅饮香槟、霍克起泡酒、波尔多红葡萄酒和波特酒。一对新人收到很多昂贵的礼物，姑父送给他们一张200英镑的支票。我与每个人寒暄，并和史密斯小姐小小暧昧了一下。

我和史密斯小姐一起把客人送上早班列车后，车子驶入一条结冰的长下坡。当时是埃塞尔表妹在开车，她异常冷静，避免了一场事故。在回家的路上，一根散热器管爆裂，发出嘶嘶声，喷出大量蒸汽。我们只好把车留在事发地，搭上路过的当地人的便车。后来我和姑父返回那里，我设法帮亲爱的老头儿把汽车修好了。

姑父又想办法帮我延长了假期，但很快分别的时刻还是到了，我只能与这些把我宠成兄弟和儿子的亲人们依依惜别。

1916 年 12 月 15 日

水龙头仍然被冻得结结实实。我又恢复了过去的苦差事，但希望不会太久。百分之六十的人有机会通过抽签赢得圣诞假期。

抽签那天，我幸运地中了奖，奉命收拾行装，开启整整 11 天的假期。我们一行人赶上了下午四点三十二分出发到韦斯特伯里的列车，然后换车去伦敦。在浓雾中，火车一路拉着雾笛，慢得像蜗牛一样。最终我们在后半夜才到达“莎士比亚小屋”——服务新西兰军人的客栈，不得不在简陋的地铺上睡一宿。

我用三天时间再次欣赏了伦敦的壮丽景色。成千上万的军官盘桓于此，与伦敦女郎出双入对，好不快活。我决定再次拜访罗茜·伦肯小姐，我们一直有书信往来。

四处观光时，我参观了伦敦塔。历史上，曾经有两位王子在这里遇害，亨利八世国王在这里处决了他的几任妻子。军械室里陈列着中世纪的长矛、剑、链甲和盔甲，还有从法国人手中缴获的各种类型的枪支和武器，其中许多都是滑铁卢战役的战利品。

我在罗素广场的新西兰士兵俱乐部觅到了美食和啤酒，还邂逅了战友——罗伊·布斯菲尔德。他从法国来这里休假。上次我见到他时，他正与毛利人一起进战壕，现在他看起来还不错。

喝了些啤酒后，我壮着胆子，坐公共汽车去了帕默斯格林，敲开了伦肯家的门。出来开门的是伦肯先生，他热情地与我握手。罗茜和妹妹米莉、丽兹都在家。她们邀请我住下来，这对我来说正中下怀。夜里，我欣赏了一场家庭音乐会。他们竭尽全力地招待我。

距圣诞节还有 8 天，大地一片洁白，美轮美奂。我和罗茜去散步，望着快乐的溜冰者在冰上翩翩起舞。由于太冷了，我们没有什么事可做，于是乘上公共汽车去了伦敦，在考文特花园圣诞集市逛了一圈。尽管我不愿与我漂亮的女孩及其家人说再见，但明天我只能如此了，因为我将去至爱的格雷灵厄姆与亲人们共度圣诞节。

罗茜陪我到大商场塞尔福里奇百货公司为我的亲人们挑选圣诞礼物。我们喝了个下午茶，美好而浪漫，然后步行到士兵俱乐部。我向她深情道别后，赶紧洗了个澡，然后登上北上的列车。

姑父的马夫弗雷德赶着车来接站。在白雪皑皑的田野里，小路两旁整齐地排列着树木，我坐在马车中，虽然感到寒冷，但神清气爽，兴致盎然。

天哪，一进屋，我就收到了一生中最大的惊喜：亲爱的雷，我的兄弟！我以为他还在法国，他却大模大样地坐在桌边。我们为彼此还活着，也为他幸运地从法国来此度假而共同举杯庆祝。现在，我感受到了加倍的快乐。我们彻夜长谈。

雷曾出生入死：他在埃及和加里波利都毫无怨言地战斗，然后又转战法国战场。在 15 个多月的时间里，他一直在火线上煎熬、作战，没有几个人能像他那样还能幸存下来。在索姆河战役中，他毫发无损，更是了不起。他从未在后方干些轻松的活儿。他从不谈内心的恐惧，但还是有些异样。我们睡在一张床上，他睡得非常不踏实，似乎心事重重。

1916年12月25日

在英国家人和雷的陪伴下，我品尝到了最美味的圣诞大餐。我们先畅饮香槟和霍克气泡酒，然后大吃特吃烤鹅和所有的配菜，之后用最新鲜的橙子来解腻。姑妈和姑父给我们所有人都送了可爱的礼物。多亏罗茜·伦肯帮我挑选，他们都很喜欢我送的礼物。

晚上，一家人享受着天伦之乐，或开开玩笑、斗斗嘴，或打牌，女孩们唱着动听的歌曲。姑父衣冠楚楚，姑妈忙完了活计后，一直慈爱地、笑眯眯地看着我们。可怜的雷比以往沉静了许多。

我们无拘无束地骑着车兜风或四处闲逛。有雷在身边，我感受到无法言说的喜悦。我们不知道父亲与少不更事的两个弟弟汤姆和查理在家里的土地上是怎样苦苦挣扎地生活着。我们已经离家那么远、那么久，想都不敢想。我一直非常想念雷。多年来，我们一直形影不离，生活在丛林中，并肩劳作在怀欧艾卡。

在火车站，我感到满怀酸楚，甚至在出发返回那破军营之前，我就已十分难过了。

被遗忘的角落科德福德洼地正暴雨如注。能休假固然美妙，但回来后比经受两个小时的轰炸感觉更糟。

说到军队，我从未感到如此低落和彻底厌倦。我烦透了拉练和用刺刀刺穿麻袋。我彻底抑郁了，吃不下，睡不着。看到雷异样的安静，我内心也感到深深的不安。当和平来临时，那将是多么美好的一天。

1916年最后一天的黎明来临了，天气还不错。在教堂游行中，我们的牧师发表了精彩的布道，帮助我改变了心情。

在生命的纹理中，
我们编织出自己的色彩；
在命运的田野里，
我们播种什么，就把什么采摘。

——摘自约翰·格林里夫·惠蒂埃的《拉斐尔》

在1917年的前两周，我一直待在科德福德军营。新年那天，我们享用了烤猪肉和李子干布丁晚餐。在“长白云之乡”俱乐部，一群伦敦人为我们举办了一场不错的音乐会，“威尔士榴弹炮”乐队在户外的演出也十分精彩。除此之外，日子就是老一套了，要么在严寒中，要么在冻雨中，就这样一天天地熬过去。

我们最艰难的任务是在科德福德村进行夜间纠察，要来回巡逻，据说是为了使那些喝酒的人遵纪守法。

我烦躁易怒，在听到各种勉强的、用来逃避分级阅兵之后的选拔（上前线）的借口后，情绪更糟。他们说，“我有心脏病，我有扁平足，我在乐队，我在警察局，我身体不健康，我在粮饷处有事，我在英格兰只待了 15 个月，我在足球队……”最荒唐的是，有人竟然假装得了性病。他们故意擦伤私处，往里面注射炼乳，来逃避上前线。

我获准了 7 天假期，立即赶往伦敦，在“莎士比亚小屋”订了一张床位，然后去喝酒。在里昂街角酒吧，我们一群人聚餐，几杯啤酒下肚，大家很快放浪形骸起来。音乐和酒友都棒极了。我们穿过市场，来到苏活区。我和一个叫尼克的战友找了两位女士，带她们去看“吹笛手汤姆”的表演，然后跑到体育咖啡馆，大快朵颐，猛灌啤酒。我永远不会忘记那狂欢的夜晚和激情燃烧的时光。

早上，我和尼克去了粮饷处，提取了所有军饷。我们在罗素广场后面的一家旅馆住下来。混迹在法裔加拿大士兵中，我们一起与一位小姐喝酒，这使我们见识了另一种生活——这些外国人更加放浪形骸，醉生梦死。

我美美地睡了个懒觉，醒来后发现尼克不见了，我的包也不见了。包里有我最珍贵的财产——最近完成的一本日记。我可能把它遗落在了什么地方，但记不清了。我对自己感到失望，从中吸取了教训。

回到营地，天气依然寒冷，低垂的太阳永远融化不了巨大的冰块。我们把冰块从水槽里凿出来，用来洗脸和刮胡子。道路像玻璃一样滑。在阅兵时，血液无法循环到耳朵，我们都遭受了冻疮之苦。早上，靴子被冻得硬邦邦的，那也得套在脚上。我们还算幸运，有多余的羊毛毯，而且煤炭供应充足，可以让营房里的炉火日夜燃烧。

战士们收养了一只流浪斗牛犬，它几乎每天都跟着我们走一段路。在一次大行军中，它在一位绅士家的草坪上与一只花哨的猎犬打了起来。当然，所有的士兵，大约有 1000 人，都兴奋地脱离了队伍，自动解散了，军官们完全控制不住。一个女仆从可爱的房子里冲出来，兜头给它们浇了一身水，这才结束了战斗。连军官们也都笑得很开心。叫喊声、咆哮声和加油声把死人都能吵醒。

营地牙医给我塞牙洞，这是我见过的最粗暴的家伙，我差点儿没疼死，还感到恶心。

1917年2月8日

我们今天埋葬了年轻的雷特福德。他的死亡是个耻辱，军官们难辞其咎。

情况开始好转。我奉命担任军需官助理，与“长白云之乡”俱乐部的女人们一起做些轻松的活计。苏格兰大厨们给我开小灶，简直宠坏了我。我吃了多少鸡蛋啊！

家里给我寄来一个美味的圣诞蛋糕，雷从前线寄给我一块纪念手表。我还收到一个包裹，里面装着我丢失的包和日记，令我大喜过望。

1917年2月14日

我们今天埋葬了杰夫·杰弗里斯，他死于肺炎。3连全体官兵护送他的遗体来到墓地，乐队演奏了《葬礼进行曲》。和杰夫同时下葬的还有另一位不幸的小伙子，他是在加里波利受的伤。葬礼上鸣放了三响礼炮，致敬牺牲军人的乐曲《最后一班岗》在空中回响。我们没有忘记正处于战争之中。

我们的烂摊子急需女性来收拾。由于男厨师的无知和懈怠，我们的食物既不干净，味道又差到令人无法下咽。炖菜里全是肥肉和油，我们感到恶心，纷纷倒掉。我们卸下了近两吨最好的阿根廷河床牛肉，经过厨师之手，就变成了狗的呕吐物。厨师们似乎并不在意我们的抗议，浪费惊人，真是可耻。而面包房树立了一个很好的榜样，每天烤出 3000 个美味的面包。

我真倒霉，竟然在发饷那天晚上执行纠察任务，不得不对醉酒官兵的行为视而不见。我的舍友们全都醉醺醺地回到营舍，他们放声高歌，直到睡着。莫里森和帕克更是喝得酩酊大醉。难怪莫里森在服役的十二个月里已经换了三副假牙。

1917 年 2 月 18 日

我正在写信，突然收到一条坏消息，顿感悲从中来——我最亲爱的朋友莱斯·莫里斯死了。我放下笔，去山上游荡。这对我来说是一个巨大的冲击。我们相知多年，情同手足。我无法相信他已经走了。我心疼他可怜的父母，也同情他一生的挚爱、朝思暮想的奥莉芙·格雷厄姆。

圣诞节前夕，在靠近阿尔芒蒂耶尔的利斯河畔，我的老同学腿部中弹，股骨骨折。我上次见到他时，他还在机关枪队。多么糟糕的圣诞礼物啊。2 月 4 日，他被运到英格兰，在救治新西兰人的布罗肯赫斯特医院去世，离我只有 40 英里。现在，他孤零零地躺在布罗肯赫斯特教堂的墓园里。我不知道他就在英格兰，也从未去探望他，这令我感到难过和遗憾。在身负重伤后慢慢死去是一种怎样的煎熬！

我奉命去2号营地运送给养。在铁丝网包围的营区里，身患性病的官兵集中于此。有些人的状态特别可怕，彻底成了废人。难怪伦敦主教坚持不懈地声讨放浪的行径。这是个活生生的教训，几分钟的放纵和快感带来了多大的痛苦！“长白云之乡”俱乐部中的女人、护士会不会也参与其中？一个不为人知的事实是，开罗的女人瓦解了英国至少一个军团的战斗力。法国女人也将如此。

⑪

英格兰之春

1917年2月19日

一有机会我就请假，这次竟然被批准了7天假，真是惊喜。我立即赶上五点三十二分开往帕丁顿的火车。到了那里，我把包扔到“莎士比亚小屋”，急忙到托特纳姆法院路去拜访一位爱尔兰异性朋友，她住在阿盖尔广场17号的阿伯丁寄宿公寓。

在林肯郡的斯伯丁，堂妹伯莎和艾美款待了我，我们一起度过了三个轻松、愉快的夜晚。可爱的伯莎对我很好，我们一见如故。每天晚上，我们谈笑风生，相得甚欢。在那里的最后一天，亲爱的伯莎请我吃晚饭，然后陪我一直走到车站。我迟到了几分钟，错过了快车，只好坐慢车去帕丁顿，结果到站太晚了，没赶上去科德福德的火车。由于买火车票超了支，我已经身无分文，别无选择，只能在士兵俱乐部的地铺上和衣而卧。

由于未能按时归队，我心里惴惴不安。一大早，我赶上第一班火车，到站后一路狂奔，回到营地后直接出操。没人说什么，我又逃过一劫。

大家都在说最近没收到新西兰邮件，我猜它们可能沉入海底了。目前我在阅读一本书，题为《大爱》，从中学习一些知识，开拓一下眼界。

春天里，鸟儿在晨光中尽情欢唱。我注意到白花花的盐碱地上生长着一些植物，有黄杨树、月桂树、小松树和各种灌木。柳树开始吐出嫩芽。我们行军时，小羊在旁边跳来跳去。农夫在田地里赶着马儿忙春耕。

我们都在忙着一项新计划：把营房和山坡之间每一块闲置的军用土地都翻整出来，种上土豆，这样我们就能自给自足了。土壤很贫瘠，农活儿也干得粗糙，所以如果将来挖出的土豆能和播种的一样多，那我们就算很幸运了。

长官在阅兵式上宣布，法国前线需要每个健康的士兵。我收到了以前的行李，但不知何故，被排除在出征名单之外。

理查森将军检阅了部队，向艾利克·汤普森颁发了勋章，以表彰他在战场上的英勇表现。他公事公办地发表了简短的讲话，谈到新西兰人在这里结婚会遇到的问题——把妻子带回新西兰会非常困难，还有些人的婚姻门不当户不对。他还谈到可怕的性病问题。他极具人格魅力，比其他所有的军官加在一起都更有头脑。

大家自发地在基督教青年会举行了一次特殊的礼拜，为随军牧师伯里奇上尉送行。他即将前往法国，担任奥塔哥旅的牧师。我悄悄在他耳边说，请和雷好好谈谈。

英格兰春天的典型特点就是阴晴不定：时而阳光明媚，时而雨夹雪，时而雪花纷飞。行军训练时，趁军官们不注意，小伙子们互掷雪球，打起了雪仗。玩笑开大了，我们会被带到最近的围场，然后“奉命”开始打雪仗，直到打累为止。大家意犹未尽，用雪球袭击了澳大利亚人的营地，开心地跟他们打起了雪仗。我们撤离时，他们看起来个个像雪人。

我们加紧备战。行军负荷增加到60磅，练到抽筋的人越来越多。我们双脚酸痛，肩膀和腿部都变得僵硬。我的身体状况很快就适宜参战了，但天天拉练让人腻味透了。

“长白云之乡”俱乐部有音乐会，演出越来越热闹，服务越来越好。澳大利亚中尉威利斯因擅长演唱幽默的苏格兰歌曲而风光一时。定期举办的士兵之夜大受欢迎，因为有风情万种的索尔兹伯里女郎与小伙子们暗通款曲。啤酒消耗量巨大，在受训期间我们常常花钱买醉。

给养在减少，先是土豆，然后肉和面包也越来越少。荤油被人造黄油代替，茶水几乎彻底没有了。看来饥荒即将来临。食物一天比一天少，不久土豆就成了过去式。一天晚上，在 10 号营地酒吧喝了一通啤酒之后，我和米克·麦克布赖德决定自己想办法，于是在半夜悄悄闯入食堂，偷偷美餐了一顿。

得知俄国发生革命后，我们都非常震惊。俄国军人放下了武器，这对我们来说是个坏消息，因为与俄军交战的数万德军将涌入西线战场。

今晚，一大批伤残军人将动身前往新西兰。哎，想到可怜的莱斯不能与他们一起还乡，我潸然泪下。

1917 年 3 月 26 日

战争需要更多的兵力。新西兰 4 旅成立，我被划归到坎特伯雷 3 营。面孔稚嫩的新兵从斯林行军到这里以扩充队伍——这些家伙嬉皮笑脸，但很快就被军官们收拾得服服帖帖、胆战心惊了。在这里，军纪无

1917年4月17日

一战的残酷、血腥、非正义性，让许多国家的士兵产生了反战心理。在惨遭失败后，驻扎在西线战场的部分法军爆发了大规模哗变。

疑会更加严明。

训练很乏味，由于新兵的加入，我们需重复最基本的内容。老兵像新兵一样挨收拾，但大多数的军官和士官自己都是新手。主管我们的中尉对操练一无所知。

在一个风狂雨骤的日子里，罗伊少校带领队伍在深深的泥泞中迷了路，真是名不虚传。在大风刮起时，这个笨蛋就已经带着我们走上了错误的道路。穿过犁过的田地，越过栅栏后，我们沿着车辙印，在泥泞的小路上艰难跋涉，一看就是一群乌合之众。所有人都疲惫不堪，个个浑身湿透，寒冷彻骨。他是个好大喜功、哗众取宠的家伙，惯于躲在防空洞里，“防空洞之王”的名声一直伴随着他。他从未获得过勋章，也没在战场上受过伤。

上级视察频繁起来，我们配发了步枪。为防止过度饮酒，酒吧里的啤酒价格翻了倍。

我又拔了一个牙根，还和许多人一样感冒了。我们排今天埋葬了一个名叫帕克的新战友，他因肺炎病逝。

1917 年 4 月 25 日

我们以教堂礼拜的形式纪念了“澳新军团日”。

除天主教徒外，所有教派的人都聚集在一起，由资深的随军牧师做了精彩的布道，大家吟唱一些感人的赞美诗。整个过程中，人们坐立不安，盼着礼拜赶快结束，迫不及待地想去酒吧喝上一杯。他们已经喝到麻木不仁，无法理解当天的现实意义。法国前线会令他们幡然醒悟的。

我和一群澳大利亚人步行到军人公墓，表达对逝者的哀思。下午，期待已久的“排际足球锦标赛”拉开帷幕，我们排以 3 ∶ 0 大获全胜。天哪，艰苦的比赛使我们走起路来都一瘸一拐的，但酒吧里的啤酒又使我们生龙活虎起来，很快就开始了一场醉醺醺的狂欢。人们打架、唱歌、吵闹，晚饭后回到营舍又闹腾了半天。

我收到一封来自新西兰的信，在信中，伊娃告诉我查理弟弟在家里发生了意外。他骑着一匹没有鞍辔的光背马，结果被马甩到树桩上，大腿严重骨折。他度过了极为漫长而痛苦的一天，先被送到马塔怀区护士那里，然后被送往吉斯本的医院。

傍晚，大家都玩掷钱游戏。我们向墙壁投掷硬币，扔得离墙最近的人可以通吃——跟我们在学校玩弹珠游戏一样，而且同样令人欲罢不能。

旅里的训练越来越正规。我们四处冲锋，在斗牛场里端着火枪、步枪进行射击训练，激烈地拼刺刀，还练习刺麻袋和跃出战壕。在步枪训练方面，我带着上了刺刀的步枪跑了200码，得了57分，满分为65分。

为了准备斯林大阅兵，我们要以分列式的形式从哈特旅长面前走过。我再也受不了不停地敬礼了，以膝盖在足球比赛中受伤为由，退出了检阅方队。

在炎炎烈日下，我们满负荷行军，需要跋涉30多英里才能到达斯林，整个过程漫长而辛苦。我们绕过巨石阵的德鲁伊石柱，有哨兵把守在那里，以防有人顺走石块做纪念。

一群吉普赛人尾随着队伍，轻松地提着一篮篮沉甸甸的橙子、巧克力和香烟。我们吃午餐时，美丽的女孩们凑过来，彼此之间用她们的语言交流，用英语和小伙子们打情骂俏。她们穿着漂亮的裙子，身材曼妙，面容姣好，向小伙子们兜售了不少东西。

在距斯林两英里的地方，我们左转进入一个绿草如茵的围场。斯林基地的人马和科德福德基地那些身体尚未痊愈的人早已在此，我们与他们会师后，又开始了分列式和敬礼训练。这绝对超过了人能忍受的极限，几十个精疲力竭的士兵气哼哼地脱离了队伍。晚上，老战友们自然要把酒言欢，大家很快就喝醉了。

一些我以前的步兵旅战友也来到这里，有克莱·韦恩、基德·艾伦、雷格·布罗斯纳汉、乔治·麦克奈特、泰德·戴和麦凯中士。哎，我运气不好，不能和这些好伙伴一直在一起。

1917年5月1日

早上九点，按照检阅程序，我们恭候着国王陛下。20只鼓同时敲响，庞大的乐队开始演奏国歌《天佑吾王》。国王骑着马在排列整齐的千人方队前来回检阅，后面跟着伊恩·汉密尔顿将军、戈德利将军、理查森将军和约翰斯顿将军，一个全部由军官组成的方队紧随其后。总指挥一身戎装，仪表堂堂。新西兰总理梅西坐在后排，旁边是副总理沃德和伦敦高级专员麦肯齐。

国王从附近经过，他身材矮小，一脸忧心忡忡的样子。我为他感到难过，但他自在地走到老百姓中间，大家一片欢腾，此情此景令人动容。最后到汉密尔顿将军发表讲话时，我们都已精疲力竭，所以在这之后队伍很快就解散了，可谓皆大欢喜。

整个营区一片喧嚣，我很同情那些在夜间站岗的哨兵。教导员和长官们没理睬爆发的几百起打架斗殴事件，他们将在早晨的行军中“秋后算账”。

早上八点，管乐队把我们唤醒。这支看起来萎靡不振的军队列队返回，乐队陪伴我们一直到埃姆斯伯里。我负责殿后，所以不用着急，带着酒醒后懊悔不已的散兵游勇，与漂亮的吉卜赛朋友又开心地玩了一会儿。

第 21 轮征兵招募到的新兵和我们一起还营，加入了 4 旅。现在，我们排已经满员。

不断有传言说即将选出奔赴法国前线的人。军纪更严了，起床号在早上六点十五分响起，夜训也开始了。到傍晚时分，所有人都已累惨了，却还得在黑暗的田野里深一脚浅一脚地行军，所以大家都骂骂咧咧，脾气暴躁。

夜读济慈能激发我的灵感，和战友一起喝酒使我开心快乐。我们宿舍的人因豪饮而闻名，几乎每晚都会集资去买啤酒。

我和温塞特设计了一个名为“皇冠和锚”的赌博游戏板，野心勃勃地想借此发笔横财。我们在骰子上做了手脚，很快便赚得盆满钵满。消息很快传到了老江湖的耳朵里，我们开始倒霉了，只得收手。我们欠下的赌债根本还不完，好在没人深究此事，真是好人。我已从中吸取了教训。

1917年5月22日

收到出征命令，全营震动。上级来检查装备，我们奉命收拾行李，周五将启程前往法国。

我倒霉地担任警卫，却意外地获得了“最佳军容军纪”奖，还被准了假。一群人欢呼雀跃地列队出发，登上开往帕丁顿站的运兵专列。100多英里的路途中，到处一片苍翠。令人惊讶的是，很少有农民在田地里耕作，看来没人理会国家发出的饥荒迫在眉睫的警告。可爱的水仙花和杜鹃花在路旁人家的花园里竞相绽放。

我在伦敦闲逛，然后乘上电车，遇到一群体魄健壮但彬彬有礼的男生，他们去芬斯伯里公园打板球。在帕默斯格林，我拜访了伦肯一家，与他们道别。罗茜在门口迎接我，看起来非常可爱。她的表弟弗兰克从法国来这里休假。伦肯先生和夫人邀请我留下来，我们聊得很开心，这家人对我特别好。

晨光曼妙，活着真好。享用了美味的早餐后，罗茜带我去游玩，然后到“圣乔治之家”餐厅享用晚餐。道别后，我冲向国王十字火车站，登上去往诺索普的火车。

春天里，姑妈家美得超乎想象，经过精心打理，一切井井有条。在我心中，这里就是我的家。我只能留宿一夜就要与他们告别。一想到即将离开，我的心里就充满了悲伤。我登上十二点零三分的列车，满怀惆怅地离开这里，去往伦敦。

在国王十字车站的月台上，罗茜·伦肯早已等候在那里。我们去购物，在利根斯餐厅吃了晚饭，然后前往帕丁顿车站。由于她的缘故，离别对我来说更加艰难。在我们周围，人们一边搀着喝醉的战友上车，一边还在与女友依依惜别。最后，我说了声再见，随战友们登上了列车。

营地里一派繁忙。所有卖酒的小卖部都关闭了。我们排队一一吸入一种气体。这是江湖医生的新把戏，据说吸入这种气体后可以预防某些病症。我们奉命赤身裸体，排着队由长官检查是否有性病的症状。

当我们忙于交出基本装备和宿舍备品、整理内务时，大雨倾盆而下。我最后一次寄出的发往新西兰的邮件是给汤姆的一包徽章，还有给父亲的林肯郡明信片，他看了会唤起许多回忆吧。

阅兵时，我们背上全套行军装备：弹药、防毒面具、钢盔、毯子和所有其他的东西。不知我们将如何承受这个负重。

我忽然意识到，在这场战争中一直伴随我的好运将就此结束。我只能一往无前，坦然接受生活给予的一切。

1917年5月28日

凌晨三点，我们起床，三点四十五分吃了炖菜早餐，四点，最后一次整理内务，然后在五点半出发。当登上开往神秘目的地的火车时，我们全身已经湿透了。英格兰没有为我们举办盛大的告别仪式。

正如猜测的那样，我们在十点抵达南安普敦，下车后我们解散了，下午四点四十五分在码头集合。天空放晴时，我们将衣服晾在绳子上，看着它们在低垂、微弱的阳光下被晒干。又有几个营陆续赶到，陆军后勤部门运来大量马匹，其中有一些真正的骏马。

两艘被战争损坏的船只停泊在维修码头，分别是“卡里斯布鲁克城堡”号医疗船和一艘被鱼雷击中的挪威蒸汽轮船。天哪，多么剧烈的爆炸才能把这“钢铁巨兽”撕裂和扭曲成这样。

军乐队在下午晚些时候开始表演，令人精神一振。大约五点时，一场巨大的雷雨吞没了音乐声。我们上了船，整整两个营挤在一艘船上，人满为患，很多人连睡觉的地方都没有。很幸运，我和老搭档麦克布赖德觅得了一处不错的栖身之地。

海面风平浪静，要不是去打仗，这一切多么浪漫。我看到轮船的左右两翼分别有驱逐舰和巡洋舰，如幽灵一般护卫着我们。一想到水下的鱼雷，我就早早去睡了，这样才能养精蓄锐，为明天做好准备。

第四部

比利时之殇

Part four

如果你想找列兵，我知道他们在哪儿。
他们挂在铁丝网上呢。
我看见他们了，我看见他们了，
铁丝网上挂着呢。

——英国一战『战壕小调』《铁丝网上挂着呢》

12

梅西纳惊雷

1917年5月29日

凌晨三点，我们抵达勒阿弗尔港，等到八点才上岸，然后行军6英里，穿过典型的法国城市，到达我们的休整营地。营区在一片高地上，俯瞰着海港。我们的帐篷里挤了整整14个人。

往日海滨的悠然惬意早已被战争的喧嚣所取代。绝望的法国女人兜售着面包，数千名健康的德军战俘从铁丝网密布的监狱来到码头上劳动。令人赏心悦目的别墅里依然鲜花盛开，但已被改造为医院或学校，来训练伤残军人恢复劳动能力。

我借此机会进城与来自世界各地的军人喝香槟，大家开心地为我重返法国干杯。对新兵来说，最大的难题是汇率问题。但在接下来的几周里，能否弄清这个问题对他们来说意义不大。

第二天早上，我们六点十五分起床，八点吃早餐，九点四十五分之前进行体能训练，上午十点进行腮腺炎筛查。当我们向火车站进发时，又一个营的英俊的澳大利亚军人抵达法国，他们接着使用我们的帐篷。

运兵车上照例人满为患，从门口开始就无处下脚了。大家被挤得东倒西歪，紧紧靠在彼此身上，尽量待得舒服些，希望能睡一觉。凌晨四点，我在阿布维尔站稍稍舒展了一下双腿，狼吞虎咽地吃完一份牛肉罐头和早餐饼干。

车窗外，每一块菜地都得到精心打理，一畦畦蔬菜郁郁葱葱、生机勃勃。即使在战争年代，映入眼帘的也是一幅美丽的画卷。这是法国人的骄傲，也是他们天性勤劳的结果。在这一点上，英国人应该好好学学。

在阿兹布鲁克，我们坐上一条支线列车，来到了巴约勒——一个重要的火车站，也是梅西讷岭一带的物资集散地。我们下了火车，大家都风尘仆仆、昏昏欲睡，但仍然立即列队朝着“普拉格斯垂特”[1]方向

1 “普拉格斯垂特”（Plugstreet）：英国人对比利时村庄普洛赫斯特（Ploegsteert）的称呼，位于梅西讷南方，是协约国军队密集挖掘地道之处。

挺进。

营地里有成千上万的新西兰人、澳大利亚人、加拿大人和英国人，很是热闹。这么多兵力集结在这里，是即将有大动作的迹象。一列长长的火车把军用物资运送到这里的物资储备点。

这个地方过于热闹了，我不喜欢。空战在持续上演，高射炮一直轰轰隆隆。双方的热气球都在空中侦察。我方的一只热气球被击中，在半空中燃烧殆尽。

我和大家一起七手八脚地在帐篷上涂上伪装。为了安全起见，在黎明时分要拆除帐篷，黄昏后再重新竖起来。

四处是农舍和绿草萋萋、绿树成荫的美丽田野。在这美丽景象的上方，激烈的空战持续了一整天。起初，双方的飞机在空中翻转腾挪，煞是好看，但不久，引擎的轰鸣声几乎把我逼疯了。夜间探照灯扫射着天空，在飞机转弯时把它们巨大的“白肚皮”照得雪亮。

我奉命到士官班上课，为晋升做准备。星期一，正当我们上课时，炮弹从天而降。砖头瓦砾和木头纷纷坍塌下来，大家一哄而散。虽然这个地方被炸毁了，但我们都毫发无损。能从这片废墟中得以逃生，对我们来说简直就是个奇迹。

我们每天都要进行毒气战演练。我现在是一名临时下士，上了毒气课，学习了如何训练战士，如何释放这种邪恶的东西。下午我带领全排进行刺刀和步枪训练。

在罗曼林四处闲逛时，我巧遇了雷，米德·退格雷也刚从前线撤下来。我喜出望外，松了一口气，因为他们看起来都很好。我四处寻找以前所在排的战友。鲍勃·派克罗夫特、保罗·达德森、戈登·威利和杰克·沙利文都是人品好、作战经验丰富的老兵，现在都已晋升为下士。他们都蓄势待发，很快就会投入战斗，所有人都对胜利充满信心。一场恶仗正在酝酿之中。

1917年6月5日

夏日骄阳的灼灼热浪使讨厌的队列训练减少了，大家很开心。早上，弗里茨[1]突然发了疯，指挥德军对几百米外的巴约勒车站展开了大规模的轰炸。可怕的爆炸点燃了一列运送弹药的长货车，每节车厢像多米诺骨牌那样被炸毁。在伤亡人员中，我们的两名士兵被飞溅的碎片击中而受伤，他们被救护车拉走了。

1　弗里茨·冯·毕洛（Fritz von Below，1853—1918），德国陆军上将。这部作品中也有多处使用“弗里茨”代指德军。

下午，我方大炮轰隆隆地发起反攻。在这样的狂轰滥炸下，我都有点同情老弗里茨呢。我军正在削弱敌军的攻势，并为今晚或明天的大举推进破坏敌方的铁丝网。新西兰师的其他几个旅正在奔赴前线，而我们新 4 旅却依然按兵不动。

榴弹炮和远程舰炮在猛烈地相互攻击，轰隆隆的巨响使我们彻夜难眠。

一整天，马路上不断有队伍在开赴前线，而满载士兵的汽车也纷纷疾驰而过。

1917 年 6 月 7 日

凌晨时分，惊天动地的震感把我们晃醒，震耳欲聋的爆炸声随之响起，仿佛天崩地陷一般。我们几乎都听不到自己说话的声音。在这场战争中，我还从未听到过如此惊人的巨响。我们猜想又有什么新型武器被投入战争当中。

我们营在后方修路，还要建造一条有轨电车线路，前提是前线的人能控制住局面。我昨晚正式晋升为下士，没能参与到如火如荼的准备工作中。我很遗憾不能和大家一起并肩劳动，但深知来日方长。人们对凌晨的大爆炸和随后发生的鏖战议论纷纷，谣言四起。战场就在距离我们 6 英里的地方。

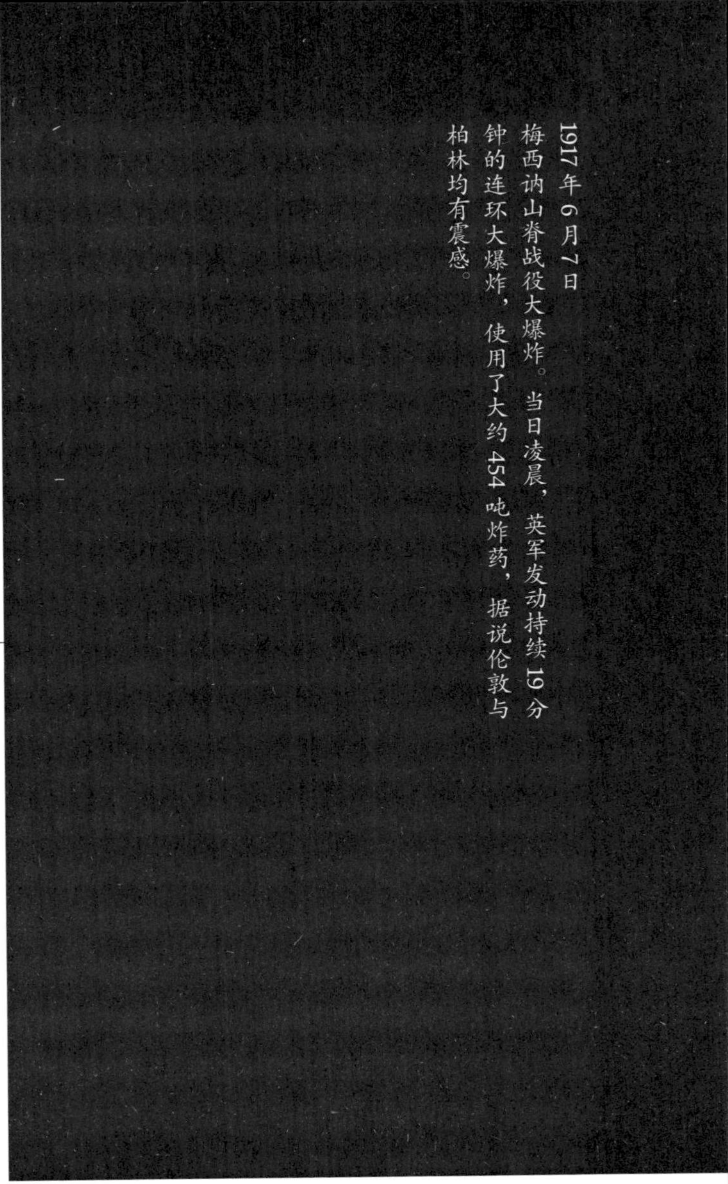

1917年6月7日

梅西讷山脊战役大爆炸。当日凌晨，英军发动持续19分钟的连环大爆炸，使用了大约454吨炸药，据说伦敦与柏林均有震感。

一点的时候，200 多名德军战俘在澳大利亚人的押解下从营区前走过。他们一副失魂落魄、蓬头垢面的样子，苍白的面庞诉说着艰难时期的悲惨故事。他们在防空洞里像鼹鼠一样东躲西藏，竭力避开我军过去几天的狂轰滥炸。

一队队满载我方伤员的救护车源源不断地从战场方向驶来。成千上万的人负伤，我真想知道这些可怜的家伙都是谁。

消息传来，原来在“起爆时刻”——凌晨三点十分，我方发起了总攻，引爆了 19 颗巨型地雷。我军在德军防线下方秘密挖掘了漫长的坑道，在尽头布设 600 吨炸药。成千上万的德军瞬间被爆炸产生的热浪吞噬，或者掉进脚下突然裂开的爆坑，被巨量泥土掩埋，窒息而亡。

我被任命为水务官，负责向部队发放净化水，责任重大。在纷飞的流弹中，我赶着马车，经过蚕豆田和长有可爱的红色三叶草的土地，来到泵站打上水，再赶车把水拉回基地。

忽然雷霆大作，暴雨倾盆。马路上车水马龙的景象令人难忘，头顶还有数十架飞机掠过，双方炮兵火力全开。战俘和伤员从前线纷纷涌来。据说为了报复我方的大规模攻击，德军已发起反击。

下午，我和战友达基·霍延去巴约勒走了走。我操着蹩脚的法语买面包，对方说着同样蹩脚的英语告诉我，他们被禁止向我们出售面包。与此同时，一场超出想象的、可怕的轰炸正在持续。

火车站一片狼藉。天哪，多么大的破坏力啊！一群苏格兰人在清理散落的砖头瓦砾，沿着半英里被炸毁的车厢，他们正在填满巨大的弹坑。敌人留下的“纪念品”到处都是，从米尔斯炸弹到9英寸炮弹，有些还没有爆炸。我们穿过臭烘烘的贫民窟回到营地，一到那里就听说明天我们要上战场。

13

战壕与城堡

1917年6月10日

在清晨和煦的阳光里，我们整队出发，与全营会合，到达罗曼林村的“餐厅角”，然后进入普洛赫斯特村。敌人用连天的炮火欢迎我们的到来，所以当我们一个接一个地通过“自杀角”[1]时，真是险象环生。

普洛赫斯特树林里响声震天，各种东西扑面而来，高能炸弹和毒气弹坠落如雨。我们戴上了防毒面具。爆炸掀起冲天的烟尘，我们周围炮弹横飞，杀伤力惊人。我们将伤员留给担架员，然后继续朝皮卡迪利战壕挺进。在“亨特斯大街”，我们与军士长会合，

1 这是一战中为帮助士兵通过迷宫般的战壕而竖起的标语牌，上有“自杀角”“死亡谷”等冷酷的名字作为标记。下文的“亨特斯大街”等也是战壕中的路标。

想办法如何更好地前进。

天黑后，我们把英军“忠诚北旅”替换下来。他们遭受了沉重的打击，只剩下五分之二兵力，巴不得能撤下去。

16排补充到“瑞丁堡垒”，15排到“埃克尔斯”，14排到“鳗鱼派”，13排到“死马堡垒”。我们在树林中的一条辅助战壕里，没有任何保护工事将这些堡垒连接在一起。我在这里的任务是释放毒气，非常棘手。

比利时国王阿尔伯特曾经常来这片树林打猎。现在，麻雀用一只脚跳来跳去，这是能见到的仅有的动物。可怕的轰炸还在肆虐。我们受到沉重的打击，伤亡惨重。

凌晨三点值守时，一切还算安静。中午，老弗里茨变本加厉，又恶狠狠地朝我们开火了。耳边的枪炮声排山倒海。我紧紧地靠在战壕的前墙上，周围都炸开了花，敌人还投掷了几十颗毒气弹。我们处在一个狭窄的角落里，是树林中名副其实的“死亡陷阱”，风向也对我们不利，不能吹走可怕的毒气。

可怜的亚拉尔中士在四点左右被炮弹炸死了。之后我们收到了好消息，即将从这个激战热点撤走。机枪手和投弹手留在堡垒中，而我们转移到“朗兹路”，艰难地穿过被摧毁的工事形成的障碍。我们满负荷前进，举步维艰。

午夜时分，我们到达了大约一英里外的火线，爬进潮湿的防空洞。此刻大家都已累得要死，伴着猛烈的轰炸声却也酣然入睡了。

早晨阴转阵雨，但我们很开心，因为可以休整一天，稍微洗漱一下，刮刮胡子。我被派到因弗内斯物资储备点去拉给养，发现这里也打得不可开交。谢天谢地，我能全身而退，顺利回到防空洞。勤务员传来消息，双方在激烈的炮攻对决中放弃了前线，正在把伤亡人员集中起来。

傍晚六点，我们收到命令，整装待发。黄昏时分，德军发现我们正在撤离，立即热火朝天地轰炸起来。这一通枪林弹雨和毒气攻击打得我们措手不及，但这次大家都毫发无损。

黑暗中，我们兴高采烈地从体育农场鱼贯而出，顺利撤退了。凌晨两点，我们到达威斯科特农场。感谢基督教青年会的志愿者们用饼干和热咖啡为我们的身体注入了新的活力。

我们在新营房中醒来，感觉神清气爽，看着彼此沾满泥浆的胡子，不禁哈哈大笑。又是一个阳光明媚的日子，我们打算把自己稍稍收拾一下，然后放松放松。

傍晚，我感觉十分困倦，不想写信，于是陪乔·图宁顿走到乌普利讷喝一杯。轻佻放肆的法国女人频频为我们斟满啤酒，很快我们就飘飘然了。不知什么时候，我们发现自己置身于一个地址不明的酒窖中，与一群人混在一起，好不快活。后来，我只记得自己蹒跚地走过一个“禁止入内”的标志，探索着熟悉的古老街道。

4天来，我们都在做些轻松的事情。我们举行了圣公会教堂游行。在阳光下，我们沐浴在里斯河的清凉之中，举行了全连游泳赛。空中的轰炸还在继续。炮弹不时会落到这里，不断造成人员伤亡，消耗着我们的队伍。

小酒馆里人声鼎沸。无论白天还是黑夜，新西兰人都在快乐地炫耀以合法或“其他”方式搞到酒的诀窍，他们甚至不惜去袭击酒窖。小伙子们真是酒量惊人。

由于那晚在乌普利讷的孟浪，我的名字出现在连长最新的《违纪名单》中。我去他那里领罪，但幸运的是他没有处理我。

1917年6月19日

收到了连里的命令后，我们整装待发。没有人乐意离开我们的休整地。然而，令我们惊讶的是，行军一小时后，我们在涅普附近的一座巨大的城堡前停了下来。这里成了我们的营房，生活太美好了。

在这座华丽的四层楼房里，我坐在奢华的写字台旁写着日记。从典雅的窗棂向外望去，清澈的人工湖映入眼帘，在大约5英亩的土地上蜿蜒流淌，跟我想象中的微型威尼斯一样。再往前是果园和灌木丛，然后是屠宰场和面包房。锦上添花的是，我还收到了格雷灵厄姆农场的家人寄来的一大包好吃的。

前面的草坪曾经是打槌球和网球的场地，现在到处都是弹坑，我们的军马已经在那里安了家。如果德国人看到我们，他们的炮弹会把这里夷为平地吧。望着曾经天堂般的家园如今满目疮痍，我不禁感到阵阵心痛。如果这就是战争，但愿永远不要再有。

人们从华丽的城堡出发去修缮战壕，而我则幸运地负责行政工作。

傍晚时分，一颗炸弹落到草坪上，马群发出可怕的嘶鸣声。炸弹在马群中间爆炸了，十来匹可怜的军马倒在地上，马腿被炸断了。失去腿的马匹在地上翻腾，军官们冲上去，拔枪结束了它们的痛苦。

轰炸在早上消停了一段时间。亲爱的弗雷德·济慈来看望我，我们漫步到涅普。所有的场所都关停了，这很正常。只有小酒馆照常营业。

4天的奢华生活以突如其来的行军令结束，我们朝罗西尼奥方向进发，前往布伦盖伊农场。16排住进帐篷，其余的人均睡在一个马厩里。我抓起一捆稻草，这时农场里的女人出现了，她双手叉腰，冲我发火，但我还是拿走了稻草，得享一夜酣眠。

起床时间是凌晨四点十五分。我们排去机动农场参加劳动，而我则奉命骑自行车到巴约勒的澳新军团第2师，进一步接受生化武器顾问的培训。空战还在继续，老弗里茨烧掉了我们的5个热气球。他的一架飞机被击中，掉了下来，一个士兵死了，另一个士兵失去了知觉。

回来的路上途经讷沃埃格利斯，于是我去"牛津"营地寻找雷。令我高兴的是，他在那里，看起来很好。我们聊得很开心。从他收集的大量战利品中，他向我展示了一把德国左轮手枪，让我挎在腰间，随身携带。奥塔哥旅成功挺进，但并非一帆风顺。

四处走走，你就会轻易地发现，在一片片新墓地中如雨后春笋般冒出了无数的十字架。我们离开这里很久以后，战争的痕迹依然会留在这里。

在这场战争中，我们有一个小小的快乐，来自农舍的一个令人愉快的15岁女孩，她整天缠着我们，和战士们玩耍。她总能让我们开心，经常帮厨，还参加我们的休闲足球比赛。当乐队演奏时，她就在乐手身边。大家都认识她，称她为“乐队缪斯”。

1917年6月25日

早上五点，我带着全部行李去总部报到，奉命参加毒气强化培训。很幸运，我可以借此机会休息一下。如有神助一般，我搭上了恰好路过的马车。早上八点，我在阿兹布鲁克乘坐火车前往奥克塞拉埃尔。火车载着我们一群人穿越美丽的乡村，那里啤酒花盛开。

我们在一位女士的农舍后面安顿下来。这是一片美丽而宁静的地方，林荫道两旁长着高大的桦树和榆树。晚上，我们步行到山顶，一览佛兰德斯平原令人赏心悦目的美景，伊普尔、阿尔芒蒂耶尔，直至敦刻尔克的大海都尽收眼底。

16名新西兰军人和14名英国军人接受一位严谨的绅士的培训。英国人整天都在谈笑风生，大家每天都过得快快乐乐的。小酒馆就在附近，隔壁的女士以合理的价格出售各种美食。“金苹果”酒吧是个好去处。那里的黑啤酒浓郁甘醇，人们开怀畅饮、寻欢作乐，但比我们常见的要文明得多。

这里的村舍没有遭受德国人的破坏。一天傍晚，当我在奥克塞拉埃尔散步时，遇到了一个和蔼的女孩。她说着一口流利的英语，还谈到了她可怜的弟弟。他刚出院，身上有13处伤疤，正在康复。

1917年7月2日

我们在奥克塞拉埃尔的日子短暂而美好。回到阿兹布鲁克，我们没有找到任何乐子。在城里转了一圈后，我们无聊地坐着卡车到了斯滕韦克。从那里，我们兴致勃勃地徒步到位于涅普的旅部。很快我们就接到命令，要求我们放下行囊，立即全副武装去我们所在的部队报到。

我们既没有口粮，也没有钱。一个小伙子拿出10法郎为大家买了吃的，之后我们就出发了，一直走到布伦盖伊营地，在那里我们停下来过夜，和那些为死去的战友制作木制十字架的战士们会合。

我度过了一个可怕的夜晚，胃痛，还上吐下泻。一架飞机冲过来，在附近投下4颗炸弹。

在身体严重不适的情况下，我艰难地跋涉到汽车角，在枪手路“聆听”了老弗里茨的“仇恨赞美诗”。

在车站街，我向营部的医生报告了病情。他诊断为轻微的食物中毒，给我喝了一大勺蓖麻油和一小口白兰地。

之后我立即奔赴前线，与我们连的人会合。连部在柴郡路入口附近一座被炸毁的旧农舍里。我和米克·马蒂尔中士、鲍勃·克里奇下士在戴斯皮埃尔农场附近露营。我们身后是普洛赫斯特树林，左边就是曾经的梅西讷战场。茫然四顾，只见荒凉遍野。

我施放了毒气，看到前线一切正常后，就沿着柴郡和萨福克大道进行了巡查，趁着夜色前往我们废弃的前线。穿过无人区，进入新的交通壕中，我们到达了德军曾经的前线。他们在坚固的钢筋混凝土战壕里接了电灯，里面横七竖八地摆放了大量的铁。每个教堂的钟可能都被拆了下来，这样就不能敲响毒气警报了。天哪，他们的战壕太坚固了，难怪我们的轰炸收效甚微。相比之下，我们自己的战壕只是些简陋的前哨罢了。

我们已经将弗里茨麾下的德军赶到了里斯运河对岸，现在他们正在那里建造同样坚固的战壕。他们经常会迅速地低空炮轰我们，地毯式轰炸已经成了家常便饭。在今天的空战中，我们这边似乎排名第二。

我马上就到营地了，此时弗里茨开始左右开弓，炮轰了我们的野战营地，造成不小的破坏。他找到了我们的炮台，但附近有他们自己的物资储备点，他应该有所顾忌，不至于丧心病狂地轰炸我们。他随意施放毒气，事实证明，我们的新款防毒面具是真正的天赐之物。

在一个阳光灿烂的日子里，老弗里茨的攻击终于有所缓和，我游览了旧战壕。如今那里一片花团锦簇，其中鲜艳夺目的红罂粟竞相绽放。

现在最可恶的害虫是蚊子和可怕的虱子。有了空闲时间，我们会把身上的虱子找出来，用双手拇指指甲一挤，从“嘎吱”一声中获得快感。

1917年7月8日

夜里打雷了，老弗里茨又故技重演，开始炮轰。雨停后，北奥克兰15连抵达这里，在可怕的泥泞和污水中与我们交接。尽管如此，从这个相对轻松的阵地撤出时，我们还感到有些遗憾。晚上，我带领一排人闷闷不乐地回到了涅普，一到那里，我们的郁闷立即烟消云散。欢迎回到美丽的城，这是多大的收获啊！我和米克·麦克布赖德觅得一处安乐窝，当我们不得已离开这里时，会非常难过的。

我收到了12封信，简直被生命中的女人们宠坏了。罗茜·伦肯寄给我一本法语书，艾薇·纽曼寄来一封甜蜜的亲笔信。我们都是穷光蛋了，终于发了军饷，小酒馆里一片欢腾。小伙子们都情绪高昂，每个人似乎都觉得不久战争就会结束。我则不以为然，但愿是我错了。

更为奢侈的是，在"涅普桥"浴池，我脱掉破烂的衣服，沉入一大缸热水中。正当我惬意地享受着温暖和放松时，我注意到亲爱的雷就在右边，也在浴缸里。多么美妙的巧合，就像从前一样，在辛苦伐木一天后，我们在峡谷的小溪中清洗自己的身体。他步行了 3 英里多，特地来这里洗澡、换内衣。我们约定把这里当作以后见面的地方。

两位表亲大唐纳德和科里·卡梅伦过来接我，去和他们的朋友们一起喝酒狂欢。我度过了一个非常愉快的夜晚，而且还遇到了特卡拉卡人迪克·温特斯和伊恩·格雷厄姆，他们出来执行同一个任务。

这段时间我们很轻松。如果我们是最健康、休息最好的新西兰人，那肯定在为即将到来的任务养精蓄锐。乐队在下一层整天练习，几乎掩盖了飞机的声音和营舍后面的炮声，每次爆炸都会震动我们的墙壁。

体能训练、刺刀格斗训练、挣脱铁丝网训练、毒气训练、步枪训练和路线行军都是为了让我们做好战斗准备。防毒面具检查和各种琐碎的工作使我忙碌不休。我必须站在全连面前给大家讲解毒气的相关知识。亲口讲出这些话使我比在前线更紧张。

我被任命为我们营的阅兵式传令官。我为此振作起来，但很快彻底厌倦了枯燥的仪式训练，因此像个列兵一样遭到训斥，被骂个狗血喷头。最终的结果还不错，看起来我表现挺棒。

我们连与连之间进行了板球比赛，赢了一场后，就找到了喝啤酒的好借口。

新教教堂游行在城堡后面举行，旅长都出席了。米克·麦克布赖德陪我去圣马丁天主教堂又参加了一次礼拜，那里漂亮的家具被转移到一间兵舍里。对于一个新教徒来说，最令人难忘的是，我获得了一枚天主教的肩章。回去的路上，我们采摘了汁水饱满的樱桃，在树荫下的餐桌旁享用了美味的晚餐。

1917 年 7 月 20 日

我们长途行军到埃尔坎盖姆附近，进行了一些战斗演练。傍晚，我感到筋疲力尽，需要泡个热水澡，于是去了浴池。我问问雷是否来过，他已经离开几分钟了。回来后，我得知我们俩错过了。我不在的时候，他来城堡找过我。今天，我心里一直惦念着我的兄弟。我有一种强烈的感觉，今天是他的重要日子。但很遗憾，我没能见到他。

⑭ 悲恸

1917年7月21日

今天艳阳高照。旅长在早晨来视察。解散后，我们度过了轻松愉快的一天。在法国人的花园里，一排排豌豆长得整整齐齐，妩媚的蔷薇在花柱上攀缘缠绕。我愉快地去拜访住在巴约勒路的法国朋友们。

傍晚时，我伤心欲绝，因为我收到一条消息，雷昨晚在普洛赫斯特的地下营房门口遇难。我不敢相信这是真的，他可是我的兄弟啊。我争抢通行证，发疯似的四处打听，想看看这是不是假消息。我什么都做不了，无法思考，也无法入睡。

一阵猛烈的炮击袭来，我们急忙进入室内。营房差点儿被击中，我不禁惊慌起来。

第二天早上起床后，我前往雷殉难的地方。几经周折，我终于到达伤心地：63号山下的营房隧道入口。这里太惨了，好像被炮弹“犁”过一样。德军一定得知了我军的几个营住在这里。

雷的战友们告诉我，消息是真的。当时他坐在防空洞入口外给伊娃姐姐写信，被炮弹击中身亡。他的身上没有任何痕迹。他与三名官兵一起遇难，还有一名少校受了重伤。戈毕茨中尉已经体恤地将这封信寄回我家。

牧师伯里奇上尉亲切地与我谈了很久，然后将我带到雷的墓地。他长眠在著名的60号高地山顶附近，距离他遇难的地方不远。他的一边是怀特洛克中士（编号为8/500），另一边是列兵詹金斯（编号为40009），他们同时罹难。

我崩溃了，为亲爱的兄弟号啕大哭。才23岁啊！我不知道家人如何接受这个噩耗，他们一定会痛苦不堪啊。弟弟的位置将永远无人取代。他一定是太优秀了，所以才不容于这个世界。

1917年7月23日

盟军展开了攻势。今晚我们要上前线，到达我方占领的德军辅助战壕。我不愿意离开舒适的营房，但上前线可以分散我的注意力，使我不那么想念雷。

经过3个小时的艰难跋涉，我们穿过普洛赫斯特村和梅森农场，到达了“裁判街”战壕，替下了奥塔哥旅2营10连。在未来几天，这里就是我们的家。我们身后是普洛赫斯特树林。我们睡在一个巨大而坚固的德军野战营房里，是将鹅卵石与水泥和在一起建筑而成的，并用种植的攀缘植物伪装起来，就像开花的胡薄荷一样。由于近来一直很疲倦，我想忽略爆炸声睡一觉，但睡得并不踏实。

我和米克·马赫中士趁着夜色去把23号增援部队带过来。我率队走在前面，中士殿后。但很快我们就暴露了，德军的炸弹如暴风骤雨般袭来。我让大家在小路堤后面卧倒，等了半小时，然后带他们往前冲，从一个掩蔽处三步并作两步跳到另一个掩蔽处。凌晨三点，我回到战壕，身后只跟着30个人中的17个。

密集的炮击声、信号员不停的叫喊声、对弟弟的思念，还有那些失踪人员，都使我无法入睡。我感受到了失眠的影响，又开始焦虑不安了。为了母亲我也不能死在这里 。

令我们惊讶的是，一大早，那些掉队的小伙子在枪林弹雨中出现了，看起来都失魂落魄的样子，但身体状况还好。我们左翼的部队昨晚进行了突袭，但德军击败了他们，还俘虏了一些人。我看出来了，在这里的日子将会异常艰难。

晚上，我与军士长一起去前哨侦察，离我方前沿阵地渐行渐远，与德军只有一河之隔。无人区总是令人紧张不安，时刻担心被敌方的狙击手或机枪手发现，遭到射杀。尽管战壕里恶臭扑鼻，但能平安回来，我几乎开心起来。

大雨不期而至，一片泥泞，然后变成了水坑，甚至是水塘。战壕里的情况极其恶劣，大家十分辛苦，都感到非常困倦，个个牢骚满腹。食物每晚送来两次，大约在晚上十点一次、凌晨两点一次，从很远的兰开夏农场带到这里时，炖菜已经凉了。

我们的炮兵在持续轰炸。更多的毒气弹飞了过来，但强风对我们有利。晚上，老弗里茨又甩过来许多炸弹。再往北，一场密集的轰炸正在进行。我们经常去无人区进行夜间巡逻，最近一次以一人受伤、一人阵亡而告终。

第七天早上，一场可怕的雷暴袭来，哎呀，下雨了。大雨倾盆，我们陷在了齐腰深的污水中，于是急忙离开战壕，奋力挖掘排水沟，然后返回战壕，像青蛙一样生活在泥淖里。

在炮击平息之前，我们被扫射了一会儿。令我们高兴的是，邮包到了。我一共收到6封信，一封是从家里寄来的，日期还是在雷阵亡之前，而且家里似乎一切均好。还有在英格兰的亲友寄来的慰问信，其中最令我感到意外的是安妮·麦凯修女的来信，她真是体贴周到。

明天就可以从前线撤下去了，我都迫不及待了。

1917年7月31日

老弗里茨冲着我们的营地开炮了。我们眼睁睁地看着一枚炮弹掀掉了铁栏杆，将一个德国朗姆酒罐炸得粉碎。大家急忙钻进防空洞，迅速关上门。

逼仄的防空洞又被击中了。巨大的冲击波将离门口最近的人都震倒在地。我感到头晕目眩，过了一会儿才缓过神来。可怕的硝烟弥漫在防空洞中，我的床对面的厚铁门被炸得变了形，卡住了。在烟雾里，我们发现，在这次地毯式轰炸中，大家竟又一次毫发无损地逃过一劫。

北奥克兰15连到来后，我们就迫不及待地出发了。我们在可怕的泥潭里跋涉，来到梅森农场。往前行进几码，我们在劳伦斯支援农场找到了破败的营房。大雨再次从天而降。营房是一片废墟，大家蹲在支离破碎的屋顶下，这遭的是什么罪啊！

1917年7月31日

俄国爆发革命后，英法联军担心德国向西线调兵，决定发动第三次伊普尔战役，也称帕斯尚尔战役。此役，英军伤亡30万人，法军伤亡8000多人。

我醒来时听到人们在骂骂咧咧，诅咒着这个倒霉地方。大家都被淋成了落汤鸡，像这样生活在泥水中，我们还没有全员病倒，也算是奇迹了。

我们并没有撤走。我方的大炮就在外面咆哮，老弗里茨不甘示弱地回应着。我们很有可能被流弹击中。两个连的连长都到总部请求撤下去，但消息传来，我们需留在这里，还要在战场待4天。最终，我们得到一些防水油布来修补屋顶。

热腾腾的食物维系着我们的生命，我过得还不错，和布朗尼挤在一个临时宿舍里，在一个角落，两人还有一点干稻草可以分享。我们只能躺在这间破屋子里，又湿又冷，呼吸着从身体散发出的阵阵臭味。雨一直下，大家的火气也越来越大。整整穿了12天的靴子，我的脚都肿了。许多人用枪油和碎木头生起一小堆一小堆的火，想把袜子烤干。如果你走出去，一脚就会踏进一片犹如汪洋的泥浆中或者积满泥水的弹坑中。在黑暗中，你必须时刻保持警惕，以免陷入沼泽。弹坑是积满泥浆的地狱，大大小小的弹坑汇成了池塘。老弗里茨依然每两个小时扫射一次这个地方。时光飞逝，距离弟弟去世已有两周了。

从我们左翼的部队开始，盟军的浩大攻势正全面展开。泥浆是令人讨厌的障碍。运炮弹的驮马深陷泥淖中，难以挣脱。

1917 年 8 月 4 日

2 连和 3 连解救了我们，于是我们急忙逃命了，不到一个小时就到了布鲁恩戈耶。我们的营房又是一片破砖烂瓦。我四处搜寻，找到一个相对干爽的地方，开始刮掉自己身上和随身带的所有东西上的泥巴，这活儿干得让人绝望。

从酣睡中醒来后，我发现天灰蒙蒙的。雨终于停了。我参加了基督教青年会在附近围场举行的圣公会教堂游行，旁边是一排排整齐的绿色玉米，正值花期。基督教青年会分发给我们饼干和热茶。它是这里最好的慈善机构，我一直很感激他们帮助我们在身体和精神上保持活力。

我们花了 3 天的时间来休整，修理损坏的通信电缆和防毒面具，在涅普购物，还把我们的军饷花在镇上的小酒馆里。我很艰难地在信里告知了家人雷去世的消息。我摘下从一开始就佩戴在左领上的徽章，夹在信中寄给了艾薇："你是这世界上唯一一个让我想送出这枚徽章的女人。如果你能接受这枚小小的纪念品，我将深感荣幸。"

1 旅的约翰斯顿将军被一名狙击手击毙——击穿

了心脏。我和他可怜的兄弟谈了许久，他是 ASC 连的一名列兵，与我们住在同一营区。这位将军因炮弹休克症而在英格兰休养了 8 个月。他告别了新婚宴尔的爱妻，刚刚重返前线就罹难了。

1917 年 8 月 8 日

我们又返回前线了。我和其他 4 名下士凌晨四点出发，去打前站，做好准备工作。在十点时，我们到达了梅森农场，来到一个最近遭到炮击的危险地点。我们连队在下午四点赶到，替下北奥克兰 15 连，而我则护送 23 号增援部队到兰开夏支援农场，然后匆匆返回战壕。

短暂的静好被夜间的雷雨破坏了，大雨使战壕里汪洋一片，再次淹没了我们的野战营地。作为后备连队，我们还是负责干些杂活儿。天气太恶劣了，将会对我们非常不利。

炮击在黑暗中开始。我们受到一两次直接打击，但我自己挖的简陋的“野战宿舍”使我活了下来。

老弗里茨在早上继续发起猛烈炮击，而他的战壕勘察机则忙着四处侦察。我方的炮台距离我们不到 50 码，吸引了敌军的火力。战壕几乎无遮无挡，我们的伤亡人数能如此之少，令人惊讶。我亲爱的战友吉米·惠特姆死在战壕里，大概是死于心力衰竭。哎，他是一个可爱的家伙，全连的人都很喜爱他。明天他将下葬。

我收到了弗雷德·济慈的便条。大唐纳德两天前遇难。他是我的校友和表兄。呜呼，又走了一个。

连队连续两个晚上出去执行艰巨的任务，挖掘新的前线战壕，凌晨返回时，大家都浑身脏透了，累得要死，有几人受伤、死亡。可怜的麦柯南下士惨死。敌军飞机飞过来轰炸了运输线路，又炸死了我方许多马匹。

第三天晚上，带着沉重的铁丝网和铁柱子，我们又来到无人区，四下里伸手不见五指。这时，天又开始下雨了。泥浆没到我们的膝盖，很快到达我们的腰部。即便如此，我们依然坚持完成了任务。除了偶尔的机枪射击外，德军大部分时间都很安静。我们在凌晨两点半左右返回，状态极差。战壕里的情况更为糟糕。

1917年8月14日

今晚，我们的任务被取消了，可以好好休息一晚。凌晨一点半，老弗里茨向我们开炮了，在我们的野战营地周围砰砰地扔下不少炸弹。沉重的炮弹轰隆隆地袭来，在大地的震颤中，我们熬了半个小时。我们受到直接火力攻击，周围笼罩着一种最可怕、最无助的感觉。毒气弹过来了，所有人都戴上了防毒面具。

老弗里茨安静了一会儿，吃过早餐后他又故技重施。我们丢盔弃甲，东躲西藏来保命。防空洞被炸得稀巴烂，里面有我们所有的东西。我和迪克·惠廷顿开了小差，直奔兰开夏支援农场附近的一个交通壕。

傍晚时分，我们偷偷溜回了野战营地。天哪，多亏我们跑得快。猛烈的炮击使这里一片狼藉，但我们的伤亡人数还是很少，非常神奇。我们的连长负了伤，已经被转移了。黄昏时分，我们奉命撤到兰开夏支援农场。我和迪克·惠廷顿在战壕里曾经共用的小防空洞，现在被炸成了一片废墟。在我们的右边，阿尔芒蒂耶尔遭到猛烈的轰炸，火光冲天。

蚊子的嗡嗡声比轰炸声还要糟糕。被蚊子叮咬后很痛，极易感染。就在本周，我们连的几个人都为此去看病了。

吃得饱饱的食尸鼠统治着战壕，有些像猫一样大，而且十分厚颜无耻。它们完全无所畏惧，天天以尸体为生，对它们来说一个人只是它们的一顿饭。我无法入睡，因为它们吱吱地叫着，拖着肥胖的身体在我们身上爬来爬去，寻找着新的下口的地方。

我们在泥泞中辛苦地走到无人区安装铁丝网，获得了防水连靴裤作为奖励，对于我们来说，穿上它们干活儿简直是太棒了。更好的是，炸羊排送到了我们身边，我撕开羊排，想起了在农场的时光。

1917年8月16日

在老弗里茨猛烈地炮击交通壕时，我和布朗尼去奥斯托芬农场整理营房。我们刚走到梅森农场，恰好赶上了低空扫射。

我在农场跟达基·霍延打个招呼。当我正要离开时，一枚炮弹落下来，将他炸成了碎片。又走了一个。他是我见过的最善良、最正派的人之一，也是我们中的一名运动健将。

我们撤回到一个营地，住进了兵舍。这些房子被炮火炸得七零八落，附近曾经十分宏伟的城堡被德国人炸毁了。涅普在夜间遭到轰炸。

弗雷德·济慈打电话向我确认大唐纳德的死讯。我弄到了一张通行证，可以去他生前所在的先锋营。逃离了老弗里茨轰炸附近炮台的喧嚣，我先去了讷沃埃格利斯——又一个曾经美丽宜人的小镇沦为废墟。从被炸毁的教堂右转，我继续前行，到了维尔弗海姆附近的鲁沃克农场。

来自吉斯伯恩的卡罗利亚·金基带我去见他们的随军教士——和蔼的威皮亚·瓦诺胡牧师。他告诉我，在8月7日凌晨，可怜的大唐纳德刚刚完成布设铁丝网的任务，在返回途中的糖厂附近失去了生命。德军发起猛烈炮击，大唐纳德不幸被击中。当天下午，他被葬在山下农场公墓，离雷不远。牧师给了我一张身份牌，让我寄给科琳娜姨妈，他还安排把遗物寄给大唐纳德的妻子。可怜的薇·卡梅伦嫂子，她在一家英国医院工作，刚结婚不久就失去了丈夫。

在回去的路上，我心情沉重，顺路去看看科里·卡梅伦。他已被转移了，昨天从普洛赫斯特撤出时，他的脸部和腿部都受伤了。

我们家族经历了多少不幸啊！可怜的家人们将如何承受这些突如其来的打击？他们会悲恸欲绝。随着年龄的增长，我感觉世道越发艰难了。

在上个月，虽然没有明确的统计，但新西兰军团伤亡惨重。每天晚上，老弗里茨都会投下炸弹，摧毁任何看起来像住房的东西。在前线比在容易暴露的营地更安全。涅普桥遭到严重的炮击，军用货车被派往那里转移平民。

一直以来，勇敢的法国农民坚持在田里劳作，通常趁着夜色进行。在极其危险的情况下，他们一手挥着镰刀，一手拿着耙子，娴熟地收割玉米。没有马匹，老人和男孩就用手拖着宽大的耙子，在地里来来回回地收获。

法国妇女慷慨地为我们缝补破烂的衣服，还将衣物清洗干净，只收很少的钱。我们的衣服里虱子成群，多到都能跳出来。即便如此，她们还为我们做着这件事，令人敬佩。熨烫会消灭虱子和虮子，但总有些家伙鬼鬼祟祟地躲在接缝下，等待着我们身体的温暖将它们孵化。对我们所有人来说，只能不停地挠啊，挠啊，喀哧，喀哧。

发饷日到了，人们都喝得酩酊大醉，阿姆斯特朗还耍起了酒疯。凌晨两点，德国人向我们发射过来1000多枚毒气弹，我费了好大的劲才把醉酒的人们叫醒，让他们戴上防毒面具。德国人改变了配方，一种可怕的新型芥子气在撕扯着我们的喉咙。

1917年8月24日

我们于清晨五点出发，以300码的间隔奔赴前线，在边境附近入驻了曾经的德军营地。入口处是一个步枪旅士兵庄严肃穆的坟墓。营房里面用粉笔写着对我们的“热烈欢迎”：专属留给英格兰浑蛋。

几乎没什么炸弹过来。于是，在傍晚时分，我四处看看，却不小心掉进了一口寒冷的深井里。我吓坏了，惊慌失措地扑腾了一阵子，终于设法爬了出来，站在那里感到自己非常愚蠢。幸运的是，我带了一条备用的长内裤，最终我只穿着这条长内裤和一件开衫在战壕里跑来跑去。作为一个军人，我这是什么形象啊!

早上，我和沃利·哈蒙德出去转了转。战壕之间的土地被毁坏了，不知将来怎么恢复成耕地。到处都是巨大的弹坑、钢铁碎片和未爆炸的炸弹。不过，大自然是最坚强的。白蝴蝶在一些开花的草本植物中翩翩起舞，在一些地方，一丛丛蓟草、油菜和罂粟在微风中摇曳。

我利用这难得的清静写了几封家书，跟家人说说这些接二连三的噩耗。一包新西兰的邮件来了，我收到了6封信，一封家里的都没有。据邮递员说，5月20日至6月期间从英格兰发出的大部分信件都与沉没的“蒙古号”一起留在了海底。

在我们去前哨之前又赶上了下大雨，只能说我的运气“太好”了。我带领一支队伍穿过泥泞，到达了4号哨所，这里是离前线还有段距离的无人区，距离运河大约400码。当我们从肯尼迪下士手中接管哨所时，每个人都浑身湿透了。这个地方让人无法开心。没有野战帐篷或木板道，只有一条敞开的战壕。

在夜幕的掩护下，我们四处搜寻，将铺在泥泞中的木板拖回来当座位和简陋的避雨棚。这是真正的战争，我们所有人都挤在简易的座位上，又湿又冷，从头到脚都糊着泥巴，而德军在彻夜不停地用机关枪扫射着。食物被送来了，像冰一样冷。在漫漫长夜里，我们的英国野战炊具和做汤的压缩片简直是老天爷的恩赐。睡觉是根本不可能的。

大约十二点，我们的哨兵发现有 10 个德国佬出现在前方，我们立即警觉起来。我们热血沸腾，准备好刺刀严阵以待，警惕着危险的袭击，但他们没有过来。

眼看着泥浆越积越深，没到了我们的膝盖，我的脚变得越发酸痛乏力。白天的炮击取代了夜间的机枪扫射。站直或在任何地方移动几乎是不可能的，但我们还是设法处理了不幸的战友们的伤势。第三天晚上，我四处摸索，找到了以前见过的那个坚固的德军防空洞。那里也是一片泥泞，情况很糟糕，但我的状态已经十分可怕了，所以我倒头就睡，直到早上才醒来。第 4 天，由于另一场战斗的需要，我们奉命缓慢地向伊普尔方向进发。

⑮

向伊普尔进发

我奉命在柯瓦巴克和莱斯特鲁蒂勒尔之间的“冬季营区”为连里安排住处。到达那里时，我已浑身湿透，精疲力竭，感觉自己像头饿狼。这项任务并不轻松，我需要在方圆数英里之内四处奔波，先找到住处，再把大家带到各自的住所，还要解决食物问题。

1917年8月31日

作为营房军士，我一早就背起行囊，和鲍勃·切里出发了。在斯滕韦克，我们买到炸猪排和鸡蛋，饱餐一顿，然后冲到圣奥梅尔赶火车，接着在涅勒下车。我们的所有麻烦从这里开始。我们没有交通工具，法语导游又领着我们找错了地方。把行李留在火车站后，我们走啊走，走啊走——上了山岗，越过沟壑，穿过树林，走在泥泞的小路上。最后，我们于凌晨四点在布鲁内伯特村停了下来。我们坎特伯雷旅3营本来在这里分配了营房，但现在被取消了。

我们想办法弄到了一些鸡蛋吃，喝杯奶油咖啡，然后奔赴大约10公里外的埃内弗。现在已经天光大亮，可以看出这个美丽的小村庄坐落在山顶上。这里的村民是地道的法国人，充满善意，但听不懂英语。通过翻译之口，我们得知几乎所有的谷仓里都已挤满了士兵。我们搜遍各个谷仓，找到些富余的空间，然后又跋涉7英里，希望能在埃斯科乌勒见到我们的人。我们等啊等。一长串运兵车抵达这里，但坎特伯雷旅3营的人没有出现。有消息传来，将军再次改变了命令。

我们别无他法，只能在一家小酒吧里歇歇脚，在漂亮的服务员劳拉的招待下，匆匆喝了几杯啤酒。在凌晨三点时，我们迈着沉重的脚步回到埃内弗，却发现惠灵顿步兵旅[1]抵达了这里。他们的上校很难伺候，

---

1 惠灵顿步兵旅，是一战期间新西兰远征军的一部分，为四个地区性步兵旅之一，其他三个旅分别为奥克兰旅、坎特伯雷旅和奥塔哥旅，四者共同组成新西兰步兵的主力部队。这四个旅最初在1915年加里波利之战中都只是一个营，后于1916年3月扩编为旅，每个旅有两个营。在1917年3月至1918年2月间，又分别增至三个营，均在西线战场作战。

把我俩支使得团团转，只为了安顿他的人马。我们终于为自己找到一张床，可以休息一下了。现在，我们受制于他们，却不知道自己部队的下落。

我们搭乘一辆马车，然后又换乘另一辆到达位于苏尔克斯的营部，在那里我们被免除了职责。我们拖着行李，走到3英里外，终于找到了自己人，他们已经在勒布特德拉安营扎寨了。

一切都很美好、安宁。这里的人们很友善，我们也能吃饱喝足。这才是人过的日子。在宽敞的稻草谷仓里，远离了枪林弹雨，我安然入睡。

早上，我在一位和蔼的老夫人家里为自己找到一个房间，配有桌子和床，在此期间足够满足我的需求。对了！竟然还有床单，对于一个普通士兵来说，这是多么奢侈！我们对法国人了解越多，就越喜欢他们。他们十分勤劳，需求却很少。孩子们负责挤羊奶（有许许多多的山羊），似乎都不去上学。人们在田里收割庄稼，如果有空，我们也会主动去帮忙。

现在，在这个舒适的避风港里，我过得不错，但是我心里清楚，我们在这里休整，只是为了两周后更好地战斗。我是待出征士兵中的一个。我依然哀思绵绵，总想着自己应该和亲爱的雷、大唐纳德和莱斯在一起。但是，蒙老天爷垂怜，我仍然留在这里。为了妈妈，我也要好好地活下去。我还要对全排的人负责，他们都是好人，我们相处得很融洽。

艰苦的基本训练、特种任务、进攻演习和阅兵训练等都在山上的黑莓丛中进行，拼刺刀又成为训练重点。从山顶可以俯瞰山谷中一个点缀着红色屋顶的、浪漫迷人的村庄。

我们花费大量的时间进行大扫除，法国战友们看了爱干净的新西兰人都感到好笑。罗素少将[1]来视察，然后是道格拉斯·黑格爵士[2]。我们需要时刻警惕，保持备战状态。当道格拉斯·黑格爵士到达时，军乐队的演奏非常精彩，场面壮观，有200名演奏者和11面大鼓参与其中。虽然爵士身材魁梧，给人一种冷静沉着的印象，但坐在马上时，他有些弯腰弓背。当他检阅时，有3只狗在乐队中间跑来跑去，嬉戏打闹。法国人根本不喜欢我们的音乐。他们说，“Après la guerre”，意思是等战争结束（就不用听我们蹩脚的音乐了）。

这里是个驻军小镇，照例有些常见的小酒吧，这

1　罗素少将（Russell，Major-General Sir Andrew Hamilton），时任新西兰师师长。

2　道格拉斯·黑格（Douglas Haig，1861年6月19日—1928年1月28日），第一代黑格伯爵，军事家，时任英国陆军元帅。

是我见过的第一个允许我们购买烈酒的村庄。发饷之夜喜气洋洋，到处乱哄哄的。虽然在上级的压力下，连里三令五申，不许喝酒闹事，但也只是虚张声势，士兵们依旧放浪形骸，打架斗殴，甚至趁着酒劲骚扰已婚妇女。第二天，一群红帽子（英国宪兵）四处出击，搜捕昨晚闹事的人。

星期天是个真正的“礼拜天”。我们参加了教堂礼拜，耳边回荡着乐队的演奏，拥有了一天假期。我的好房东给我端上一杯又一杯的咖啡，然后邀请我和休假的法国士兵一起开茶话会。她在明火上烤制了煎饼，趁热抹上黄油、撒上糖，让人一饱口福，而法国士兵们也真的知道如何享受远离战场的时光。

法国孩子们非常喜欢我们，我们走到哪里他们就跟到哪里。对于我们和这些好奇的法国孩子来说，各连之间的运动会是这天下午的主要娱乐活动。在田径运动中，军官的比赛最为激烈。战争夺走了我们的运动健将，因此比赛结果并不理想。

深夜，我躺在床上放松，阅读新西兰的来信。有一封是亲爱的伊娃姐姐写的，谈到了我们的伤心事。可怜的姐姐伤心欲绝。她说，在雷遇难那天，妈妈在厨房里坐下来吃早餐，感到心神不宁。晚上，在梦中，雷出现在她面前，看上去病得很重，非常疲惫的样子，于是她招呼他躺在沙发上。几天后就传来了噩耗。我可怜的妈妈啊。

秋天来了，落叶漫天飞舞，白天变短，夜晚转凉。有时，天还下起雨来。我一边辛苦地更新着我们连的花名册，一边期待着部队的大动作。

1917年9月24日

在参加行军训练时我患上了痢疾，感到肚子疼得厉害。慈祥的老夫人给我拿来一瓶葡萄酒，使我振作起来。最近有这样的传言，明天我们就要开拔了。在酒精的作用下，还身患痢疾，我不愿相信这是真的。

就在准备上床睡觉时，我接到命令，要求我依然负责营房事务，立即带上全部行李去报到。多么令人震惊啊。我背着沉重的行囊，骑着自行车，一路上腹部隐隐作痛，奔波了10英里，到达拜因海姆。我找到了营房，也是一个美丽的城堡，在那里沉沉睡去。

连里的人在早上与我会合。早餐是基督教青年会给我们的热可可和饼干，之后我把战友们带到村里的营房。

我又接到命令，与其他的营房军士一起前往埃克。我们骑着自行车到了兰布尔，等待晚上七点半的火车前往圣奥梅尔。幸运的是，我们的火车晚点了。

一位传令兵在最后一刻跑步到达火车站，告诉我们目的地其实是阿尔克。我们只好把自行车搬上火车，去圣奥梅尔的军营。

半夜一点时，我们到达了拥挤的营地，睡在一张简易床上。这是法国的旧兵营，在一栋普通而简陋的房子里挤满了野蛮的英国人、苏格兰人、加拿大人、澳大利亚人、新西兰人、葡萄牙人，还有来历不明的黑人士兵。食物就摆放在院子里，人们都争先恐后地去争抢，因为先到先得。

我马不停蹄地奔走，必须提前为连队的人找到住处，再等他们与我会合。我们离伊普尔越来越近。小伙子们行军很辛苦，每次行军约 25 公里。但在某些地方，还有些不太友善的声音，称房间不足，迫使人们只得露营，头顶仅有防水布遮挡。

行军的官兵们在路上汇成一股洪流。成千上万的人在向前线进发，在车水马龙中挤来挤去。我望着这片人海，年轻人个个风华正茂、精神抖擞。不知道他们姓甚名谁，但很快，其中许多人的生命就会被夺走，从生活中消失。

营地位于边境上一个偏僻的地方，过了斯滕福德（属法国），靠近波珀灵厄（属比利时）。成百上千的军用帐篷在随处可见的弹坑周围搭起来。附近一间农舍里的比利时人给了我食物，晚上款待了我。因为我在帆布帐篷里过夜，他们还借给我两条毯子。

我早早起床，认真洗了脸，刮了胡子，去隔壁和女主人吃早餐，然后接上连队，把他们带到住处。

这里靠近火线——我们最终的目的地，狂轰滥炸之声在我们的耳朵旁嗡嗡作响，令我们极其紧张。伊普尔附近发生的轰炸之猛烈超出想象，很快我们也会身涉其中。

夜空晴朗，月色撩人。尽管对于许多人来说，这可能是最后一次行军，但大家都斗志昂扬——没有人敢考虑未来。

夜里，老弗里茨把真正的恐怖带到我们的营地，向我们投掷了一颗炸弹。1 人死亡，十多人受伤。除上校的马外，所有军官的马都或死或伤。

一匹受伤的马儿在早餐时间悄悄地跑到炊事班来寻求帮助。即便十分痛苦，这只可爱的动物也很有耐心，任兽医摆布，一声不吭。小伙子们要埋掉死去的军马，任务繁重。

我们继续朝着伊普尔前进，成为轰隆作响的庞大战争机器的一部分。马路的右侧是向前线挺进的千军万马，左侧是从前线撤下来的伤病人员。在伊普尔北部，战地指挥官给即将抵达的我连分配了一个围场。

我们将在沙袋搭成的避难所后面露营，这些避难所很快将成为我们的运输总部。四周都是弹坑，一年多前的激烈战斗把这里变为废墟，一片荒凉。在前方不远处，我方的大炮正在对德军进行持续轰炸。

我回去把我们连队的人带过来。所有文字类的东西都被收缴了，我把旧日记卷在毯子里，一起塞进行囊。许多人在动身前写下最后的日记和信件。我的最后一批邮件里有罗斯姑妈寄来的熟鸡蛋、黄油和蛋糕，我都狼吞虎咽地吃掉了。

将行李留在运输总部后，我们都上了前线。

⑯

帕斯尚尔，该死的帕斯尚尔

1917年10月2日

今日天气晴朗，但昨晚我们可受罪了。直到天亮我们的背包和毯子才送到，所以夜里我们只好和衣而卧，感受刺骨的寒冷。

我潜入城堡的护城河里游泳，河水虽然冰冷却令人神清气爽。从那里我能俯瞰伊普尔镇，这曾经是个宛如仙境的地方。我幻想自己漫步在曾经的伊普尔，那里没有枪炮的喧嚣，没有断壁残垣，也没有战争机器。

师里的酒吧开张了，数百名战士冲了进去，在上战场前最后再买一次啤酒。安静地吃完饭后，我在下午五点半和投弹手、机枪手一起先行离开，其他人将在明天跟进。今晚的酒吧留给他们了。

晚上十一点，我们穿过圣让镇的废墟，这支小分队终于出发，前往多边形堡垒战壕，那里曾经是前线。由于近几天爆发了会战，轰轰隆隆的炮击一直在持续，道路泥泞不堪、沟壑纵横。军士长和我挤在一个弹坑里面休息。我在黑暗中看不到太多东西，睡觉时只感觉鼻腔里弥漫着一股可怕的尸臭。

1917 年 10 月 3 日

我们在大雨中醒来。泥水使得我们难上加难，伤亡人数越来越多。可怕的尸体和残肢断臂散落在战场上，数量惊人。我方的轰炸持续增强，与此同时，千军万马在这里严阵以待。每隔一段时间就会织起密集的火力掩护网。一场大战在即，德军却出奇地安静。然而，他们不时发送过来的炮弹也足以给我方造成巨大的损失。

英制 18 磅野战炮位于我们前方，骡子驮队络绎不绝地运来大量炮弹。它们的移动和规模吸引了敌人的注意，于是炮弹在驮队中横飞，受伤的骡子和军人在污水中挣扎的场景简直是地狱中的浩劫。

连队的其他人在金鱼城堡与我们会合，大家都精神抖擞、信心满满。我们的食物充足，每个人的背包里能装多少就带多少。小伙子们把食物装满新西兰风格的双肩大背包，仿佛在围攻时可以用来当沙袋。每个人都配备了大量的弹药、米尔斯手雷、6 个沙袋和 1 把镐或铲子。还有一些人携带信号枪、信号灯、SOS 信号以及飞机信号。

夜里十一点，一支军队在黑暗中悄悄来到山顶的集结点。凌晨一点，我们在毛毛细雨中躲在弹坑掩体里，等待着六点发起总攻。我们又增加了一些伤亡。我和军士长一起用铲子和双手挖出一个小窝，然后像其他士兵一样挤在里面，希望靠彼此的体温互相取暖，但刺骨的寒冷依然浸透了我们的身体。

德军在早上五点半开始轰炸。我们俩担心他们会专攻山脊顶部，于是离开了小窝，朝下爬到一个藏身之处。德军像撒胡椒粉一样用大炮在我们身后喷撒着烈性炸药。他们一定是得到了我方即将发动大规模进攻的风声，或者正在发动自己的进攻。我们站在集结地，以排为单位，每个排列为一队。冰冷的霏霏细雨很好地隐藏了我们的位置。小伙子们瑟瑟发抖，但看起来斗志昂扬。等待是种煎熬。数以百计的烟幕弹在黎明前的薄雾中飘荡。早上六点，我方震耳欲聋的大轰炸开始了。敌人的信号弹从四面八方升起，开始猛烈还击。我方的机关枪开火了，仅在我们营的阵地就有 22 挺维克斯中型机枪组成可怕的“合唱队”，声浪犹如排山倒海。我方炮弹如成群结队的鸽子从我们头顶掠过。

我们跃出了战壕。这一次，我感受到了大英帝国的力量。军人们前仆后继，端着上了刺刀的步枪冲锋陷阵，不惜一切代价。

刹那间，小伙子们在我身边纷纷倒下。一大片沼泽地使我们慢下了脚步。深深的泥浆吸住了我的双腿。在我右边，泥水淹到军人们的腰部，大家都破口大骂。敌人的机关枪在此时响起，小伙子们像牵线木偶一样无声地倒下。我踩着一具尸体，走出泥潭。冲锋并没有停止。我们杀向最近的机枪哨所，投掷手榴弹，终于攻克了哨所，俘虏了投降的德军。我们顾不上死者，不断地冲锋，冲锋！幸运的是，在此过程中没有什么阻碍我前进的脚步。

冲上亚伯拉罕高地的顶峰后，我们直接进入了可怕的机枪扫射网，数百人中弹。我们唯有趴在泥泞的弹坑里才能逃过一劫，眼看着周围许许多多的战友陈尸沙场。

在枪林弹雨中，连长弗雷迪·富尔德一马当先，率领我们冲过山脊。眼前是一条微微下陷的道路[1]，我

1　下陷的道路或下沉路（Sunken Road）：指低于地面能行走的地方，像狭窄干涸的河床、河堤下边的地方等，有时被用作战壕或掩体。

们立即扑倒在地，奋力挖掘着可以藏身的战壕。机枪子弹继续在我们上方纷飞。

我们趴在地上挖掘了两个小时，双方火力终于有所减弱。连长在冲过山脊时手臂受了伤。大家互相帮忙或者自己动手止血、包扎伤口。

我方伤亡惨重，其中大部分是受伤的，而许许多多的德军则尸横遍野，全都在开阔地带，而不是在战壕里。他们似乎全部正面迎击了我们的进攻，这对他们来说是极其不利的。德军伤员无处不在，受伤的部位和程度不同，但都面色惨白，与死去的战友一起躺在地上。听到他们的呼唤，我们从食堂为他们拿来“wasser”（德语“水”的意思），搜出他们身上的香烟，为他们点燃。我们是敌人这一事实已不再重要，他们对我们已经不再构成威胁。年轻人同命相怜，不管在哪一方都是吃苦受罪的角色。

我们找到了他们的弹坑掩体，大量的德军士兵仍藏在里面。就像洞穴里的兔子一样，他们举着白旗和武器出来，都向我方投降，成了战俘。看来他们计划要住上一段时间的，这里有成堆的食物、满满登登的大包，还有毯子和厚大衣。我们拿走了他们的食物、煤油炉和几挺机关枪。

我方在早晨发射的炮弹已经把地面彻底犁过了。

所有的植被都消失了，变成了灰尘和泥土；所有的树木都被连根拔起；这是彻底的覆灭，一点痕迹都不留。

战场的景象惨不忍睹。许多倒下的德国人都还正值青春年少。我们当中一些比较冷酷的人已经开始劫掠，其中甚至包括军官。手表是最令人垂涎的战利品。这是一场多么残酷的战争啊！

坐下来后，我突然感到饥肠辘辘。我不太喜欢德国黑麦面包，但他们的牛肉罐头不错，味道比我们的好。

我方已经向前推进了1700多码。德军似乎也计划在同一天早晨发动进攻。他们的炮弹击中了我方已经空荡荡的战壕，双方的炮火交织在一起，场面十分混乱。我再次得到上苍的眷顾，对此我心存感激，但由于危机四伏，我也是九死一生。我方取得了决定性的胜利。许多人在今天倒下了。在这场冲锋陷阵中，我没太关注伤亡情况，反正迟早会收到伤亡名单的。

大约四点时，德军又来了精神，似乎开始反击，大肆轰炸我方阵地。我方炮火积极回应，很快使他们消停下来。

我们处于高度戒备状态，在凄风苦雨中整夜严阵以待。德军5次准备反击，每次我方大炮都火力全开，使得敌军无法冲杀过来。

我们的战士把新战壕挖得又深又好。在新一轮大轰炸中，他们的辛苦得到了回报。德军发现了我们的位置，于是持续轰炸，但收效甚微。

在白天，身强体健的人都心情愉快。我们坐在战壕里，双脚跷起，搭在战壕边缘，像国王一样自在地抽着德国香烟和雪茄。对于伤员来说，情况却截然不同。中午时分，担架员赶来把他们抬走。从昨天早上开始，他们就在等待担架员的到来。可怜的小伙子们一直在痛苦地呻吟，有些人疼得整夜大呼小叫，最后躺在原地慢慢死去。担架员也浑身是泥，疲倦而憔悴。每六个人抬一个担架，他们在致命的泥浆中举步维艰，同样伤亡惨重。运送食物的人员也处于艰难险阻之中。当我们的口粮到达时，一颗炮弹飞了过来，他们全部阵亡。所幸我们能吃到德国的军粮——那些黑麦面包之类的。

1917 年 10 月 6 日

六点时，有传言说我们即将撤下去，每个人都做好了准备。八点时，德军对我们的战壕进行了一次异常猛烈的轰炸。他们似乎得到了增援，火力更猛，给我方造成了严重的损失。在将近一个小时的煎熬中，我紧张地蜷缩成一团。今天，要么是我命休矣，要么是援军到达，就看哪个先来了。

德文旅2营和威灵顿公爵旅准时在大雨中出现。在我们离开之前，一颗SOS信号弹升起，德军动了真格的，立即朝我们狂轰滥炸，使得我们乱作一团。我们奔向光秃秃的山脊，慌忙逃命。

我们整理好队伍，开始穿过数英亩的泥浆返回营地。我们艰难地挣扎着，全程蹒跚而行，努力寻找一条安全的路线。终于，我们走上了一条栈道，但行动仍然非常困难，在湿滑的木板上跌跌撞撞。通过我方位于圣让镇的炮火防线时，我们停了片刻，不料却吸引了德军的攻击，一颗巨大的炮弹落在我们中间。这一次仍然没有人员伤亡，深深的泥淖对我们有利，抑制了弹片的飞散。

回到金鱼城堡后，我们每人在门口分到一条毯子，然后直奔城堡后面的营房。配给的朗姆酒和热乎乎的炖菜以及茶水下肚都十分熨帖。片刻之后，我们就忘记了所有烦恼和磨难，在凌晨两点进入了甜美的梦乡。

黎明时分，我们在一阵冰雹中醒来，浑身湿漉漉的，冻得瑟瑟发抖。我们都十分窘迫，从头到脚都糊着泥巴，连鞋子和头盔上都是。

背包被发放回来了，我的却不见了，不知被谁偷走了。

下午四点左右，营部派我尽快去埃克，想方设法安排好食宿，那是在西边，距离这里约 30 公里。我顺手牵羊，拿了一个背包占为己有，然后去搭便车。在最后 6 公里，我被迫步行与向导庞德先生会合。

直到午夜，我们营还没有到。我们刚在干草上躺下来，正准备睡觉时，大家到了。

一天里，我忙于分发食物、装备，还要更新花名册。我试图找到一些失踪人员的信息。年轻的鲁尔克被认定为死亡，但我把他列为失踪人员。下午，他归队与我们团聚了，但由于自己的可怕经历而失魂落魄。杰克·达比也归队了。

我们连共有 150 人，其中 44 人伤亡，比我预想的情况要好。可怜的兰·布伦顿遇难了，他是我见过的最好的人之一。

戴维斯军士长举办了一个小型宴会，我是客人之一，一起出去饱餐一顿。今天是他的第 28 个结婚纪念日。他可真傻，这么大岁数了，竟然还来参战。

在接下来的几天里，我们的增援部队从莫贝克赶来。令我惊讶的是，我的背包又找到了。我们继续训练刺刀格斗和移动中步枪射击。

1917年10月11日

早上五点，我们从睡梦中被唤醒，奉命立即开拔，于是慌忙做好准备。与增援部队住在一起，我们挤得几乎寸步难行。我们和4旅的其他三个营一起乘火车去金鱼堡。穿着格裙的苏格兰士兵像同胞一样在车站迎接我们。我们背着行囊，直奔火线。

在伊普尔附近，我们在圣让镇右转，到达了熟悉的荒凉之地。交通条件仍然糟糕，所以行进缓慢。

35号山上的一小片空地是我们的野战营地。这是什么破地方啊——阴冷潮湿，无遮无挡，每一处低洼的地方都是弹坑形成的微型湖泊。我四处搜寻，为自己弄到一张野营垫。这本来是别人带来的，只是他已经不再需要了……

我们身后的大炮从未停止咆哮。在炮声隆隆中，我们每人发了一份朗姆酒。几乎没什么东西可吃。我真是吃尽苦头啊。

1917年10月12日

早晨潮湿、恐怖，让人难过。倾盆大雨从昨晚午夜开始，一直没有停止，大衣和毯子都湿透了。更为要命的是，我们连要抽调100个人到前线当担架员（我不在其中）。这些人真倒霉——他们浑身湿透、饥寒交迫，而且任务非常艰巨。

我们是预备旅。2旅和我以前所在的步枪旅今天早上越过了顶峰，紧随我们最近冲锋的脚步。

期待已久的炊具在天黑后终于到了，炊事员们在黑暗中出现，为我们准备了热乎乎的炖菜，大家感激涕零，天一亮就可以吃了。

担架员们开始陆陆续续地返回，状态极其糟糕。每个弹坑里不是水就是泥浆，战士们在身心疲惫的状态下增加了溺水的危险。我让人燃起一大堆火，回来的小伙子们会感到振奋一些。有几个人没有出现，我把他们列为失踪人员。

不同寻常的是，我们的大炮在这次攻势中全面哑火。我有一种不祥的预感。

大约三点时，我们收拾行囊，全副武装，沿着5号通道前往波美拉尼亚城堡，那里有德军以前的战壕，现在是我们的辅助战壕。德国佬的混凝土防空洞里积满污水，对我们毫无用处。我们不得不再次在较浅的弹坑里露营。最令我们苦恼的是，在这里吃不上一口热乎饭。

冒着凄风苦雨，越来越多的伤员从前线撤下来，但是没有战俘经过。不知何故，这番攻势显然失败了。作为后备力量，我们肯定要顶上去。

我们度过了一个极其艰难的夜晚，在倾盆大雨中，坐在积水的弹坑里，而德军的炮弹又纷纷袭来。我们了不起的炊事员好不容易才煮了一点茶。所幸还有不少朗姆酒，现在一天发两次，对此人人赞成。它使我们的脸上偶尔露出笑容。3 辆报废的坦克就在附近，都是被德军炸毁的。在这片泽国，坦克派不上用场，白白浪费钱。数十名死去的英格兰和苏格兰军人躺在坦克周围。我发现了一个可怕的情况，英国军队竟然不埋葬死去的战士，似乎只有军官才享有此种权利，对此我大为震惊。做出这样决定的人真是大错特错了。我们新西兰人和澳大利亚人都不愿抛弃任何一个未被埋葬的战友。尽管如此，在某些地方，仍有数百名我们的军人曝尸荒野。

德军在空中异常活跃，已经获得了绝对优势，可以为所欲为，没有受到任何挑战。

可以确定此次攻势我方完败。担架员们带回来了消息：我们的小伙子们确实发起冲锋，但被仍然完好无损的德军铁丝网困住了。当德军机枪开火时，小伙子们像被割倒的韭菜一样纷纷倒在铁丝网上。我们的大炮在路上陷进了泥淖中，没有到位，所以无计可施，根本无法炸开铁丝网。

新西兰将会多么悲伤啊。我们的伤亡实在太惨重了——在4个小时内，成千上万的人死亡或受伤。我在霍恩彻奇疗养期间结识的好伙伴乔治·奈特罹难了。现在已经有两个好兄弟走了。

今晚，我们换了袜子。

1917年10月14日

早晨是少见的晴空万里。在厚厚的冰霜覆盖下，尸体是白色的。昨晚严寒刺骨，令人难忘。我和4个炊事员在闷燃的火堆旁蹲了一夜。我的脚已经冻僵，感觉已经不是我的了。

我们想充分利用难得的阳光晒干衣物和装备，都在忙忙活活，此时德军猛烈的炮火把事情搞得一团糟。

我们的大炮在下午开始轰炸。一架布里斯托飞机在我们的警戒哨附近被击落，在军官到来之前，我负责管理现场。飞行员看起来像活着一样，但身上布满了子弹，其中一颗穿过眼睛，他的飞机把这个不幸的家伙钉在了地上。

不久之后，我们再次收拾行装，奉命前往战壕。这对我们来说是一个沉重的打击。

我们在黄昏时出发，当时的情景既令人难忘，又令人感到耻辱。负责朗姆酒配给的军士长和连长都喝得烂醉如泥。他们当时的状态都很好玩，但我们正处于危急时刻，需要保持清醒。

在距亚伯拉罕高地坡顶约两百码的地方，坎特伯雷步兵旅1营13连躲在支援壕的小小防空洞里。他们遭到重创，失去了所有的军官，我们的到来使他们非常高兴。

我们连队人数更多，小伙子们在灌满泥水的弹坑里挖出更多的活动空间。

若不是在战时，这美丽晴朗的清晨会为生活增添色彩。尽管受到警告，但昨晚我们的部队还是有太多的动作。德军在帕斯尚尔山脊的有利位置直接观察到了我们。他们的5.9英寸火炮不时会向我们直扑过来，造成可怕的后果。可怜的比尔·伯明翰遇难了。我是眼睁睁地看着他走的，一切就发生在一瞬间。

像往常一样，我们饥寒交迫，吃口热乎饭是不可能的。第二天，我们奉命从高地顶部转移，远离德方视线，所以到了指定位置后又是一番挖泥排水。我们的大炮继续猛烈攻击帕斯尚尔山脊。

我和另外两个人睡在一个曾经的德军混凝土碉堡后面，这里更安全，但在明朗的夜空下极其寒冷。谢天谢地，我们可以在不被德军发现的情况下四处走动，让血液流动起来。热汤送上来了，我设法给自己泡杯热茶而没有被击中。即使没有枪林弹雨，这种露天的艰难生活也会使人减寿数年。每天处于高压之下对我们产生了恶劣的影响，我们普遍显得比实际年龄大得多。

一架低空飞行的敌机在黄昏时出现，拍摄下我们的位置，于是我们奉命再次收拾好随身东西。冒着猛烈的炮火，我们迅速出发去救援位于滑铁卢碉堡沼泽地的奥克兰旅22营6连。

1917年10月16日

又开始下雨了。我们收到一条坏消息，我们排要上前线，15排在我们后方100码处负责支援。我们抽中了下下签。

我们到达了弹坑掩体，只有两英尺深，内有挖出来的小坑，可以在里面睡觉。我们处境艰险。

在我们面前，像个巨人一样若隐若现的是帕斯尚尔山，一座让我们付出了无数的生命代价的小山。数百具未埋葬的尸体四处散布，漂浮在被淹没的火山口中，陷在泥浆里，或被炸成无法辨认的碎片。尸骨清晰可见，被食尸鼠挑挑拣拣，被雨水冲刷成了白色。这一次，我们似乎顾不上埋葬自己人的尸体。

大自然的花花草草早已杳无踪迹，每棵树都被炮火连根拔起。

晚上，德军又开始猛烈轰炸，5.9英寸口径的大炮和小口径超高速炮弹频频发射。我们身处射程之内，让我无法想象到明早还会有人活着。这情形不由得让人紧张。我什么都听不见了。我从未遭受过如此直接的炮火进攻，感到惊心动魄。

第二天早上，我还活着，但不知道自己是怎么活下来的，真是命悬一线。我们不能在白天移动。每一个轻微的动作都会招来一顿炮轰。敌人的侦察机拥有绝对的优势。

阵雨把我们浑身浇透了，身上还裹满了泥浆，寒冷刺骨。我的脚又湿又痛。我们吃不上饭，也不能站起来安全地待上几秒钟。

白天逝去，我们在脑海中想着怎样度过又一个难熬的夜晚。在这样暴露的位置，我们损失惨重。死伤者在我们身边堆积如山。我迫切需要每天发放两次朗姆酒，喝起来至少身上能暖和点。

夜里，风狂雨骤，德军对我们展开疯狂的轰炸。突然，一枚5.9英寸的炸弹准确无误地命中目标，在我们的弹坑掩体轰然爆炸。我被完全掩埋，在泥浆的重压下突然窒息。我想我的时间到了。我拼尽全力做出最后的挣扎，努力从这座坟墓中爬出来。这番剧烈的扭动使我的头露了出来，我刮掉脸上的泥巴，拼命呼吸。

我的情况算是最好的。我拿起铁锹开始干活儿。我把两个震晕的人拖了出来，他们活了下来。第三个人是可怜的埃文斯，已经没有了气息，他死于爆炸的声浪。我把他埋在旁边。

第二天傍晚，我们听到人们穿过泥泞而来的动静，不禁欢欣鼓舞。鲁瓦希尼营17连来接替我们了。我们排只剩下十几个人。

我们浑身湿透，饥肠辘辘，像幼猫一样羸弱，在沼泽中跋涉，每走一步都需要费力地把腿从泥里拔出来。然后，我们爬过纠缠的铁丝网，爬过一个个弹坑。在这样的情况下，我们需极其小心，不要使自己悄无声息地沉进沼泽里，这样别人都无法发现。我军虽然占领了德军的战壕，但却是徒劳无功，对此我们非常愤怒。没有人说话。

我们很高兴到达5号通道的木板栈道。经过报废的坦克和波美拉尼亚城堡，然后越过35号山头，我们到达施普雷农场野战营地。优秀的炊事员在那里用热茶和朗姆酒帮助我们振作起来。

一种由鲸油制成的新药膏被分发给我们，来涂抹苦不堪言的双脚。这是真正的福音，对我来说是极大的慰藉。

8英寸的炮弹纷纷袭来，我又一次死里逃生。哎，我的精神遭到了沉重打击。在丧失所有求生意志之前，我该休息一下了。

今天是个晴天。大家都起床了，在微弱的阳光下刮去泥土，晒干衣服。数百名男子正在热火朝天地修路，搭上木板，使得人们不用继续在泥泞中跋涉了。窄轨铁路也在修建中。有一条骡子专运道通往前线，一排排的骡子不分昼夜地运送炮弹。这些骡子好可怜啊。军马和骡子在战争中同样受尽了艰难困苦。成群结队的人竭力将倒下的和被困住的驮兽从泥泞中拽出来。路上随处可见死去的骡子和马匹。

为了掩护加拿大部队的进攻，我方炮兵把帕斯尚尔山“藏起来”了——这座山隐没在了硝烟之中。

第二天早上，我漫步到比尔达普，想找一家餐厅或基督教青年会，希望能弄到些食物。我们实际上正在忍饥挨饿。令人惊喜的是，我竟然在第2救护车包扎室吃到了一顿丰盛的晚餐，有煮牛肉、面包和果酱。我惊讶地在此发现了我们连的5个逃兵，他们都上了失踪名单。看起来他们活得有滋有味。我把他们训斥了一番，决定不告发，将几个人全部带回营地。

1917年10月21日

晚上九点左右，作为营房军士，我要到城堡向庞德先生报到。我们收到了好消息：战役结束了。在这段充满艰险的日子里，我再次得到了上苍的引导和眷顾。我是个幸运儿，能够在千难万险中挺过来，为此我既感到高兴，又心存感激，但我不会忘记那些永远留在了战场上的人们。这是迄今为止我在战争中最糟糕的经历。

旅里的所有营房军士和翻译乘坐两辆卡车穿过伊普尔镇。这里终于属于我们了，却变成了一堆砖头瓦砾。我再也不想多看它一眼。

⑰ 旧伤复发

1917年10月21日

在颠簸的旅途中，我抓紧时间睡了一觉，醒来后欣然发现已经到达兰布尔，距离我们上次战役的伤心地已有将近100公里。我们造访了第一户人家，主人领我们去见镇长。镇长在门口见到我们时一副满腹狐疑的样子。得知我们是新西兰人后，他的态度马上神奇地180度大转弯。尽管我们脸没洗、胡子没刮，个个风尘仆仆、邋里邋遢，但依然得到盛情邀请，很不好意思地与镇长先生、一位法国军官，还有一群盛装出席的美丽女士共进晚餐。但是，我得说，今晚的葡萄酒真是棒极了。

镇长安排我们住在杜兰德夫人家。我们在十点左右到了那里，发现这一家人是那么的善良温暖、热情好客。

睡了一夜好觉后，我开始了新的一天，奢侈地洗了澡，刮了胡子，好好梳洗打扮了一番。然后我来到杜切图迪酒吧，点了早餐，由吉恩夫人端上来，她看起来一脸严肃。我敢肯定，一段光明而快乐的时光就在前方。这个宁静的小镇正是我迫切需要的。

在一个只有几户人家的村庄里为营里的所有人找到住处是十分困难的。大多数谷仓都挤满了牛羊，或者塞满了秋天收获的干草。

我们营的大部分人员都已到达，但 12 连和 13 连还不见踪影。我从一个村庄辗转到另一个村庄，最后在哈莱特斯村等到早上六点，仍然没有看到他们。我已精疲力竭。我的右耳什么都听不见，这是对我上前线的严厉惩罚。浑身的骨头都在作痛，我累得不行了。回到杜切图迪酒吧，我与店主的儿子挤在一张床上，倒头就睡。他是一名年轻的法国士兵，正在休假。我一觉睡到下午五点。虽然依旧虚弱，但我还是坚持走到阿尔奎内斯，终于找到那两个失散的连队，他们又饿又累，走到脚痛。我把他们领到谷仓，安顿好后，回到我的新宿舍继续睡觉。

我很开心拥有一张床，还有床单和枕头，感到非常满足。而且我被店主宠坏了，早晨在床上享用了朗姆酒和咖啡。更妙的是，我和酒吧的厨师们住在一起，所以伙食也很丰盛。在结束营业后，我们都自掏腰包开小灶。我感觉自己又焕发了新生。

我终于能处理邮件了。部队在一个月里没有往外寄信，这使得我为拖延时间找到了很好的借口。我们收到一些包裹。由于他人的不幸，我们反而有意外收获，得到许许多多本来为伤病员寄来的食品。利物浦夫人协会还寄来了巧克力、果酱、一罐牛奶和信纸。

我收到 12 封家书，都与雷去世有关。可怜的母亲似乎在勇敢地承受着一切。她的苏格兰卡梅伦家族血统和对上帝的虔诚帮助她渡过难关。伊娃姐姐非常绝望。加比特中尉为雷在报纸上刊登了悼词，她夹在信中寄给了我。

他是位优秀的年轻人，出色的战士。他表现优异，值得信赖。他是一位杰出的机枪手，由于作战经验丰富，品格高尚，对于他的连队来说弥足珍贵。在加里波利，我们同在 5 连一起出生入死；在阿尔芒蒂耶尔，我们是一个排的战友。他还在索姆河战役和梅西讷战役中英勇战斗。失去这样一位军人对我们来说是个沉重的打击。伯里奇牧师向马塔怀人民转达全营官兵的深切同情。

读完这封信，我不由得悲从中来，感到分外想家。

酒吧里出售朗姆酒、干邑白兰地和马拉加酒，营业时间不受限制。我经常与战友、法国士兵、当地人和女士们一起去玩乐。朴实的吉恩夫人引人注目，成了小伙子们的朋友，大家经常谈论她。博彩游戏“皇冠和锚”以及“抛硬币”（两枚硬币向上抛起，竞猜落地以后哪一面将朝上）成为大家最喜欢的消遣，我一连玩几个小时都乐此不疲。在发饷日，我开怀畅饮，一醉方休，但第二天一整天都感到头痛欲裂。

我的法国室友即将休假结束，我们为他饯行，尽可能把他灌醉，还互相交换了军帽和制服上衣，在欢声笑语中庆祝英法友好。

我有幸认识了珍妮，一个出色、热心、可爱的当地女孩。我花了很多时间和她在一起。现在，我的日子过得真是优哉游哉。

下午四点将轮到我值守，四点之前我都在休息，养精蓄锐。在军队，任何小事都会引起轩然大波。部队不允许士兵游手好闲，所以每天我们都继续忙于杂务、行军、操练和阅兵。有些时候，我们解散得早，比较轻松，但在其他时候，我们可能满负荷行军20公里或更远。在这场战争中，还有许多艰险在等待着我们。

我们亲爱的神父布赖恩——布朗牧师在上次战役中罹难，所以没有教堂游行来打破日复一日的单调生活。基督教青年会为我们举办了一场精彩的音乐会，他们为我们演唱，这真是太好了。

夜晚变得十分漫长、寒冷，白昼则越发短暂。我在夜间站岗，看守战俘——都是些冥顽不化的家伙，花样多多。换岗后，回来把床捂热可不容易。下雨了，我们被安排整理内务，进行大扫除。我们的营房非常潮湿，许多人病倒了，请假的病号越来越多，每天都有几个人被送到医院。

我的耳朵困扰着我，在寒冷的天气里，旧伤使得肩膀又痛又僵。请病假也没用，军医根本不理会。多亏我的朋友珍妮在无微不至地照顾我。

澳新军团警察突袭杜切图迪酒吧那天，幸好我在宿舍。他们来追查参与“皇冠和锚”赌博的“龙头老大们”。显然军警的动静很大，人们疯狂逃窜。最终他们只抓到了一个人，当然还是个无辜的人。

1917年10月31日

今日秋高气爽。我从梦中被唤醒，得知在早上九点要去营部报到，因为我可以去英格兰休假了。着装要求是行军装束，少带弹药，带上防毒头盔和野战饭

1917年11月7日

十月革命爆发。布尔什维克建立起了世界上第一个社会主义国家——苏俄。随后，为保存新生的苏维埃政权，苏俄和德国进行了和谈，以较大代价退出了第一次世界大战。

盒。我匆匆忙忙地洗漱、擦亮纽扣，收拾好行李。我们的代理军士长汤姆·吉布森即将和我一起休假。我们都去了营部，得知了休假目的地，然后等待派发通行证。

令我们极为失望的是，上校进来取消了我们的假期，借口是军士长工作繁多，匀不出时间休假，而我刚刚在英国待了 9 个月。两名军官取代了我们。心烦意乱是徒劳无益的。这就是人在战争中的运气。在这场游戏中，你可能前一天在天堂，第二天就跌入地狱。

时光悠悠，有酒吧和珍妮在，我已心满意足。

营里终于开了酒吧，这对小伙子们来说是一个好消息。

1917 年 11 月 9 日

我的肩膀肿了，是旧伤复发，伤口发了炎，使我痛不欲生。我害怕会得上败血症。在这种情况下，我的手臂对我来说毫无用处。我被免除了职责，好好睡了一觉。早上，我满负荷行军，总共 6 英里，我一路挣扎，肩膀越发疼痛难忍。我全凭意志力在坚持，一步一步艰难地往前走，无暇顾及周围的情况。我向查尔兹上尉请病假，上尉大人跟军医如出一辙，自作聪明地让我坚持。新连长命令我再次去给部队安排住处。由于疼痛难忍，我拒绝了。看来我们又要转移了。

疼痛和红肿恶化了，我再次去请病假。这一次，我被批准去住院。本来我已经快要晋升了，估计这下泡汤了。

我收拾好随身物品和纪念品，与珍妮和战友们道别。在今晚的某个时间，他们将行军至维泽讷，在那里坐火车去金鱼堡，然后在多边形树林投入战斗。

4 号战地救护车上的好心人让我搭了便车。在一个小时的车程里，救护车一路狂奔，激动人心。在安静的道路上风驰电掣，真是太痛快了。在维斯克的第一驻军医院，亲切的新西兰护士给我换上干净的内衣，然后让我上床睡觉。

早上，一辆救护车把我送到圣奥马尔，在那里我坐上医疗列车。旅程是如此漫长、煎熬，我感到疲惫而痛苦。直到晚上九点左右，列车到达海边的维姆勒，我住进了第 57 医院。经过候诊和一番简单的检查之后，我被送进了 11 号病房——一个大帐篷里。我的伤口肿得很厉害，我希望能有热药膏，那是妈妈的偏方，因为现在药膏再热我也可以忍受，反正已经这般痛苦了。

不知道怎么回事，医生在早上查房时把我落下了。我的肩膀整晚折磨着我，并且肿得更严重了。我不得不向修女护士诉苦，她好心地给我做了热敷，效果不错。

这家医院非常繁忙，病人来来往往。一旦有病人转移到英格兰，病床上就会挤满更多的病人，从印第安人到新西兰人，各个国家的伤病员都有。甚至还有一大群德国人，有的是病人，有的是在这里工作的战俘。战俘们被专门安置在一个院子的帐篷里，似乎得到了最好的照料。他们是一群快乐的人，总是在唱歌。

一个名叫韦斯特的澳大利亚人非常机智风趣，他使病房里充满欢声笑语，这让受伤的小伙子们放松不少。还有一个非常虚弱的小伙子，护士每天给他一瓶黑啤酒，酒后他就唱起各种淫秽歌曲。

这里的食物令人难以下咽。午餐是水煮的，肉质粗糙，味同嚼蜡，还有土豆，一口圆白菜和一口米饭，没有茶。下午茶包括几片面包和人造黄油，有时还涂上果酱，晚餐则多些面包、奶酪和一杯寡淡的热可可。肉食的难吃程度远近闻名，并获得了“栈道骡子肉”的称号，病人们赌咒说他们可以看到肉上有鞍子带勒出的印记。

1917年11月14日

哦，多么令人宽慰的一天。我的疖子在夜间破裂，流出大量脓液。医生给我做了检查，要求我明天做X光查看一下。

原来在我的旧伤周围有坏死的骨头，在上肱骨的一个空腔里有脓肿。医生认为这种病例很特殊。明天，医生会动手术把死骨刮掉，所以我被转移到另一个大帐篷的10号外科病房。

我的伤口不那么痛了，食物也好了一点，护士们照料病人更精心一些。在这里我很满意，但战争还在继续。远处的枪声仍然清晰可辨，附近的高射炮也经常开火，德军的飞机不时轰炸一番。

我今天接受了手术，任由曼彻斯特外科医生雷纳上尉"宰割"。在上午十一点半，我被准时麻醉，直到十二点四十五分才清醒。当我醒过来时，慈爱的格莱姆斯修女正弯下腰来看我。我感觉很不舒服，眼睛很疼，头痛欲裂。

我被要求卧床两天，只吃鸡肉，虽然我没什么胃口。我很感激好心的爱德华兹修女在凌晨给我端来热茶，还有年轻的柯比，一个兰开夏郡的勤务兵，与我成为朋友。他偷偷给我带来好吃的，使我有了食欲。

第三天，我虽然可以起床，但很痛苦，所以再次卧床了。帐篷里很黑，需要在煤油灯光下更换敷料。每天盯着帐篷屋顶看自然单调乏味。我只有半法郎，而紧俏的报纸售价 25 分，很快我就会分文皆无。

有些人想方设法在医生查房时得到转移英国的机会，于是发生了一些令人啼笑皆非的事情。撤离到英国将是他们的救命稻草。一名澳大利亚人对医生说腿疼得厉害，于是他的双腿被故意用夹板固定在一起，作为对他弄虚作假的惩罚。一位来自利默里克的爱尔兰护士以她的直率和冷嘲热讽的性格使得小伙子们不敢造次。

我的恢复情况良好。吉斯伯恩小伙子弗莱德·克拉夫茨来找我聊天。他被定为转移到英格兰的人员，所以我把我的宝贝和本来要作为纪念品寄给伯莎表妹的双筒望远镜送给了他。我和友好的德国战俘聊天，他们用一口流利的英语诉说着自己的战争经历——一切都和我们别无二致。

1917 年 11 月 23 日

今天收获了一个巨大的惊喜。医生把我定为明天转移到英国的人员之一。我穿着一套破旧的衣服，与病友和漂亮的护士们道了别，然后乘坐救护车前往布洛涅码头。许多穿着卡其色制服的姑娘在码头忙忙碌碌，一支庞大的捕鱼船队正在卸下大量的鲱鱼。

经过漫长的等待，迎着呼啸的寒风，我在上午十一点三十分左右登上了圣丹尼斯号医疗船。随后我们得到消息，航行被推迟了，所以行动自如的病号被带到医院过夜，我自己走进都柏林第 83 医院的 K 病房。病房里一尘不染，护士们都很亲切。

经过简单粗暴的处理后，今天我的伤口很痛。我希望能留在这里直到痊愈。每个人都那么开朗快乐，新西兰病号们似乎心情很好。就像我去过的每一家医院一样，优秀的女性让我精神振奋。她们美丽，富有同情心，聪明而真诚，如果不结婚的话，对男人来说是巨大的损失。

1917 年 11 月 26 日

由于穿越海峡时前途叵测，我们在清晨六点三十分就登船了。3 艘医疗船和 3 艘满载休假士兵的运兵船在海军的护卫下，一起穿越英吉利海峡。

第五部

重访英格兰

Part five

『在任何情况下，「炮弹休克症」这一说法都不得以口头或书面的形式出现在任何旅级报告、伤亡报告、医疗文件中。』

——英国军队 1917 年 6 月 7 日（第 2384 号令）

⑱ 住院，疗养和圣诞节

尽管寒风凛冽，但我们的穿越海峡之旅还算顺利。在多佛的白崖，灯塔升起了信号旗，上面有“小心地雷”的警告，很可能过去几天的滔天巨浪使得地雷松动了。

上午十一点整，我们抵达了英格兰。下船时，具有行动能力的伤员先走，然后是担架队。在一个温暖舒适的休息室里，我们喝了热腾腾的牛肉汁，然后等待着去伦敦的火车。下午五点时，火车终于到了。

在伦敦查塔姆车站，热情的女士们拿着香烟和苹果欢迎我们。在终点查令十字车站，我们冒着倾盆大雨，被匆忙塞进出租车里，然后被送往各个医院。过了许久，我的出租车终于在伦敦东区的贝斯纳尔格林军事医院前停下来。我被带到病房，洗了澡，理了发，然后被安置在一张舒适的病床上。修女在我睡前做了安抚祷告，住了这么多的医院，我还是第一次听到这样的祷告词。

美国佬军医把我定为不必卧床病号，于是我被安排些零活。150多名受伤的新西兰人分住在15个病房中。

我推着轮椅，带着一位截了肢的澳大利亚军人到剑桥希思火车站和哈克尼市政厅游览。除了些古董店，街上到处是人（你都想朝有些人的臭脸砸石头），没什么值得看的。随处都有卖酒的商店，这里是世界酒都。似乎这里的人大多是犹太人和外国人。许多美丽的女人吸引了我们的注意，她们的神情不知是在调情还是出于怜悯，我们无法分辨。

在无聊中度过4天后，我得到一张通行证，于是坐上火车去南安普顿街，希望能见到罗茜·伦肯。

我在新西兰银行查看了账户，取了款，然后在罗素广场的士兵俱乐部愉快地享用了热闹的午餐。幸运的是，罗茜的堂弟弗兰克·伦肯也在这里休假。他陪我去帕默斯格林，但很不巧，女孩们都出去了。尽管如此，我还是受到了热烈的欢迎。

从闲谈中可以看出，每个人都厌倦了战争。老百姓普遍希望不惜一切代价获取和平。带着孩子的女人排着长队，等待数小时才能买到一点点食物、茶、糖和人造黄油。穷人们的生活极其困苦，革命可能随时爆发。

1917年12月6日

凌晨三点，爆炸声把我吵醒，是空袭。一群哥达重型轰炸机在伦敦投下炸弹，其中一些离医院很近。据报纸报道，此次轰炸没有造成重大损失。

我收获到人们源源不断的善意，她们的表现方式出乎意料。妈妈的朋友们对我关怀备至，送给我许多小蛋糕和小木罐装的果酱。妈妈给她们发了许多电报，也许是她的请求起到了作用。新西兰协会的女士们会在下午来坐坐，陪我聊天；护士和志愿救护队的女士们也使我如沐春风。夫复何求？

米克·麦克布赖德和奈德·弗莱厄蒂从法国来英国休假，一起来看望我，我们聊得很开心。他们告诉我，小伙子们度过了一段艰难的时光。在我离开他们后，多边形树林战役使他们难过，因为我们又失去了一些战友。

下午，我漫步在当地的街道上，巧遇了我的犹太朋友丽贝卡，两个人愉快地叙叙旧。

贝思纳尔格林区市政官员盛情款待了150名伤

病员，包括惠斯特纸牌游戏、音乐会和茶话会。“欢乐剧场”的玛丽·希里阿德小姐演唱了《皮卡第的玫瑰》，是对这首歌最甜美的演绎。我在纸牌游戏中得了 105 分，最高分是 129。半场茶歇时间对我们这些伤病员来说是极为愉悦的体验。女士们热心地照顾着我们，好像我们是皇室成员一样。3.5 克朗的入场券花得值，这是顶级享受。

作为医院里一名普通的勤杂工，我几乎没有时间写信。我要照料几十个缠绵病榻、打着绷带的伤病员。很多小伙子都是危重病人，几乎没有机会离开这里。

我又获得了一张通行证，于是去河岸街游玩。在特拉法加广场，有一辆坦克在募集捐款。如果某家公司慷慨解囊，这辆坦克就会发动起来去收款，一群人兴高采烈地跟在后面。它所做的事情只会使我想起泥泞的战场和支离破碎的尸体。

金斯韦剧院正在上演《寒夜》。我打算碰一下运气，于是买了两张特等包厢的票，然后坐车去帕默斯格林。我敲了敲福克斯巷那扇熟悉的门。啊，前来应门的不正是我那美丽无瑕的玫瑰吗？惊喜之余，她接受了我的邀请，我们欣赏了精彩的表演，随后在自助餐厅享用了精美的晚餐。我护送罗茜回家，并深情地说了再见，期待着下次重逢。

我的手臂僵硬酸痛，体温忽高忽低。我仍然担心患上败血症。幸运的是，夜班护士——一位好心的苏格兰姑娘——在凌晨给我拿来了牛肉汁和牛奶。

由于一周外出 3 次，我被叫到上校面前。我说服了上校，然后在新的一周，我又得到一张短期通行证，游览了动物园。

1917 年 12 月 18 日

今天我要去霍恩彻奇。我脱掉蓝色病号服，重新穿上卡其色军装，告别了我的朋友、医生和亲爱的护士们，然后前往白教堂电车站。在霍恩彻奇营地总部报道后，我又穿上病号服，奉命去 C2 号帐篷。

我溜进餐厅，发现一切是那么的干净、整洁。在餐厅服务的志愿救护队的女士们为我端来一份羊排，然后是一大份杜夫蛋糕。自去年以来，营地扩建了一倍。一个大型的基督教青年会和汤加俱乐部里都热热闹闹。

通宵燃烧的煤油炉使我们感到暖意融融。清晨，天气晴朗，但外面下了霜，到处一片洁白，树上闪烁着冰晶，美得宛如图画。

我又被任命为营房军士。这是糟心的活儿，如果我不想遭到上校叱责，可得打起精神，小心应付。这个地方的糟糕之处在于繁文缛节盛行，但设施齐全，伙食不错。如果英国人看到我们丰盛的食物，他们会瞠目结舌的。这是我参军以来伙食最好的地方，我们的康复得益于此。我们吃得像国王一样好——一天三顿肉，还有新西兰人在租来的农场里种植的蔬菜。

军医认为我应该加强锻炼，所以我每天进行3次器械训练。那里有划船机、足球和举重器械，就像普通的健身房一样，我正需要这些。

昨晚，电灯突然被熄灭了。我们听到从海岸传来枪炮声，然后是飞机越来越近的呼啸声。我们的探照灯照亮了它们银色的身形。它们投下了几枚炸弹，我们营地里炮弹齐发，惊天动地。

我被转移到一个铁皮小屋，依然被任命为营房军士。我一直在增强锻炼，并不时光顾读写室。我们得到了很好的照料，每周还开会讨论改进服务的建议，这在军队中闻所未闻。

酒吧每天开放两个小时。一滴啤酒都会使伤病员感到快乐。科里·卡梅伦也在这里疗养，他十分风趣乐观，是个不错的酒友。可以明显看出，营地里不见了粗野的言行，这要归功于女士们的存在，她们使男性保持文明。基督教青年会和新西兰女基督徒协会为了娱乐和陪伴大家，经常上演精彩的节目。很多4连的老战友也都在这里养伤，所以总有人过来和我谈天说地。虽然独在异乡，但我感受到了家的温暖。

霍恩彻奇村一成不变，乏善可陈。

1917 年 12 月 24 日

女士们用圣诞装饰品为营地增添了节日色彩，而男人们则在帐篷里举行了一场盛大的晚间庆祝活动，最后演变为纵酒狂欢，第二天早上起来有些人一定会头疼的。

圣诞节这天阳光明媚。我在基督教青年会得到了一份很好的活计，可以和女士们打打交道。我负责把圣诞午宴的食物送到一群女士面前，她们把食物切开并端上桌。我的天，真是太丰盛了，有美味的烤火鸡、烤鹅、火腿、各种酱汁、布丁和坚果，再配上啤酒，让人大快朵颐。

下午一点，我和工作人员一起享用了另一顿大餐。与这么多女士共进午餐多么令人愉快。室内还装点着槲寄生，小伙子们趁机俘获了许多少女的芳心。[1]

1　在西方文化中，槲寄生 (Mistletoe) 象征着浪漫、活力和生育力，所以在圣诞节这天，如果和自己心爱的人一起站在槲寄生下，必须要接吻。男孩常常会在节日期间在槲寄生下向心仪的女孩示爱，这是圣诞节赐予的特权。

新西兰女基督徒协会下午组织了室内活动，包括点燃蜡烛、花盆赛跑，以及蒙眼互打等游戏。五点时，我们又吃到许多甜点，有圣诞馅饼、蛋糕和松糕，每个人都尽情享用。最棒的是，一家伦敦演出公司举办了一场精彩的晚会。几杯啤酒下肚，我们忘情地欣赏着表演，每个节目结束后，我们都大喊“再来一个”。有一位聪明的魔术师，他的表演引人入胜。

在这场战争中，许多平民无法像我们一样度过这么美好的圣诞节。这个圣诞节无与伦比。

⑲ 休假

1917年12月28日

我整理好休假需要的物品，和一群人列队出发了。我跟科里·卡梅伦约好在火车站见面。由于通行证出现问题，他错过了一趟列车。等了许久，他终于出现了。我一点也不感到奇怪，他就是这样的人。我们的第一站是伦敦圣马可第二综合医院，去看望大唐纳德的遗孀薇·卡梅伦嫂子。令我们惊讶的是，护士长告诉我们她已经去了法国，在第54医院服役。

下一站是银行，我们去提取军饷。已有许多人在那里排队取钱，我们无法近前，于是转而去了“莎士比亚小屋”。本·沃灵顿从法国来这里休假，他告诉了我查理·邓恩、丹·兰格和哈罗德·约翰斯通都已去世的噩耗。

这里和乡村妇女研究所都已客满。后来，我们在澳新军团自助餐厅遇到一位好心的绅士，他带我们到炮兵路教堂陆军医院找到一个免费床位。

早上醒来时，我吓了一跳。昨夜，我的伤口流了很多血，床单上血迹斑斑。

我最终还是取上了钱——10英镑，一笔不小的收入。几经周折，我终于买好车票，从国王十字车站登上一列开往诺索普的火车。由于所有北方人都回家过新年，火车上只有立脚的地方。

与罗斯表妹在月台上久别重逢是多么令人欣喜啊！令我更为惊喜的是，艾米莉·史密斯小姐陪着表妹一起来了。姑姑和姑父在家里准备了美味的晚餐，他们依然把我当作久别重逢的儿子。与史密斯小姐在一起很舒服，她从不说傻话，也不高高在上。她甚是可爱。

姑父依旧向我骄傲地展示一番他的农场。又是一个白露为霜的早晨，我给农场里的小牝马和老母羊喂了满满一车干草。战争期间，农场主们通过出售农产品挣得盆满钵满。

我和父亲的亲人在一起感到非常快乐。格雷厄姆悬崖农场对我的康复大有裨益。在这个大庄园中，一切应有尽有。在寒冷的夜里，家里的炉火熊熊燃烧，我惬意地品尝着威士忌和葡萄酒，全家人都对我体贴入微，盛情地款待了我。史密斯小姐经常在傍晚来访，我们一起唱唱歌。我和罗斯翩翩起舞，不小心把桌子撞倒了，大家哈哈大笑，我俩都笑得跳不下去了。

1918年1月3日

战争没有给这里的人们带来悲伤，他们不知道外面的世界是什么样的。这是对我来说极具讽刺意味的一天。今天我25岁了，一无所有，一无所长，既没有钱，也没有工作，还失去了健康。即便我能在战争中活下来，在未来也将面对一个艰难的世界。

和家人依依惜别后，姑父开车送我去车站。走了大约两英里，汽车发生了故障。姑父让我在车身下面冲洗燃油管中的污垢，然后汽车才再次发动起来。我们一身油污，于是在萨罗森海德酒店停下来清洗一下，在那里享用了美味的烤排骨和一品脱啤酒，与一些英国老兵热络地聊了聊天。

美丽的史密斯小姐在火车站与我吻别。叔叔和我握手告别后，火车将我带走了。

22封信、2份文件和3个包裹在营地等待着我。格雷厄姆家人送给我的圣诞礼物到了，是非常实用的羊毛手套和一支钢笔；罗茜·伦肯给我写了一封温馨的信；我从母亲、伊娃姐姐和艾薇·纽曼那里各收到一封信，里面有悼念亲爱的雷的卡片——她们是多么真挚的新西兰女性啊，比男性高贵得多。

又回到无所事事的军营生活中，我感到被剥夺了像平民那样生活的权利。尽管如此，与不幸的英国士兵相比，我们在这里还是被高看一眼的。南十字星俱乐部把官兵和修女、志愿救护队的女士们组织在一起，举办了一场别开生面的舞会。周日早上，我们去教堂做礼拜，教堂还在老地方。布道的主题是“人的尊严”。

由于庞巴迪·克拉克森未按时归队，而我没在点名册上标注，周一被叫到了长官面前挨训。我代他受过，他欠我一杯啤酒。

皑皑白雪为营地披上一件白色的大衣。寒风刺骨，浸湿的皮靴使我脚部的血液循环受阻，我感觉脚都冻僵了。所有的水龙头都结了冰。

我去医务室找 AJ. 麦凯修女。她曾遭遇过沉船事故，但幸存了下来，十分善解人意。我们就生活中的变化进行了长时间的哲学讨论。

第二天，AJ 邀请我喝茶。我开始经常拜访她。我们去散步，边走边聊，说着一些漫无边际的话。

她是一位出色的倾听者，能够理解士兵的心声，是个万里挑一的好女人。她真的很关心我们艰难的处境。这场战争造就了许许多多高尚的女人，也毁掉了千千万万的女人。战争对男人们的影响也是如此，善与恶之间没有过渡带。

1918 年 1 月 19 日

我被医生认定为完全康复人员，能够参加行军、体能训练和勤务了。在我回到真正的军队之前，我被批准了两周假期。我们接受了检阅，之后胡闹了一番，然后我去与战友和 AJ 道别。我和她合了影，然后登上了十二点五十三分的列车。

我把东西扔在“莎士比亚小屋”，拼命跑向霍尔本地铁站，去接罗茜·伦肯。奔跑在泥泞的路上，我脚下一滑，摔倒了，浑身泥水，看起来可真“体面”！我窘迫地冲回罗素广场，清洗了一番，但错过了我们的约会。我搭乘另一班地铁，然后转乘公交车到了伦肯家，向罗茜解释了发生的一切。

可爱的罗茜为我亲手准备了丰盛的茶点，然后我带着姑娘们去伍德格林电影院看电影。我已经许久没看过电影了。

随着天气的放晴，我的运气也好转了。我要去美丽的苏格兰，小伙子们一直津津乐道的地方。那里的每个人都很善良、体贴、亲切，是我母亲引以为豪的卡梅伦家族的大本营。

经过一夜疲惫的火车之旅，在雾气沉沉的清晨，我到达了爱丁堡。我在海外俱乐部订了一张床位，洗了个澡，刮了胡子。早餐是燕麦粥和著名的燕麦饼。每个人都在讲苏格兰语，我听起来好像他们在唱歌一样。

我和一位澳大利亚下士一同去观光、购物。我买了纪念品，打算送给我的姐妹们。我们漫步到爱丁堡城堡，它坐落在陡峭的悬崖上，山羊都上不去。穿着苏格兰格裙的士兵在城堡的庭院里训练。在城堡里面，我参观了玛丽女王的小卧室，还有一个陈列着各种苏格兰武器的大厅，令人大开眼界。

博物馆的机械展厅令我们流连忘返。只需按下一个按钮，一台工厂机器的模型就运转起来。为了证明地球在旋转，一个模型悬挂在天花板上，有时会偏离轨道，从白天变成黑夜。有一条真人大小的毛绒鲸鱼和一条22英尺长的皇带鱼，看起来好像它们在海里游泳一样。在博物馆里，我们还看到大量来自新西兰和波斯古墓的“纪念品”。

乘坐有轨电车到任何地方都只需一分钱，糟糕的伦敦地铁应该好好学学。无论我们在哪里，友好的苏格兰人都会主动与我们攀谈。街上有很多摩登女郎。

接下来我要去珀斯和埃尔金。火车穿行在白雪皑皑的苏格兰大地上，令人心旷神怡。珀斯的空气清新而凉爽，但我并不觉得冷。硕大的冰块漂浮在泰河桥下。我在游客签名册上写下自己的名字，然后预订了一张床位。

坐上火车继续向前，起伏的高地使我梦回怀欧艾卡峡谷，回到了我温馨的家。许多细小的瀑布顺着山势倾泻下来，源源不断地流进汹涌的河流。到处是柱子和铁丝网构成的篱笆，不时能看到白胡子的老牧羊人带着牧羊犬在放牧。人家稀疏地点缀在乡间，就像我的家乡一样。每一处山坡都覆盖着皑皑白雪，在阳光下闪闪发光。没有画家能绘出这样美丽的图画。

表妹艾拉和妹妹吉恩长得一模一样，看起来就像吉恩在埃尔金的站台上迎接我一样。大家闺秀一样的姨妈和表妹欧维在玫瑰庄园的家里等候着我。看到她们，我明白了为什么母亲总是那么优雅端庄。房子很漂亮，看来对于她们来说，钱不是问题。我们吃饭聊天，然后我和艾拉去看电影。

一上午，我们行程满满。我与欧维表妹以及已婚的伊丽莎白表姐一起去探索大教堂遗迹，然后步行到洛西河岸边，观看人们在冰面上翩翩起舞。

女孩们坚持要我坐火车的头等座去克雷盖拉奇，这是一个位于斯佩河和菲迪奇河交汇处的鲑鱼捕捞小镇。在她们的陪伴下，我步行 10 英里，流连于壮丽的峡谷和冷杉林中。我和女孩们一起用脚把大石头从山坡上推开，使它们撞落到山下的河里。

我们在一家度假酒店美餐一顿，她们请客，坚决不让我掏一分钱。半夜，我扑倒在床上，我的房间如宫殿一般奢华。我享受着完美的时光。今天是我一生中最美好的日子之一，这些亲人都是天使。

女孩们又带着我四处游览，参观了许多著名的威士忌酒厂。马斯塔德伉俪邀请我和欧维参加一个 7 道菜式的正式晚宴，席间有很多种葡萄酒和香槟供我们选择。在这样正式的场合，我努力回忆母亲的餐桌礼仪，以免自己出丑。餐后，我们在吸烟室继续品酒、抽雪茄，度过了美妙的夜晚。

1918 年 1 月 28 日

肩伤使我昨晚没睡好，一夜醒了好几次。我的伤口感染已经两个月了，一直没有彻底痊愈，使我忧心忡忡。快到早晨的时候，欧维带着一些药、白兰地和波特酒来看我。这些东西解决了大问题。一天中的大部分时间里，我都躺在床上，喝着白兰地和波特酒。明天我就要离开了。

我不希望姨妈早起，所以在晚上我就已经和她深情告别了。我也向欧维道了别，然后和她的两个姐妹一起去车站。就要离开这些可爱而慷慨的亲人了，我感到十分难过。

苏格兰高地的男人们留着胡须，有的上车，有的下车。我和两位先生，还有一个澳大利亚人一起玩惠斯特纸牌游戏。在基思，一些女孩带着免费的热茶上了火车，这是我在整个英国第一次看到这种服务。艾拉塞进我口袋里的三明治、巧克力和啤酒派上了用场。

我在格雷厄姆悬崖农场又住了几晚，享受着家人的关爱。哎，姑父真是个好客的主人，家里常备美酒佳肴。他的火腿和培根最美味。莉莉安表妹和她的朋友们过来玩“捉对儿”[1]，尽管我输了3先令半便士，但依然兴致勃勃。

我的假期闲适、完美。很快我就要回归军旅生活了。

---

1 “捉对儿”（Snap），是一种简单的扑克牌游戏，参加者轮流亮牌叠成一叠，争取在出现同点数或同样人头的两张牌时，先喊“Snap”以赢得整叠牌。

20

无所事事

1918年2月4日

我在下午两点多到达科德福德营地总部，被分配到4连，19号宿舍。在这里，我得知了比尔·格兰特遇难的消息。

一切都和去年别无二致，同样的老面孔做着同样的事。食堂里乌七八糟，我们的毯子又脏又臭。我心灰意冷，需要调整一段时间才能适应这里。

欢迎回到训练和行军中来。如果外面风雨大作，我们就撤到室内，继续进行训练。我们还一如既往地练习拼刺刀。冬季的大衣已经穿上，冬天的生活仅此而已。我厌倦了一成不变的军旅生活，眼睁睁地看着一些“废物”在收拾行李，准备回新西兰。在这场战争中，大多数装病的浑蛋整天无所事事，只会滥竽充数。

在下士餐厅，我们一天三顿饭，顿顿有肉，还有服务员端来食物，我们甚至可以随时喝啤酒、白酒。一些新西兰报纸被送到这里，其中有些内容让人想起往日的时光，还有些经过审查的战争“旧闻”。

我和米克·奥格雷迪、迪克·惠廷顿开心地拍了合影，然后一起默默地步行去澳新军团公墓。

在行军训练时，军乐队开始演奏，重振了我的士气。近来我一直精神萎靡，有一种强烈的倦怠感。救世军组织的教堂游行改善了我的心情，澳大利亚的“喜鹊”剧团为我们带来了一场盛大的演出。

1918年2月16日

一批邮件到了，我收到了4份《新西兰周刊》，还有一封妈妈的来信，是6周前寄出的。

亲爱的亚历克：

过去的一年对于许多人来说充满悲痛。把所有的悲伤留在过去，就这样进入新的一年不免令人恍惚。对于我个人而言，这是我一生中最黑暗、最沉重的一年，因为这一年里发生了许多令我惊心动魄的事情。首先是我几乎目睹了查理的事故，在两个月后伊娃又从马上摔下来，得了轻微的脑震荡。在没有护士或医生的情况下，我护理她、照料她。当医生看到伊娃时，说我处理得很好。离开家6个月后，查理出院回家，走起路来一瘸一拐的。然后是我可怜的儿子雷战死的消息。这是阴云密布的一年，但我感谢上帝，在这一年里，我一直被天父的力量守护着，经受住了迟早会到来的种种考验。我总是想着你、惦念着你，我亲爱的儿子。知道你平安地住在医院里，我感到欣慰。但是，我为那些老兵和新兵揪心，他们依然战斗在战壕里。哦，多么希望战争能结束啊。寒冬到来时，我曾为你俩牵肠挂肚，但现在，你们都已不在战场了……

1918年1月2日

写于马塔怀镇怀欧艾卡

1918年2月22日

我奉命去接种疫苗，结果副作用十分严重。我感到头疼、眼睛酸痛，得到48小时的休息时间。在夜里，我发起高烧，产生了幻觉，时睡时醒。

感觉好一些了，我在营地里四处闲逛，寻找战友，最后在食堂遇到一位澳大利亚中士，两个人愉快地聊了一下午。

一位叫琼·沃克的小姐写信邀请我去伦敦游览。她带我去昂贵的特罗卡德罗法餐厅享用了一顿精美的晚餐。我们喝了一杯甘醇的红葡萄酒，然后去观看喜剧《美人痣》。之后我们在河岸街的里昂角落酒吧欣赏音乐，相谈甚欢。可爱的琼用她特地攒了两个月的钱支付了所有的费用。我跟她告别后，去事先预订的“加拿大厅”酒店休息。

早上，从法国来休假的战友们在酒吧里伴我度过一段愉快的时光，然后我前往斯伯丁拜访莎拉伯母和可爱的伯莎堂妹。

早上，冰雹声伴着雨夹雪把我吵醒了，还有调皮的艾美堂妹正在探头探脑地朝我房间里巴望。我坐在漂亮的汽车里，绕着广阔的农场兜了一圈。她们的生活很富足，战时配给制对她们没有造成影响。

我短暂地拜访了里格尔姑妈和姑父以及他们在凯特林一带的家人。出了火车站，就在他们准备马车要去迎接我的时候，我已经到了他们面前，大家都十分惊喜。姑父看起来很好，但姑妈由于心脏问题而缠绵病榻。表亲们看起来都很开心。

姑父向我炫耀着他的农场。在一块地里，100 多头军队的骡子正在吃草，军方需要为每头骡子每周向姑父支付2先令6便士。地里所有的农活儿都已干完了。

1918年3月6日

返回科德福德营地后，我被调回原来的步枪旅，和一些老战友重逢了。我被分配到8号营地24号宿舍。在体检中，我的健康状况被标记为A级。我获得一个由优质的新材料制成的背包。

1918年3月7日

令人惊讶的是，我又被胡乱调动了，这次被调到北方，在距此130英里的新西兰步枪旅后备部队兵站——布罗克顿营地。

我先乘火车到了布里斯托尔，一个较大规模的城市，那里民风淳朴。然后我继续乘车，穿过领主们美丽的乡下庄园，前往伯明翰。在通往斯塔福德的路上，沿途遍布工厂。之后，我又转车，坐上六点十分的列车到达米尔福德，然后艰难地爬上山，终于到达了布罗克顿营地。我的感冒加重了，进入连部办公室报到时，我已经累得昏昏沉沉了。

我美美地吃了一餐，有冷羊肉、薄荷酱、面包和黄油，还喝了一杯加糖的茶，我振作了起来。既然伙食这么好，我每天要“努力加餐饭”。

我的健康等级被降为 B1 级。我仍然感到虚弱乏力，每天痛苦不堪。我感觉肾脏出了问题，总是打不起精神来，反应迟钝。说实话，繁重的训练会让我承受不住。阅兵非常严格。如果有谁胆敢轻举妄动，在不该移动的时候哪怕动了四分之一英寸，也可能会有10 个人扑过来要收拾他。

一群德军战俘被安置在单独的院子里，看起来都精神不错、心满意足。在这里的一大“福祉”是女子辅助军团的营地与我们仅一墙之隔。小伙子们似乎非常关心女兵的状况。我暂时担任营传令下士，非常轻松。

来自新西兰的邮件到了，是从一艘被鱼雷击沉的船上打捞出来的，这包烟草、香烟和铅笔已经毫无用处了。

1918 年 3 月 12 日

早上五点，起床号响起；七点吃早餐；七点四十分集合；八点十五分营里的阅兵式从祷告开始。然后是比赛、分组训练、刘易斯式机枪射击训练。下午是战术训练、体能训练、刺刀格斗和讲座。

我对名目繁多的训练不以为然。在真正作战时，带着步枪爬来爬去只会招来子弹。我和一位军士长还就此稍稍争执了一番。我们的训练用枪是过时的1914式李—恩菲尔德步枪，这种蹩脚的武器用起来并不顺手，而且难以维护。

富尔顿将军参观了营地，稍稍提振了士气，使大家紧张起来。每个人必须军容严整、军服整洁。看来军纪要加强了。

拿到周末通行证后，我打扮了一番，然后乘火车前往伯明翰，在"士兵和水手"旅社订了一张床位。大街上熙熙攘攘，人们穿着考究。我漫步其中，遇到了热情的莫斯姐妹。她们带我参观各处景点，陪我去基督教青年会的音乐会。然后我们坐在岸边，观看许多高大健硕的马匹将无数货船沿着运河河道拖着向前，这景象引人入胜。

回到营地，我发现有十几封信等着我。当你知道自己并不是如蝼蚁一般无足轻重，知道有人还在关心着你，这也许会让你振奋吧。

1918年3月18日

我被提拔为代理中士，我的排里鱼龙混杂，集中了全营所有不适应军旅的人和有名的浪荡公子。我感觉身体好一些了，健康状况再次被定为A级。

我奉命看守第33增援部队中隔离的猩红热疑似病例，这个任务比较轻松。后来，由于在熄灯时间我的宿舍灯光大开，我被叫到了连长面前接受训话。我对此一无所知，因此又一次免予惩罚。我特别讨厌我们连长，一个地道的伪君子，总是让军士们提心吊胆。

宪兵来搜查一些人——他们想逃避明天的上前线选拔。我不在出征名单上。

㉑ 英伦女孩

随着下士餐厅的开张，一切似乎在好起来。这里的大厨很棒，下士餐厅成了我们的好去处。一些当地组织开始为士兵们举办舞会，我对此满怀期待。在斯塔福德合作大厅的舞会上，一大群当地女孩欢迎着我们。舞池里，轻歌曼舞，我一曲不落地跳完了整场。

天上下起了冰雹，继而是暴风雪。我监督 20 多个人书写并签署他们的遗嘱。有小道消息称富尔顿将军在战役中阵亡。如果传言属实，失去这位粗声大气但富有同情心的老将对步兵旅来说真是重大的损失。

作为一名士官，我需要在听证会上为违反宵禁令的人做证，这活儿可不好干。在这场战争中，我们的生活被极大简化了，十分单调乏味。我们完全可以不去理会那些由于和女朋友幽会而逾期归队的士兵。军队应该操心的是如何赢得这场战争，而不是那些渴望女性慰藉的军人。

在发饷之夜，酒吧里一片欢腾。我结识了一位爱尔兰的女子辅助军团的战士，并把她送回了营地。我非常钦佩这些女性，可以说，为了我们的利益而以牺牲她们的生命为代价。另外，她们似乎失去了一些女性的温柔。有些女战士像小流氓一样在街上大摇大摆地走来走去。

我穿戴整齐，特地去斯塔福德的百货公司买了一条专门在舞会上穿的裤子。市长医务基金会在市政厅举办了舞会，我的新裤子第一次亮相。多么美妙的时光啊！在这次舞会上，我邂逅了威尔科克斯小姐，我们俩跳起舞来十分默契。可惜的是，由于新颁布的战时照明规定，舞会早早收场。我无论如何也打不上出租车，只得步行两个小时回到营地，但一路上心情极其愉快。

1918年4月8日

今天，我们怀着悲痛的心情参加了为哈里·汤森·富尔顿准将举办的礼拜。我们将永远怀念他。

从科德福德营地又来了74个人。不适应这里的人越多，我的任务就越繁重。我们的生活就是训练、训练、再训练。我奉命乘救护车去鲁格利医院，这使我从单调的生活中暂时解脱出来。我的任务是护送一个名叫厄珀姆的战俘回到营地，这个可怜的家伙脑子出了问题。我和他相谈甚欢，成了好朋友。他没给我添任何麻烦。

我们排队服用漱口药，味道还萦绕在口腔里，我就搭上便车，到斯塔福德去取一个邮件。令我高兴的是，原来是罗斯表妹把她的自行车寄到了火车站，所有费用都已支付。骑自行车四处游览时，我遇到了一位拉森小姐，她带我到乡间漫步。

1918年4月15日

昨晚又进行了一轮赴法国前线的人员选拔。最新的战报令人不安，德军已经大举推进，占领了涅普、埃斯泰尔和罗马林，以及“餐厅角”周围的战壕。我亲爱的雷的牺牲地现在已经沦入德国人之手。我担心朋友们的安危——在布伦盖伊农场的人们、城堡里的人们和涅普那个漂亮女孩。我不敢想象他们的痛苦。

我骑上自行车到斯塔福德，陪新朋友弗洛里参加舞会。那里有很多女人，令人赏心悦目。我跳了每一支舞，一直到十点三十分熄灯，然后骑着自行车潇洒地回到营地。

1918年4月18日

我很高兴受到邀请去参加另一场舞会。精心打扮一番后，我骑着自行车飞驰而去。华尔兹之夜非常盛大，邀请的男女来宾人数相同。善于交际而又文雅的女士们让小伙子们喜笑颜开。我结识了特尼小姐，舞会结束后送她回了家。

1918年4月20日

最新的伤亡名单出来了，虽然又有许多美好的生命牺牲了，但我方并没有取得攻城略地的胜利。这使我更加下定决心，在回到法国的人间地狱之前，我要及时行乐。这就是军人的生活：可以享受的时候就尽情享受，必须忍耐的时候就咬牙忍耐。

全国女工联合会又举办了一场晚间舞会。当地的女孩和我们这些小伙子对舞会都乐此不疲。一个可爱的聋哑女孩是我出色的舞伴，和她在一起很快乐。

1918年4月22日

下过的雪和雨夹雪融化之后，到处一片泥泞。我和特卡拉卡的汤姆·麦格雷戈一起骑自行车去赫德尼斯福德镇。路上，我们停下来和两个漂亮的女孩搭讪，以一场酣畅淋漓的晚间运动结束。天黑后，我们心满意足地骑车回营了。

我主动去旅里举办的培训班学习讲课的方法。求学是很辛苦的过程，我感觉自己完全像个新兵一样吃力，但在将来我会受益无穷。

我骑自行车去参加另一场舞会，整场都与一位可爱的朋友格拉迪斯·利夫人一起跳舞。起初一切顺利，但在我骑车回去时，因为自行车上没有安灯，我与民警闹得很不愉快。经过一番软磨硬泡，我获得了胜利，蹬着车子扬长而去。在营地，我被好好教训了一顿，了解了军法和民法之间的差异。我吸取了教训。

1918年4月25日

又是一个澳新军团日。为了纪念这一天，我们在教堂做了礼拜，放了一天假。餐厅整天开放，乐队在演奏，晚上还有热闹的音乐会。宿舍点名推迟到夜里十点，以示对这个日子的尊重。

我的听力越发糟糕了。在体检筛查中，我被送到了医生那里。军医用吸引器抽出一块大得惊人的蜡质的栓塞。难怪自从轰炸以来我一直听力不好。重新清楚地听到种种声音，让我感觉活着真好。

在一个阳光明媚的日子里，我和格拉迪斯骑上自行车到处观光。我们躺在古老的提索尔教堂附近的树林里，惬意地小憩。她的父母邀请我去阿米蒂奇喝茶，格拉迪斯为我拉起了小提琴。我在十点左右骑自行车回去，心情非常愉快。

有一种传言甚嚣尘上，据说所有的士官都将立即被派往法国。但什么都没有发生，一切还是老样子。

格拉迪斯又一次带我骑自行车游览周边的景点，这次时间比较充裕。塔姆沃思市场里熙熙攘攘。我在这里见到的平民百姓最多，他们都在家乡的煤矿工作。我们参观了浪漫的塔姆沃思城堡及其迷人的花园。傍晚，她的父母请我吃饭，格拉迪斯弹着钢琴，演唱了优美的歌曲。在百姓的家里享受这样的生活是一种奢侈。大约在半夜时分，我偷偷溜回营地。

在昨天骑行了35英里之后，今天我感到浑身僵硬、酸痛，但在教堂游行之后，我又蹬上自行车，再次去与格拉迪斯约会。我们来到古老的橡树林，这里是当年查理二世国王躲避反对王权的圆颅党的地方。四点时，我们在一座美丽的大教堂里做礼拜，在高耸的穹顶下欣赏管风琴的演奏和合唱团的歌唱。在格拉迪斯家里聆听了更甜美的歌声后，我骑上自行车回营地，在路上被暴雨淋成了落汤鸡。

一名战俘因伤势过重而死亡，营地举办了一场德国葬礼。德军战俘看起来都状态不错，而且得到了很好的照料。他们自豪地向我展示了精美的花卉壁画和用橡皮泥做的梅西讷岭模型，细节非常精确。

1918年5月10日

今日碧空如洗。我感觉自己很健康、很快乐。我们像斗鸡一样被养在这里，每天吃饱喝足却无所事事，我都感到惭愧了。今天我主动请缨，要去法国战场，但被拒绝了，理由是这里需要我当教官。我与宿舍里的一个“废物”发生了点不愉快，因为我要求他待在军营里，6天不能出去，他对此心生不满。

我感觉身体不太舒服，从医务室找了一点蓖麻油。许是放在瓶子里太久，蓖麻油已经干成了硬果冻，太浓稠了，都不流动了。我切了一块，把它塞进喉咙里。我彻底检查了罗斯的自行车，然后去看望我在运输线上的爱尔兰女友。

天气变得闷热。又一批赴法人员被拔选出来。第35增援部队的一群乌合之众从斯灵来到这里，以填补步枪旅的人员空缺。

1918年5月16日

我参加了军官实务考试，顺利通过了。我想去伦敦，所以申请外出，获得了批准。我十点到达时，这座城市很安静，周围有一些士兵，大部分是蜂拥而来参战的美国佬。

1918年5月18日

我痛快地洗了个澡，刮了胡子，然后登上一列火车，上面可能载着一半的伦敦人。现在是假期，到处都排着长队。我订错了车票，本来要去霍恩彻奇，结果却到了绍森德。所以我只能倒车，终于回到霍恩彻奇。

我在疗养院的餐厅吃了一顿饭，然后经过一番周折，领到了军饷。我看望了几个受伤的战友。这个地方现在人满为患。威利·卡梅伦虽然看起来情况不太好，但还是那个可爱的老伙计。我带他出去喝杯茶，和AJ.麦凯修女一起在护士之家度过几个小时的愉快时光。

回到伦敦，我和几个美国士兵一起喝啤酒，然后找到一位女性朋友，住进皇后酒店。睡了一夜好觉，我迎来真正美好的一天。与那个女人分别后，我去了罗素广场的士兵诊所，他们让我完成了惯常的消毒程序，以防染上性病。"莎士比亚小屋"的午餐真是美味可口。令我惊讶的是，我遇到了艾薇·纽曼的哥哥杰夫，他穿着病号服。他还是老样子，看起来状态不错。

当我敲响罗茜家的门时，亲爱的罗茜和全家人热情地接待了我。一顿丰盛的晚餐后，她父亲递给我啤酒和雪茄。

我和罗茜、丽兹去散步，穿过公园和树林，我们来到了河边。在两位妙龄女郎的陪伴下，自在的漫步分外美妙。锦上添花的是，我们还一起在圆形大厅欣赏了米德尔塞克斯军乐团的音乐会。

十一点左右，防空警报划破了夜空。一阵猛烈的轰炸开始了，伦肯一家陷入了恐慌。他们都藏进了地窖，但我留在了原地。我的床实在太舒服了，我不想动弹。可怜的人们。也不奇怪，空袭警报凄厉的鸣响会让任何人不寒而栗。

这家人都对我非常好。早上我与他们深情道别，然后前往“莎士比亚小屋”洗漱一番。罗茜来找我去看戏，在皇家剧院正上演着《首相》。一起吃了一顿丰盛的午餐后，我不得不跟她说了再见，急忙乘火车回到营地。

1918年5月24日

点名结束后，我独自躲在宿舍里。今天是亲爱的雷的生日，他应该24岁了。我骑上自行车，独自品尝那份忧伤。来到下士餐厅，一杯热茶下肚，我振作起来。这茶真不错，放在英国任何地方都算得上好茶了。新西兰的邮件到了，艾拉·沃克给我寄了一盒巧克力。

整个上午我都在培训士兵，为今晚的值守做准备。在整个复杂的过程中，我们进展顺利，但我从来没有经历过如此沉重而糟糕的夜晚。我们必须保持头脑清醒，要看守6名战俘，检查500张通行证，撰写冗长的报告，还一式两份。但凡有谁出现一点差错，都会吃不了兜着走。

女子辅助军团的姑娘们被允许进入我们的饮酒场所，她们中的一些人确实在利用这种特权。尽管如此，她们的到来还是使这个地方更富有生机和活力。今晚，我和几个女孩还有几个刚从新西兰过来的新兵一起喝了啤酒。

春天已至，公园和乡村到处绿意盎然。在乡间小路上，运牛奶的罐车排成了行，膘肥体壮的奶牛在长出新绿的草地上悠然地吃草。田野里鲜花盛开，每个人似乎都在为自家的花园感到自豪。夜香兰、丁香花、金链花和报春花为每家每户增添了缤纷的色彩。

在一个美好的假期，我骑着自行车来到桑顿路。

在那里，我邂逅了一位科利尔小姐，她正在照料前院的花草。来到希尔德斯通，我在“柔伊和巴克”客栈享用了美味的鸡蛋。女服务员对我很慷慨，在我的茶杯里奢侈地加了双份牛奶。

原路返回桑顿后，我说服科利尔小姐骑上她的自行车陪我一起出行。每年的这个时候，英国的乡村都美轮美奂。当我们骑着自行车穿过一个个村庄时，眼前的风景令人赏心悦目。

这种悠然的时光戛然而止。我奉命暂时负责全连的训练，然后率领他们进行越野行军。整个下午，我们都在为炸碉堡演习准备沙袋。晚上，我参加了另一场选拔——从来自科德福德营地的人中选拔赴法国前线的人，然后喝了几杯啤酒，上了床倒头便睡。

士兵俱乐部在营地举办了一场舞会。与镇上的相比，这场舞会相形见绌。很多新西兰的女子辅助军团的成员都在场，她们的某些行为令人不齿，但我不太在意她们在英格兰的所作所为，似乎战争改变了每个人。

1918年5月30日

从今天开始，我负责管理3排。这似乎是一步好棋，但若没有家庭背景或军队里的关系，要想晋升，基本上是天方夜谭。我率领全连进行各种训练。傍晚，我骑了很长时间的自行车来到中央酒店。呵，场面十分壮观呢。各种年龄和体型的男人和女人排起了长龙，大家推搡着，争相购买啤酒。钢琴曲在酒吧里热烈地回荡。一个女人唱着淫荡的歌曲，喝得醉醺醺的人们趔趔趄趄，在歌曲的影响下表现出行为不端。在最后一丝余晖中，我骑车来到海德内斯福德，遇到了两个快乐的女孩，她们和我一起步行到亨廷顿。

周日的露天礼拜结束后，我立即骑车到彭克里奇树林去见那两个新朋友。森林和野花散发出醉人的春的气息，我享受着她们的陪伴。在骑自行车回营地的路上，我不禁注意到坎诺克蔡斯草木葳蕤，这里可能放牧着成千上万的牲畜，而26平方英里的前皇家森林完全被用作打猎的场所，这些都加剧了目前普遍的粮食短缺问题。

1918年6月4日

今天我心情不好，因为得去火车站把自行车寄给罗斯，然后步行回去。

我现在不需要骑自行车去参加士兵俱乐部的舞会了。这些舞会风靡一时，当地女性趋之若鹜。我们艳福不浅——她们似乎很喜欢我们这些来自海外的男人，我们在一起时其乐融融。傍晚，那位爱尔兰的女子辅助军团的女孩和我一起在荒野中漫步。她非常活泼，她爱尔兰人特有的幽默和随遇而安的生活态度让我精神振奋。我应邀走进米尔福德村去拜访斯内尔格罗夫小姐，她是我在一次舞会上认识的一个可爱的女孩。我们两个人在荒野上找到一个好地方，度过了一个非常愉快的下午。

我们配发了短裤，穿上后露出白白的双腿，大家就此互相打趣。温暖天气的不利之处在于数以百万计的苍蝇蜂拥而至，比在战场上的情况更糟。

我的肝火很大，厌倦了这里的单调乏味，疯狂地想去法国。我又毛遂自荐，但再次以失败告终。作为代理排长，我觉得自己是一匹任劳任怨的老马，但真正升职的机会却十分渺茫。

步枪旅在米尔福德村的绿地举办了一场舞会，我们的军乐队演奏舞曲。所有的姑娘和小伙子们都踊跃参加，更不用说女子辅助军团的人了。一个小伙子在第一支舞中就被一个踢得很高的女孩踹倒了，场面一度有些混乱，但总体来说舞会非常成功，有很多浓情蜜意的场景。

在列兵到士官之间踯躅的军衔使我厌倦了军队体制。一大批增援部队的新兵来到这里，他们是被选拔出来赴法国战场的。如今，我经常是宿舍里唯一的老兵。

22 后会无期

我收到一条噩耗，亲爱的爱丽丝姑妈逝世了。我竭尽全力争取到一张通行证。

在葬礼上，里格尔姑父和家人承受着巨大的悲伤，但为了接待吊唁的来宾，他们努力打起精神。多丽丝在钢琴上弹奏了姑妈最喜爱的赞美诗，深深地触动了我的心弦。老两口对我一直视若己出，失去这样一位至亲令我难以承受。现在，可怜的姑父痛失爱妻，未来的日子对他来说将是巨大的考验。

我被调到了 1 连。在备战时，袭击战壕和碉堡这样的进攻训练开展得如火如荼。预计等我们回到法国时，很可能会进行这样的直接对抗。我们全副武装，与模拟敌人作战，或冲锋陷阵，或保卫在荒野中特地挖出来的逼真的战壕。

1918年7月15日

第二次马恩河战役爆发。德军最后一次大规模进攻，被英法联军击退，彻底失去主动权。

关于战争的各种消息不断传来。就像从前人们面对拿破仑战争一样，我们别无他法，只能苦笑着默默承受，直至战争结束。

我像得了疥疮一样浑身瘙痒，感觉十分虚弱、忧郁。同时，我还感到头痛欲裂、眼睛酸痛，颈部和腰部都在作痛。我们都害怕染上席卷英国的西班牙流感，3 连的巴洛就死于这个可怕的疾病。许多人请了病假，数百人接受医学观察。

1918 年 7 月 17 日

在被遣回战场之前，我计划了诀别之旅，因为很有可能这次就是永别。苏格兰依然召唤着我，一经准假，我立即登上了列车。

在这片美丽的土地上，被苏格兰旖旎的乡村风光和迷人的女郎所吸引，各路军人纷至沓来。站台上人潮汹涌，一群美国黑人蹲在他们的箱子上，即兴弹起拉格泰姆班卓琴来娱乐大家。

我随处都能感受到苏格兰式的热情好客。在格拉斯哥的布坎南站下车后，一位风度翩翩的老先生与我握手致意，坚持带我去海外士兵俱乐部享用免费的自助早餐。恭敬不如从命，我只得和他及其他人一道乘坐一艘名为“彗星”号的小船沿着克莱德河顺流而下。

在船上，和蔼可亲的老船长向我们介绍种种苏格兰趣事。到了港口，我看到那里停泊着 6 艘巨轮，11000 名美国士兵在此登陆。在造船厂，数百艘船只正在维修或建造中，其中包括世界上有史以来最大的战舰——一个巨大的怪物，配有 4 个螺旋桨，12 门 18 英寸的大炮，排水量达 3300 吨。再往前走，还能看到正在建造的潜艇和飞行器。

这里的当地男子并不多，很久才能见到一个。身强力壮的苏格兰人大都在战场上浴血奋战。相反，美国士兵则到处都是，但没过多久，他们自以为是的样子就让我对他们彻底失去了兴趣。

我的目的地是埃尔金。我坐着火车，在苏格兰高地穿行。到处芳草萋萋，一碧千里，间或点缀着可爱的紫色石楠花。一座纪念伟大领袖华莱士的巨大纪念碑高高耸立在班诺克本战场的一座小山上。

到站后，艾拉表妹向我表示最热烈的欢迎。抵达玫瑰庄园后，我同样受到了亲爱的伊莎贝尔姨妈真挚的欢迎。

我和艾拉一起去旅行、拜访朋友和采摘醋栗。经过软磨硬泡，她说服我在照相馆拍了照片。晚上，我们相谈甚欢，转眼就到了半夜一点。

遗憾的是，我留在这里的时间十分短暂。我和姨妈深情道别后，艾拉把我送到火车站。我会想念这个聪明而又美丽的女孩的。

1918年7月21日

返程漫长而沉闷，有充分的时间去遐想。雷离开我们已有一年了，在涅普城堡，我读着传令兵麦克斯韦送来的消息的情景历历在目，仿佛就发生在昨天。

随着英国议会的发展，军营里官样文章和繁文缛节盛行。讲座变成了宣传演说。我这辈子从未经历过这么多这样乱七八糟的东西，都是为君主立宪制歌功颂德的。我从来没有听过这么多遍《天佑吾王》，不过大家站起来唱国歌时并没有什么热情，都像蚊子哼哼一样。

数百名平民女子的到来使得军心涣散。她们在营地附近四处走动，采摘蔓越莓做果酱，采摘越橘做染料。我们互相吸引，营地周围从未像现在这样热闹过。

我又当上了代理排长，率领50个人走遍山林。我们或者向"战壕"发起猛攻，或者整晚死守"战壕"。那是长达两千码的梅西讷前线的复制品，由德军战俘建造。一名不幸的士兵在一次事故中被模拟照明弹严重烧伤了双手。

拿到了周末通行证，我在沃尔索尔打发时间，漫步在大街上，发现有些女人朝我暗送秋波。按照事先的约定，我在路特街与戴维斯小姐会合，然后我们去乡下散步。农场里的人仿佛从天而降，愤怒地指责我们在他们的地里闲逛。这里如此安静美好，我们完全不理会他们，很快他们就讪讪地离开了。

星期天晚上，我一路小跑到鲁格利，又一次带着我的爱尔兰女友在荒野上漫游。正是石楠花盛开的季节，荒野上流淌着炫目的色彩，散发着迷人的芬芳。这是我们最后一次一起散步。明天，她就要动身前往约克郡。我对她恋恋不舍，未来也会念念不忘的。但是，在这乱世中结缘注定不会有圆满的结局。我也不会在这里久留。

盖伊少校就性病问题严肃地向我们训话。他说着带有苏格兰口音的英语，给我们留下了深刻的印象。他让我们体面地生活，对性爱要有敬畏之心，而不应一如既往的随意放纵。

晚上，我待在宿舍写信。

一段时间以来，我们一直在为铺设跑道而挥汗如雨。一场越野赛在即，我们先在这个跑道完成了一场练习赛。我以第 15 名的成绩跑完了两英里，这是

1918年8月8日

亚眠战役爆发。英法联军发动进攻，德军遭遇『最黑暗的一天』，被迫向兴登堡防线撤退。

一个不错的成绩，也是对我身体素质的一次很好的检验。我感觉良好，身强体健。

1918 年 8 月 17 日

你永远不知道每天会面对些什么。今天早上我还在布罗克顿，现在却到了 150 英里外的伦敦。我奉命在伦敦住一夜，明天早上押送一名战俘返回营地。

我忙里偷闲，抽空去了帕默斯格林，伦肯夫妇感到十分惊喜。令我失望的是，女孩们都不在家，罗茜和米莉正在北德文郡度假。黑莓派和啤酒都很不错，伦肯夫妇一如既往的和蔼可亲。

我在新西兰士兵旅社与从法国来休假的老战友查理·罗伯茨、比恩和“老盒子”一起吃了顿饭。他们看起来都很好，神采奕奕。他们描绘了一幅美好的画面，似乎战争正朝着有利于我们的方向发展。

我去接收战俘，澳新军团的狱警真是小题大做，我走了许多程序才把人领上。战俘是步兵帕克，编号为 51495，口袋里装满现金。若不是战俘，他看起来是个不错的小伙子。我们启程后，他一路都在睡觉。

午夜后我们到达营地，我在厨房饱餐了一顿。然后，我开心地发现战友们帮我把床铺好了。我已经筋疲力尽，感觉站着都能睡着。

1918 年 8 月 20 日

在阅兵式上，我得到了消息——我得打包行李，准备奔赴前线。又一轮的喧嚣忙碌为营地增添了活力。作为连队的传令士官，我不知该如何处理大量的公文。

我在焦躁不安中等待着。告别之夜，我们在下士餐厅举杯畅饮，除此之外，我回忆不起来那晚我们做了什么，也不记得我是怎样回到宿舍的。

早晨，我们收到了消息，选拔被推迟了，这正合我意。昨晚醉酒之后，到现在我都感觉晕乎乎的。

1918 年 8 月 24 日

我再也受不了这里的官僚作风了。漫长的等待和无所事事对我来说是一种折磨，我恨不得早日离开这里。我逃避所有的检阅，只参加了体检。身体的每一个部位都经过了检查、点戳和刺激。为了查看是否患有性病，我们还脱下裤子，列队接受检查。我被归类为适合服役人员。

我把最后一批信件和一个包裹寄给罗茜·伦肯，让她代我保管。我花了 1 先令 4 便士通过铁路货运将装备袋寄给伯莎·特拉福德，然后将两本书寄给父亲。

我犒劳一下自己，最后再洗一次澡，然后一路小跑到了食堂。让我们开始狂欢吧！我们都被奉为皇室成员一般，几乎每个人都有了醉意，开始为所欲为。小伙子们唱歌、谩骂、狂欢、滑稽地走来走去、以各种有趣的方式佩带步枪。长官们无法控制局面，只得听之任之。他们费了好大的劲才使我们整队前往米尔福德，因为在那里我们要登上七点三十分的列车。

乐队开始演奏进行曲时，一切看起来还好。5 分钟后，小伙子们就随心所欲地走开了，大家三五成群，队伍松松散散。一些士兵的女子辅助军团女友在他们身边跟着，军官也有自己的女友。这是我所见过的最大型的军人秀恩爱的场景，每对情侣都你依我依，依依不舍，甚至涕泪俱下。在这场战争中，我们已经变成了欧洲大陆风格，公开表达情感，而不像传统的英国人那样含蓄内敛。

留下来的女子辅助军团成员和小伙子们争相帮我们背上沉重的行李。在月台上，恋人们更是难舍难分，那是怎样的景象啊！我们在晚上九点二十分启程，小伙子们仍在尽情地大呼小叫。大约一个小时后，在酒精的作用下，每个人都沉沉地睡去了。

我们在凌晨三点四十分左右到达了福克斯通，然后在皎洁的月光下列队来到一个休整营地。凉爽宜人的空气是宿醉的解药。我们的军营是一座滨海的贵族宅邸，已被英国政府征用，但里面没有任何家具。喝下一杯热茶，对于头昏脑涨的我们来说犹如甘霖入喉。

早上八点，我们整队出发，继续前进。沿着海滨长廊，我们经过更多美丽的宅邸和私人住所。人们热情欢呼，为我们加油鼓劲，有些幸运儿还得到了女士们的香吻。我们兴高采烈地经过圆形音乐厅，经过一排排整齐的沙滩泳屋，在码头登上法国明轮船。

我们于上午十点二十分启航，在一艘巡洋舰、一架飞机、一架水上飞机和一艘巨大的飞艇的护卫下，全速穿越英吉利海峡。我们感谢海军，他们在这场战争中发挥了重要作用。数十名军人休假归来，酒气耗尽，颓丧地瘫在那里。你无法想象这是两个天差地别的世界。

第六部

百日攻势

在灯光下他们为他准备着墓地，
那是个无名的德国男子，
被仓皇撤离的战友所抛弃，
身负重伤后迷惘无助，奄奄一息，
默默等待身体腐烂消弭。
最初他们以为他已死去，
不料却感受到他微弱的心跳，
他躺在那里，平心静气，
就这样把年轻人杀掉，
未免过于残忍凶暴。

——《坟墓》，西约克旅 13 营维尔弗里德·J. 哈利迪

Part six

23

追击与前线转移

1918年8月25日

午夜时分，我们在布洛涅下了船。穿过一座桥，我们就到了布洛涅入市税征收处。

这里的景象与英格兰大相径庭。一排排候在岸边的救护车将伤员送上船。满面愁容的女人在码头上走来走去，有什么就卖些什么。可怜的法国苦难深重，人民生活在水深火热之中。数十人跟随我们来到山上的营地，兜售着啤酒和水果；成群结队的孩子围着我们乞讨食物。

英国官员们一如既往的官僚作风严重。最后，我们终于为每顶所需的帐篷准备了相关的文件，每人分得一张毯子、一些口粮和热茶。与英国人在一起，茶的品质总还是有保障的。

各部队成千上万的人集结在这里，吃着发放的食物，从行军锅里盛出水来饮用。

法国平民被德军的空袭弄得人心惶惶，这情有可原。炸弹造成了极大破坏，到处是断壁残垣。所有村民跟士兵一样，都去防空洞过夜。

这里的条件极其艰苦，我们又得和衣而卧。夜里下起倾盆大雨，我们的帐篷像筛子一样，漏水严重。一切又回到了老样子。

吃完简单的早餐后，我们离开了宿营地，迫不及待地将不合时宜的英式条条框框抛诸脑后。我们又在车站月台上等待了很久。1916 年时，我作为伤员就是在这里等待开往相反方向的列车。

回到熟悉的、逼仄的车厢里，我们坐着火车穿过哈德洛特，进入埃塔普斯。数百名流离失所的孩子沿着铁道乞讨，个个面黄肌瘦，一看就是吃不饱肚子，吃顿饱饭对他们来说会大有裨益。

埃塔普斯的营地建在沙丘上，看起来乱糟糟的，是一个充斥着沙子和罪恶的地方，一看就让人悲从中来。一眼望去这里是个庞大的营区，各民族、各单位、各军种的人集中于此，连中国劳工营[1]也身在

1　中国劳工营：一战期间，中国以“以工代兵”的形式，将 14 万华工派往欧洲，其中英国招募了 10 万名、法国招募了 4 万名。

其中。许多女子辅助军团的战士们分布在周围。防空洞、凹陷的帐篷和弹坑证明德军曾频繁轰炸这里。

食物虽然粗糙，但味道却很家常。当然，这里没有卖酒的下士餐厅，但我很高兴能和小伙子们打成一片。

来自科德福德营地的老朋友——尊敬的麦肯基上校——在这里担任负责人。他是一个很棒的长官，不喜欢让部下提心吊胆，总是愿意亲切地与我们聊天，说些鼓舞人心的话。早上在新西兰兵站进行防毒测试，首先是催泪瓦斯，然后是氯气。我们戴着防毒面具鱼贯进入一个房间，毒气被释放出来。对于幽闭恐惧症患者或神经质的人来说，这可不是闹着玩的。

返回的路上，每个人都随心所欲走在队伍里，犹如散兵游勇一般。我们经过军犬训练场，数百只狗看到我们，跳上狗窝，疯狂地吠叫。城里大部分地区都残破不堪，目光所及之处都是医院，不时出现在街头的护士和修女们为这里增添了几分优雅和精致。一个巨大的公墓里满是一排排崭新的十字架，预示着在未来的日子里，我们将面临严峻的挑战。

无所事事地混了 3 天之后，我们领上了武器和弹药，并接到通知，明天早上要全副武装列队出发。我和其他 3 名下士获得了游览康什海湾的巴黎海滩通行证。英国游客在战前经常光顾这个著名的海滨度假胜地，这座美丽的小镇仍然完好无损。我们漫步在海滩上，欣赏了美景，然后回到镇上享用美味的鸡蛋和薯条，还品尝了香槟和葡萄酒，十分惬意。情况也没有那么糟糕嘛。

早上，一位英国军官率领我们来到火车站。与令人心潮澎湃的乐队一起站在新西兰纵队的前列，这一定是他最为自豪的时刻之一吧。长长的列车从铁路旁轨驶出，里面挤满了兴高采烈、斗志昂扬的军人。

铁轨旁金黄色的树木和丰收的景象宣告着秋天的临近。成群结队的英国人正在修建数英里长的全新的铁路线。一群人正在用绳子从铁轨上举起一台沉重的车辆，突然绳索断了，他们非常可笑地挤作一团，全部摔倒在地上。我们即便花钱买票也不可能看到比这更好笑的表演了。小伙子们哈哈大笑，拿那些人打趣。他们个个情绪高涨，完全不知道未来有什么在等待着他们。在老兵旁边，增援部队的新兵看起来是那样的稚嫩。

我们一整天都在训练，穿过赫斯丁、弗雷文特，然后又行军一夜。清晨，我们终于来到蒙希古。向导们将战士带往 8 公里外的一个营地。我留下来把口粮装到一辆轻便的马车上，然后开着一辆叫“罗西”的汽车来到美丽的帕桑纳尔图瓦小镇。在营地外，小伙子们抵达了，他们精疲力竭、脾气暴躁，但饱餐一顿后，又重新振作起来。

1918年8月30日

大家睡在坚硬的地面上，一早醒来后，吃了简单的早餐——牛肉罐头和饼干。在一个树木繁茂的山谷中，我们12个人挤在一个帐篷里。帐篷很隐蔽，能够保护我们免受空袭之扰。除了树林，周围都是美丽的乡村景象。这里安静、凉爽、芬芳，伪装得很好，不易被敌人察觉。这个营地真是不错。

点名集合闹出了很多笑话，大家终于弄清楚自己属于哪个部队了。我回到步兵第3旅，与厨师恩尼·布朗、彼得·彼德森、现为下士的米尔斯、斯蒂夫·泰特、丹·詹姆斯、鲍尔斯和斯帕克斯曼得以重聚。我和亲爱的米奇·麦克布赖德聊得很开心，现在他是一名少校，佩戴着勋章。

在特别阅兵中，我们得知师里需要增援部队，我们要在下午五点三十分开拔，要求全副武装。手提袋、大衣和礼帽都被堆放在营里的仓库中。

我告别了留下来的战友，与其他人精神抖擞地出发了。穿过树林，我们来到堆满庄稼的开阔地带。这里完全没有炮火，一切都是那么静谧、美丽。映入眼帘的是绵延数百码空空如也的战壕、纠缠在一起的铁丝网和无数的弹药库。种种迹象表明，德军仍然热衷于阻击战，他们的残余部队在撤退途中也会困兽犹斗。

经过漫长而疲惫的跋涉，我们来到满目疮痍的埃比泰尔讷。在这里，新西兰人在战斗一开始就表现出色。这片新占领的土地位于郊区，令人意外的是这里竟然没有新的弹坑。

我们热切地朝着巴波姆镇方向进发，寻找不断拓展的新西兰部队交通路线。我们勇往直前，穿过更多破败的村庄和一座被炸毁的铁路桥。第一次索姆河战役的旧弹坑里已经绿草萋萋，默默生长的野草间夹杂着令人毛骨悚然的尸骨。

这里仍然一片安详。唯一的声音来自正在撤出或准备去休整的苏格兰部队。他们个个挺拔魁梧，在前线甚为夺目。风笛手在起劲地吹奏，我们听了，脖子上的汗毛都竖了起来。

人们吵着脚疼，更糟糕的是，德军如梦初醒，在我们身后不远处投下了许多重型炸弹。令人惊讶和困惑的是，当我们终于在黑暗中找到补给线时，他们对我们的存在一无所知，既没有食物也没有住处分给我们。我们只好在德军的旧战壕里和衣而卧。除了把我们的披风当作毯子外，别无他法。

我睡了一会儿，但很快就被毛毛细雨打湿，感受到了刻骨的寒冷。第一缕曙光照亮了1916年的索姆河战场，这里的乡村呈现出丘陵地貌，山脊如波浪般连绵起伏。我四处走走，发现了许多以前的尸骨，也有一些最近死去的德国人。有很多人在翻找尸体上的财物。三天前，这片土地还属于德国。一个巨大的防空洞被完全炸毁，里面塞满了死去的军人，在德军匆忙撤离后留在了这里，直至腐烂消解。

集结后，我被调回到4连。老战友相见格外高兴——比尔·华莱士、亚历克斯·格林、亚历克斯·罗伯逊、内德·艾伦和麦卡尔平都在这里。我负责给养，领取了口粮后前往巴波姆郊区破败不堪的比夫维尔。营地在一个巨大的木材厂里，那里仍然堆满了木材。我遇到了赫伯·塔基，约翰尼·萨姆纳和弗雷德·默里也在这里，目前都在法国迫击炮连。

我到4连指挥室报到，连长打量了我一番，让我去除虱，并把我安排到排里。我们很幸运，都有防空洞，而且几乎每个人都分到了一间，我和伯克特的防空洞还是双层的。各种各样的文件和书籍四处散落，当然都是德语的。

我们的身后是纪念碑林。我们是支援部队，为快速推进的前线部队殿后。大量的德国人的尸体散落在曾经的战场上，但他们已经被洗劫一空。

我洗了个澡，还洗了袜子，耳边听得我方大炮轰隆作响，德军没有回应。我坐在防空洞口，轻松地写着日记。现在的情形与帕斯尚尔战役时相比真是天壤之别！那场战役实在是太可怕了，那段时光真的是我生命中最糟糕的日子。

1918 年 9 月 1 日

凌晨三点，我们向新的支援线推进两英里。我们举步维艰，迷失了方向。德军正在炮击，毒气弥漫，阻碍了我们的视线。我们奉命全部戴上防毒面具。在走上从巴波姆到阿尔伯特的大路之前，我们发现了数十匹死马和德军的尸体。一个英军老补给站的圆形铁皮屋是我们的宿舍，与我预期的战壕相比，这算是个惊喜。我设法找到了一个德军的旧担架和一些稻草，躺在上面过夜。

黎明时分，我方炮弹从右翼铺天盖地地向敌军猛扑过去，然后更加猛烈的炮声从我们的左翼响起。几分钟后，我们所在的区域也火力全开。德军阵地一定很热闹吧。一些人发起了冲锋，而我们则是他们的支援和后备力量。

敌机在附近出没，移动将非常危险。一小群战俘被押解着从我们面前经过。两辆装着伪装网的坦克在这片坚硬平坦的土地上轻松行驶，灵活机动。在这场新型战争中，它们将是我们的一大优势。

我负责带领我们排的人将食物从伙房送到连队。尽管德军用轻型和重型炮弹对我们进行凶猛的炮击，但我们依然圆满地完成了任务。这个排的人表现出色。

一些死去的新西兰青年躺在附近，需要埋葬起来。我将永远记得一个年轻人，他有一张光彩照人的、轮廓鲜明的脸庞，死后看起来就像博物馆中陈列的一尊精美蜡像。

晚上七点左右，奥塔哥 1 营来接替我们，我们撤退到巴波姆以北的法夫勒耶村。幸运的是，在路上我们遇到一家英国酒吧，停下来喝杯啤酒真是美妙的享受。

我们的新营房是一间带防空洞的尼森铁皮屋[1]，建

1　尼森铁皮屋（Nissen　Hut）：拱形钢结构建筑，最初由英国人在第一次世界大战期间生产。其内部采用水平支撑梁，覆盖波纹金属板，这种建筑风格使得在需要存储区、生活区或其他功能的建筑物的任何地方都可以快速建造起来，而且成本低廉，所以一经问世就得到大量使用。

造得很不错，但人满为患。我们刚到达营地，一架德军战机就直扑过来，用一番彻底的轰炸造成了严重破坏。它沿着我们的路线来回飞行，恣意投下大量炸弹。炮兵们非常可怜，在路上拖着大炮走来走去。即便对成年男子来说，这也是重体力劳动。炮兵们都是身材魁梧的小伙子，需要一连几个小时不停地填炮弹、发射。

在夜间，一架飞机经常在宿营地附近轰炸，但我们还比较安全，过得也比较舒适，而且食物充裕，面包比我们在英国吃的好得多，还有水用来洗脸和刮胡子。

我和厄尼·伍兹步行两英里到比夫维尔的基督教青年会。几棵被炸得七零八落的大果柏木掩映着残损的纪念碑，上面刻有铭文纪念十九世纪七十年代在法德战争中丧生的法国捍卫者。我军从德军手里缴获了一座全新的泵站，包括发电机和所有配套设备，里面有一张布告栏，写满德国名字，读起来拗口，听起来蹩脚。

我们上午十点在凄风苦雨中全副武装地接受检阅。草草了事后，我们奉命换上轻便的作训服，带上步枪和毛巾，再次集合。经过一个小时的行军，我们到达了格雷维莱尔，来到镇上先进的浴室。我们痛快地洗了个热水澡，换上新内衣。我太需要洗个澡了，因为我的脚在火烧火燎地疼，就像在沸水中被烫伤了一样。

非常感谢附近的基督教青年会，免费为每人提供一杯热可可和一包饼干。他们的官员和其他人一样出生入死，在军队当局允许的范围内将小餐车推到尽可能靠近前线的位置。

返回时，我们穿过主干铁路线进入巴波姆。在那里，我们看到一个巨大的墓地，里面埋葬有德国人、澳大利亚人和我们自己的人。我们在那里停留片刻，用默哀来表达敬意。

回到营地后，我们发现这里已经变成了一个热闹的集结地，到处都是来来往往的士兵、货车和运兵车。两名矫健的法国中士率领一支强大的骑警分布在周围，看样子来者不善。数十名将军带着参谋到处视察。还有各兵种的士兵，包括信号员、传令员和步兵等。英军的第 37 师似乎全部在场，苏格兰灰骑兵[1]也拍马而至。所有的火炮都被送往前线，每条车道、马路和小路都被挤得水泄不通。

我奉命暂时分管 16 排。有小道消息说，德国人

1　苏格兰灰骑兵（the Scotch Greys），成立于 1681 年，因其马匹都选用灰色的，故也称为“灰色骑兵”。

已经撤离了。

今晚身处这里，望着人来人往，车水马龙，听着风笛和鼓乐队的演奏，还有纷至沓来的战士的脚步声，似乎这一切都在涤荡着灵魂。你仿佛置身于旋风之中，情不自禁地想跟他们一起去冲锋陷阵。

在上午九点开始的检阅中，贝尔上校向我们训话，谴责了临阵脱逃的行径，也提及埋葬死者的事宜，然后我们以连队为单位，继续向前进发。到达弗雷米库尔后，我们在那里左转，然后停止行军。

我们的人重建了残破的德国军营，我和另外两人共用一个虽然小但还舒适的宿舍。每人有一个铺位，上面铺着稻草，但这里没有一滴水。在大扫除时，一个小伙子在隐蔽处发现一桶啤酒，问题迎刃而解。多么“了不起”的发现！人们立刻蜂拥而至，争论着这酒是否安全，能不能饮用。尽管如此，我们连那些嗜酒如命的家伙还是舍命一试，结果证明这是一款质量上乘的德国淡啤酒。

傍晚五点，我奉命与其他几个人去埋葬一个新西兰小伙子。他在离营地几码远的排水沟里泡了两三天了，尸体已经肿胀不堪。我们将他埋葬在他倒下的地方，在通往康布雷的道路的右侧。他是下士穆尔霍兰，编号为 30968，隶属于步枪旅 1 营 4 连。他是一个善良的小伙子，身材高大魁梧，头部被弹片或狙击手的子弹击中。在这场被上帝遗忘的游戏中，他献出了自己宝贵的生命，令人难过。我们完成任务后，1营的教士来到墓地，为他举行了令人印象深刻、美好而深情的葬礼。我们跟着教士朗诵了主祷文。

邮件到了，我开心地收到一封罗茜·伦肯的来信。

亲爱的亚历克：

可以想象，收到你的来信，我感到既惊讶又欣喜，尤其是这封信是在我家里写的，而且你在伦敦还做了短暂的停留。很遗憾没有见到你，但没关系，我们来日方长，也许很快你就会重访伦敦。让我们希望如此吧。我想当时父亲和母亲在享受美好的二人世界吧，没有吵闹的女孩让他们担心或打扰他们的清净（你在周日真是从天而降啊）。很高兴你喜欢家里的黑莓派。

这里的风景就像我想象中的新西兰，远处重峦叠嶂。我们可以看到一侧是达特穆尔山，另一侧是埃克斯穆尔，所以我们处于荒野正中间。

几天后，我将回到老家伦敦。我还想在这里待一段时间，但人不能总想着自己。我在这里过得很开心，是近来最为快乐的一段时光，但一切都会结束，或迟或早。这里有一个不错的女孩子，我和她很要好，两个人形影不离。我们俩都比较调皮，喜欢各种恶作剧！

现在，秋收正如火如荼地进行着。这些日子秋高气爽，家家仓廪殷实。几乎每个农场都有两三名候补士兵，秋收时，由于劳动力短缺，农民的儿子都放假一个月。这里的女性不会下地干活儿。我本打算帮忙，但转念一想，我可能只会帮倒忙。我做得最多的就是把草捆堆起来，提着棍子追兔子，结果感到浑身燥热，所以要喝苹果酒等。这里与伦敦真是迥然不同，我都舍不得离开！

这里的农场有几匹马，需要训练磨合，所以如果我想找点活儿干的话，其中一匹漂亮的小马驹非常适合我。我喜欢骑在马背上转来转去，但我担心很快就会被甩下来。昨晚我们玩得很开心，我和布兰奇在草地上追逐这些马匹。我很高兴布兰奇和我一样疯狂（实际上她比我还要疯狂），因为米莉不参与我们的胡闹，我猜想她认为这会有损她的尊严吧。

不过，我在这里学到了一点关于养家禽和制作黄油的技能。我们明天要去达特穆尔旅行，希望好天气能持续下去。但愿你读到这封信不会感到无聊。今天下午我非常孤独，也许像以往一样，给你写信会让我振作起来。

再次感谢你的来信。期盼你能拨冗回复。

愿你平安快乐，诸事顺遂！

爱你的罗茜

1918 年 8 月 21 日

写于北德文郡奇尔·蒙纳克拉姆村

一门孤炮不断地袭扰着营地。夜里，就在我即将入睡的时候，突然传来一声巨响，睡着后炮弹的呼啸声又把我吵醒。人们对此早已习以为常。

三天前，这里还是前线。我们的战士正在向前推进，以惊人的速度攻城略地。自从我于 1916 年参战以来，战斗方式发生了巨大的变化。当时都是战壕战，现在基本上都是直接对抗。敌人占据了有利地势，在所有下陷道路上都设有露营地和机枪巢；在田野里有几个垂直的深洞哨所，里面有几个人操控机枪。这样的布局对我们向前推进的部队造成了重创。

排长从疗养院回来了，我恢复了以前的军衔。我奉命率领 16 排的步兵建造一堵 4 英尺高的土墙，把军马和骡子拴在后面躲藏起来。德军战机在空中十分活跃，在几分钟内就摧毁了我们 3 个侦察热气球。轰炸机在空中频频投弹，在我们身后，一名中士被击中身亡。

在营地，我们的好连长安排了一个简陋的娱乐室，我们可以在相对安全的情况下读书或写点东西。小伙子们在尽情地喝着苏打水，这是在营地进行大扫除时在德军的物资储备点发现的。德国人在这场战争中真是丰衣足食啊。

1918年9月6日

作为营房士官，我奉命立即出发，紧紧跟随快速推进的前方部队。我与两位战友一同动身，穿过满目疮痍的阿普兰库尔，然后右转，进入一片广阔而肥沃的大平原，绵延数英里。德国人竖起了长长的、坚固的铁丝网。他们一直忙于切断和彻底打乱沿途的每根电线。

我们遇到了一个基督教青年会的成员。令我们感到好笑的是，他也参加了战役，带领一群德军战俘从前线撤下来。他们向我们打招呼，当了战俘似乎都很开心，不以为意。又有三批战俘经过。

在巴拉斯特尔附近的某个地方，我们找到了霍克斯湾29连，我们连将替换他们。三个主力排将住在战壕里，我们16排将挤在破旧的营舍里。在一个大房间里，我们发现了3匹死马，它们臀部的肉都被割掉了。

四周都是德军坚固的铁丝网。打头阵的部队正热火朝天地忙着挖掘支援壕，干得非常不错。这里有两门8英寸口径的火炮，能够将重达200磅的炮弹发射到12000码远的地方。一架容克斯战机由于发动机故障而迫降，停在了附近。

我回到阿普兰库尔与连队会合，从基督教青年会拿了一杯酸橙汁和一包饼干，然后带领大家行军8公里，住进了新宿舍。我遇到了罗伊·维姆塞特，他隶属于维克斯机枪班，也住在附近。令人惊喜的是，我还见到了杰克·洛伊德（现在是一名中士）、罗兰·希尔和杰克·斯蒂尔。大家看起来都不错。

1918年9月7日

炮弹和在地上飞溅的弹片在夜里把我们吵醒。我们立即整队出发，穿过田野，沿着道路和铁轨，穿过饱受摧残的贝尔廷库尔郊区。我们一路诅咒着德军的炮弹和战机，到达了一个巨大的德国物资集散点，里面堆放着数英亩的炮弹和各种类型的弹药。我不再相信他们缺乏弹药的传闻。凌晨三点，我们被安置在许多大铁皮棚里过夜。

我患上了严重的痢疾，无法入睡。我的胃在痉挛，总想呕吐，结果只是干呕，胃揪着疼。我猜想这是喝了德国人的苏打水导致的。早上，在极其虚弱的情况下，我什么都干不了，也吃不下饭。我进入谵妄状态，感觉自己还是一个老百姓，与家人和雷生活在一起。我开始强烈地想家，心情十分低落。

双方的战机一整天都很活跃。下午六点，我们收到命令，立即收拾行装，前往新的前线战壕。我的身体状况非常糟糕，早晨只喝了一杯茶。

24 躲避枪林弹雨

我们到达了讷维尔布尔容瓦尔，昨天我军才将其收入囊中。整个小镇都被炸得七零八落。在黑暗中，我们绝望地发现迷了路。没有人知道该何去何从，大家来来回回地兜着圈子。终于，我们发现了一条下陷道路，跟随拖着炮车的军马走了很长一段距离。经过漫长的艰苦跋涉，我们都已大汗淋漓。下了马路，我们在铁丝网中寻找缝隙，最后在半夜十二点三十分把奥塔哥营从条件恶劣的防空洞中替换下来。我连是预备部队。

我们得小心挑选防空洞，有些人没能躲开德军在那里新近埋下的地雷。在条件艰苦的、冰冷的洞穴里，我们时梦时醒。德军在凌晨五点开始猛烈地炮轰我们。人们急忙跑出来，七手八脚地把炊具和水车拖到一个洞里，那里有一个斜面可以作为掩护。

一整天，双方的炮火都在激烈交锋，一些炮弹就落在我们的藏身处附近。在大约500码外的梅斯昂库蒂尔，各种口径的炮弹坠落如雨，轰炸持续不断。德军在撤离炮弹射程之前要竭尽全力摧毁这个美丽的小镇。在我们的左边，一座城堡坐落在优美的树林边缘，已经被夷为废墟。

大雨袭来，白垩质的土壤迅速变成了泥浆，很快每个人——甚至一切——都被涂成白色。

上午十点，连长命我带领18名给养运输员前往位于村子另一端前线的7连。我们顺利地穿过一条条街道，然后走进一个狭窄的峡谷，进入一个非常不利的位置。在山脊高处的德军发现了我们，却没有攻击。我必须鼓足勇气继续向前。我们手无寸铁，身上背着重重的食物。我率领这些人迂回前进，穿过了峡谷，沿着岸边前行，这时迫击炮弹迅猛袭来。我们顶着风，被灌饱了毒气，在几分钟的时间里，每个人都在痛苦地咳嗽、打喷嚏。这时，机枪也开火了。

当一切平静下来时，我们都安然无恙，重新投入运送任务中。一名狙击手向我开了3枪，每次都差点击中我。我们将口粮分配给9排、10排和11排，但情况十分危急，我们无法到达前哨的12排。德军占据有利地势，我们稍有动作就会被发现。

我们只得在没有任何掩护的情况下往回走。经过糖厂时，我们遭遇了更多的惊险。炮弹轰轰作响，近在咫尺，让人惊心动魄，但我们都幸免于难，我把所有人都带回来了，没有任何伤亡。

我们得到消息，营长贝尔中校昨天受伤了，我们的副营长在今天也受了伤。哎，这是热点地区，我们的伤亡人数正在迅速增加。这一天风雨交加、炮火连天，我抽空给自己挖了一个好一些的单人掩体，在这个过程中还严重割伤了右手小拇指。

黄昏时分，我率领另一支运输小队出生入死。在夜色的掩护下，我们先到达了前三个排的阵地，在那里我挑选出 3 名战士和 1 名向导，陪我战战兢兢地把口粮送到位于前哨的 12 排。我们在下陷道路上行进，德军疯狂地炮击我们的路线，这可真不是什么好差事。尽管浑身湿透了，我很高兴能毫发无伤地回到藏身处。因为伤口还没有痊愈，我感觉非常不舒服，但凌晨两点时，我喝了一杯朗姆酒，感觉暖和起来。运送补给是一项十分危险又吃力不讨好的差事。

1918 年 9 月 8 日

周日，我们的早餐非常丰盛，但我还是吃不下饭。一如既往，发放的香烟是劣质的，但基督教青年会的朋友们从树林边缘的小屋里走过来，给每个人发了一串葡萄、1个苹果和10支“大玩家”牌香烟。水果是稀罕东西。日常粗粝的食物使我的肠胃不堪重负。

1918年9月9日

在清晨的第一缕曙光中，我方炮兵在前方的德军战壕上空布设了连绵不绝的火力网。3连发起了进攻，但我猜他们错过了目标。在几个小时里，我连一直处于战备状态，但后来又解除了，只有13排和15排被派去了前线。

德军似乎有了援军，在这个地区充分利用了其优势火炮。按照惯例，德军整天都在猛烈地炮轰梅斯。在一个安静的时刻，我步行到镇上，在街上转了转。这里几乎没有留下一块完整的砖，但奇怪的是，两个醒目的十字架却完好无损。

有消息称，为了扫清通往特雷斯科支线和古泽库尔森林的道路，前线部队的伤亡人数一直居高不下。很多次肉搏战就在我们面前上演。

我的身体状况有所好转。晚上七点，我们要继续运送给养。出发之前，我吃了晚饭，还有一个基督教青年会赠送的煮鸡蛋。这次是把朗姆酒、炖肉和基督教青年会的食物送到3连。

我们绕着激战正酣的小镇兜了一大圈，但仍然遭到沉重的炮击。几经周折，我们终于到达3连指挥部。在去往前哨的路上，一切竟然意外的平静。

返程时，天气陡变，狂风暴雨不期而至。趁着伸手不见五指的黑暗，我们抄近路回来了。在伙房，我喝了一杯茶和朗姆酒。我浑身湿透，感到彻骨的寒冷，从头到脚沾满了黏糊糊的白色泥浆。朗姆酒有奇效，使血液加速循环起来。我就这样睡着了。

除了遍地美丽的蓝铃草外，在持续的降雨中，这个地方看起来很糟糕。战士们看到我们一大早就把口粮送来了，十分欣喜。今天有些稀罕东西——高地罐装牛奶、巧克力、奶油糖果和一罐肉酱，显然是优秀的新西兰女士们送给大家的。

一整天都没人理会我们。到下午六点，仍然没有任何命令下达，也没有看到任何长官。大家异想天开地传说着：和平到来了。我真希望这是真的，因为痢疾再次发作了，我急需洗个澡。目前这里完全没有水，必须由马车运进来。

晚上七点，我收到命令，要求我继续运送食物。一切如死一般的寂静。雨越下越大，我们躲进一个炮兵们占用的德军防空洞。这里像个普通人家一样，大约20英尺长、20码宽、20英尺深。我们把炖菜送到前线的战士们那里，然后又从那个地势不利的山谷往回走。最初一切都风平浪静。当我们走到糖厂附近，准备穿过小镇时，被敌人发现了，炮击开始，炮弹与毒气弹一起袭来。

又喝了一杯朗姆酒，我在轰隆隆的炮声中沉沉入睡了。

在离战线不远的地方，很多人正在紧张地为今晚进驻的炮兵挖掘炮位。显然明天早上会有一场恶仗。我奉命最后一次把食物运送到前线。我们一路平安无事，只是在返回的路上遭遇一枚冒着黑烟的炸弹的袭击，所幸死里逃生。在漆黑中我无法找到露营地，最后终于回来了，却发现这里除了一名毒气警卫已经没有其他人了。我们暂时隶属于2营，为了明天的大战需要往前线运送弹药。

北极光在晴朗的夜空中闪耀着瑰丽的光芒，此时德军发动了夜间例行轰炸，炮弹从天而降。

1918年9月11日

凌晨三点，在持续的猛烈炮击和连绵的秋雨中，我们蹚着泥水行军到梅斯，被安置在一座工厂的地窖里。我们是 2 营的预备部队。

邮件到了，我在宿舍阅读了 4 封来信，耳边听得我方炮兵在一个小时内进行了猛烈轰炸，德军只是短暂地回应一下。

伤员车络绎不绝。一个德军战俘的腹部被撕开了，他脸色蜡黄，已经昏迷过去，被送到我们宿舍，以减轻一辆陷在泥泞中的汽车的重量。我和另一个小伙子把他拖到最近的红十字会救助站。看来这可怜的家伙回不了家了。

一大批战俘经过，他们看起来衣食无忧，身形矫健。他们具有刚毅的男子气概，有些战俘只有 18 岁甚至更年轻。我叮嘱部下好好照顾他们。

我们沿着下陷道路前进，艰难地穿过一片长势不良的灌木丛和黑莓丛，一直到最近占领的皇后十字区才停下来。我们的掩体在简陋的废弃防空洞里。大约有 6 条公路被德军的地雷炸成可怕的弹坑。我们的人沿着行军路线做了勘察，挂上地雷警示牌。形势十分凶险，地雷爆炸声不时回荡在耳边，战士们付出了生命的代价。

在凄风苦雨中，我们紧张地待命两个小时，然后奉命到旅弹药库搬出 50 箱炸弹送往前线。显然，我们需要帮助将士们击退反击的德军。每个人都装配了

24 枚米尔斯手雷，负重前进。尽管有向导，但我们冒着猛烈的炮火依然像无头苍蝇一般转来转去，就是找不到路，后来终于在我最后一次给 3 连运送补给的地点附近偶然发现了一条下陷道路。

我们经过支援壕，穿过更多的灌木丛和黑莓丛，去阻击敌人凶狠的反扑。在随后的混战中，只见泥土四溅，我方伤亡惨重，上峰命令我们撤退。战事过于激烈，我们无法继续战斗。

新西兰部队势如破竹，占领了数英里敌方位于有利地势的阵地。右边的英国部队本应与我们协同作战，但不知何故竟然没有作为，使得德军乘机从右翼攻击我们。他们杀气腾腾，占领了我方部分阵地。

我们排回到支援壕，换上 13 排和 15 排到前线作战。天气很冷，暴雨如注，我们都饥肠辘辘。德军的炮弹纷纷袭来，迫使我们躲在一个深深的防空洞里。里面实在太拥挤了，我找机会爬了出来。

午夜时分，奥克兰营前来替换我们。我们撤出前线，穿过埃康库尔，找到向导，他把我们带到预先安排好的营地——一座在树林边的大城堡。没想到向导却走错了路，阴差阳错地将我们带到了地下营地。尽管如此，我的宿舍还不错，有一扇美丽的彩色玻璃窗——从城堡里偷来的。

长官允许我们睡到上午十一点，然后粗鲁地将我们唤醒，率领我们进行了漫长的越野行军。在返回诺伊维尔的路上，我们找到了运输线，取回在上一次开拔前留下的背包。我的背包丢了，无处可寻。

伴随着德军战机在空中上下翻飞，我们通过贝尔廷库尔、哈普林库尔和班库尔，撤退到位于弗雷米库尔的老驻地。现在是凌晨两点，每个人都已精疲力竭了，我的脚火烧火燎地疼。我们刚一抵达，我军的探照灯就照亮了一架德国战机，炸弹立即扑了上去，将其击落，飞机坠落的情景宛如大型焰火表演，我们看了如释重负。

这是轻松的一天。我四处搜寻，找到一个供人们洗脸和刮胡子的水槽。洗洗脚可以暂时缓解疼痛，捧起水花盥洗一番让每个人都感觉好多了。

中午时分，我们穿过法夫勒耶，来到尼森铁皮屋下的大型下沉式防空洞，途中穿过一片田野。除了炮兵和骑兵，几乎整个新西兰师都集结于此，在附近安营扎寨。人们又在纷纷传说：战争要结束了。

㉕ 急行军与无所作为

我们被带到旅阅兵场参加礼拜，但拉塞尔少校的训话使活动变了味，他对着我们滔滔不绝地宣传英国军队如何骁勇善战。没有人理会他的喋喋不休，大多数人都站着睡着了。

大炮虽然安静下来，但德军战机还是会飞过来，展开黄昏时分的例行轰炸，摧毁了我方的热气球。尽管如此，远离大炮的喧嚣还是十分美妙的。今晚，暂别了野蛮的战场，我过着文明人的生活，吸着基督教青年会捐赠的“金雪花”牌香烟，在宿舍里读读信，然后写几封耽搁已久的回信。大多数人都做着类似的事情。

我的背包依然杳无踪迹，但我设法弄到了一张床、一个秸秆床垫、一件德国军大衣、一张油布，然后在宿舍里点燃了一堆火，心情很愉快。尽管有些焦虑不安的家伙在说着梦话，但能在宿舍里睡一觉真是太幸福了。可惜好景不长，持续的轰炸使我们的神经又绷紧了。

1918年9月16日

电闪雷鸣伴随着轰炸袭击，屋顶又严重漏水，让人心里很不痛快。若不是这样，在整整12天里，我们的生活跟在英格兰的营地生活几乎别无二致。我去洗了澡，换了内衣，在裁缝店缝补了外套，但我们仍然需要做些杂役，比如制作脸盆架、挖掘厕坑等。德国人在逃跑时简直是丢盔弃甲，靴子、帽子、头盔、步枪、弹药和弹壳随处散落。我们彻底打扫了战场，清理了德军丢弃的物品。

几辆坦克轻松地来来回回。训练已经恢复，包括火枪射击、移动快速射击、特定行军路线、刘易斯轻机枪射击等，甚至还包括队列训练、敬礼训练，仿佛在提醒我们身在军队。真是荒谬。

士兵们喜欢聚集在营地酒吧，成群结队地蹲在草地上开怀畅饮。我见到了萨米·罗伯特森、丹·麦基、普莱斯、米尔斯、比尔·贝利、迪克·戴维、弗莱德·莫雷和福斯特军士长。每个人都是那么亲切友好。大家都说和平即将到来，这样的传言像燎原之火一样蔓延开来。

这里的伙食非常不错。我收到亲爱的艾薇·纽曼寄来的 20 封信和一份完好无损的巧克力。没有人太在意德军的空袭，空袭时我们只是把灯遮住或者熄灭。

我写完了一本日记，把它密封起来，寄给伯莎·特拉福德保管。

一天下午，我们没有训练任务，在砖头瓦砾中找到一些木头，制作了曲棍球棒，进行了一场精彩的跨排曲棍球比赛。比赛非常激烈，我们都乐在其中。

我幸运地得到一个机会，与 100 名官兵去贝尔廷库尔参加“新西兰人”乐团的音乐会。我负责带队，率领 4 连的人列队来到一个大谷仓。这个谷仓只剩下四堵墙，屋顶严重受损，部队里的人把帆布拉开，覆盖在上面，简单修缮一下。前半小时放映影片，播放音乐，随后穿着华丽女装的男士们开始了炫目的表演。小伙子们已经很久没有接触女性了，我相信，如果这些表演者愿意的话，可以轻易地使任何一个小伙子“拜倒在他们的石榴裙下”。锦上添花的是，今夜月色如水，也没有枪炮之声，我任由大家自在地漫步，轻轻松松地走回营地。

师长下午要来视察，所有人都在忙着整理内务、进行队列训练。大家近来散漫惯了，在进行队列训练时嘻嘻哈哈，使连长大为光火。他怒火中烧，让我们吃了不少苦头。他还拿出笔记本，把队列左、中、右侧的一些人列为违纪人员。

由于患上风湿病、坐骨神经痛什么的，我一直感觉不舒服，现在手指的伤口也感染了。连长一番咆哮、威胁之后，禁止我参加下午的阅兵，我不禁感到窃喜。我的制服都装在背包里，跟着背包一起丢失了。不管怎么说，我也不能不穿军装接受检阅吧。

我们列队穿过巴波姆，那里现在是一片废墟。护士在野战医院护理伤员，然后将他们送上红十字会列车。她们是那么令人赏心悦目，所有人都情不自禁地向她们行注目礼。一大群德国战俘在院子里晒太阳，看起来都邋里邋遢。许多英国人正在修缮防空洞、修理野营帐篷。马路对面的墓地里，一座座新坟连绵不绝。

我们离开被彻底摧毁的蒂洛伊镇，进入阴森森的索姆河战场，停下来举行一个简短的仪式，以纪念我们死难的战友和亲爱的朋友们。

眼前是一幅令人感到痛惜与悲伤的画面。被炸毁的树木只残留烧焦的树桩；炮弹留下的弹壳乱七八糟地堆积在一起；战壕、交通壕和铁丝网被炸得七零八落；用残存的木头制成的十字架点缀着荒凉的原野，这里就是许多战士最后的栖身之所。两军成千上万的官兵或沉入阴险的沼泽，或被爆炸后掀起的尘土掩埋，没有坟墓。经过暴雨的冲刷，累累白骨明晃晃地暴露出来，令人毛骨悚然。

1918 年 9 月 24 日

前线战事突然紧张起来，此起彼伏的轰炸声响彻在我们的耳边。

我是步枪射击教官。我们在为未来几周的战斗做着准备，一边向前冲锋，一边在距离目标 100 码处快速发射 10 发子弹。我对自己的成绩颇为满意。

我的背包失而复得，我们又领到一条毯子，还配发了一些泡菜。种种迹象表明，未来几天会有大事发生。一批援兵赶来，大部分来自第 37 支增援部队。

运动会那天，最开始参加的人寥寥无几，等到乐队开始演奏、酒吧开始营业，人一下就多了起来，瞬间在神秘出现的葡萄酒和啤酒前排起了长队。

1918 年 9 月 27 日

我们突然接到命令，要在下午四点全副武装

开拔。大家手忙脚乱地收拾行装。我是连队的当值中士。

我们再次向东朝着诺伊维尔进发，负重急行军12英里对我们来说是严峻的考验。德军的空袭再次频繁起来。晚上十点，在简陋但还算舒适的野战帐篷里，我刚刚安顿下来，就不得不回头去寻找我们排落在后面迷路的人。是夜，明月当空，我没有费什么周折就找到了他们。凌晨一点，我终于疲惫地躺了下来。

早上五点起床，我们匆匆吃了麦片粥（里面没有牛奶，也没有糖），还有一小块培根和一杯红茶，这就是全部早餐。我们营在六点出发，奉命准备作战。天气很冷，我们呼出的气都成了白雾。我们生起一大堆火，围着火堆搓手，朝手上哈气取暖，等待着出战的命令。

我们饥肠辘辘地向哈夫林库尔森林进发，扔掉了提包、毯子和大衣，经过梅斯镇，全副武装地沿着树林边缘前进。

林中有一条通往里贝库尔的道路，上面挤着奔赴前线的千军万马，我们跻身其中。整个新西兰师都在行动，包括几十辆拖炮车、马匹、补给车、叮当作响的补给箱以及马背上的骑兵等。

满载伤员的救护车从前线撤下来。一大群形形色色、各种军衔的战俘被关押在笼子里，其中有一位德国教士和一位将军（手里还拿着军杖），他们可能过于辛苦，也可能酗酒，看起来都是萎靡不振的样子。

三天前，英国人发起了进攻，许多人刚冲过桥去就倒下了。一位教士四处奔波，忙于主持安息礼拜，尸体有几百具，敌我双方的都有。我们听说 1 旅和 2 旅今天早上发动了进攻，已经成功抵达北运河，从德军手中夺取了康布雷。

穿过哈夫林库尔对面的山谷，我们最终到达了遭到严重破坏的里贝库尔，然后右转，沿着一条德军的旧战壕前进，于下午两点在一个山脊上停止了脚步。

盟军终于突破了兴登堡防线，这是自 1917 年初以来德军的主要防线。坚固的混凝土建筑里散落着被丢弃的大炮和许许多多的机关枪。铁丝网无处不在，甚至在交通壕的边缘都有布设。德军在撤退时尽其所能毁掉防空洞，只留下烧黑的窟窿，防空洞已然毫无用处。在我们的左边，康布雷镇浓烟滚滚，烈火熊熊燃烧，从我们所在的区域可以看到，火场绵延数英里。

在我们停留的地方，“战场秃鹫”们剥掉尸体上的靴子和绑腿，企图从死人身上或防空洞里找到望远镜和其他战利品。到处都是死去的军马，还有废弃的装备。我们在这个战区已经缴获了大量的战利品，包括机枪和大炮等。1917 年，51 师曾在这里遭受重创，3 辆废弃的坦克依然停留在这里。

我让我们排的人进入一个 20 英尺深的防空洞，轻松地缴获了一件德军大衣、一条毯子和一张油布。我们喝了茶，吃了美味的炖菜，在艰苦跋涉后又恢复了元气，让人感觉这场战争还不算太糟。尽管仍有断断续续的炮击，但我们又乐观起来。夜里十分寒冷，我们轮流值班。

上午九点三十分，我们正在检查步枪，干粮终于送达了，每人还发了一件保暖的皮马夹，里面有厚厚的布衬里，真是谢天谢地。然后我们被派去找工兵铲和背包，再将炮弹运送到大炮旁。下午，双方的炮兵上演了激烈的对决，又一支增援部队冒着枪林弹雨抵达前线。

我现在负责的部分有许多新兵，我需格外关注这些没有战斗经验的年轻人。基督教青年会送来一份报纸，大家争相传阅。

下午三点，我奉命与连长和一名下士去侦察地形。我们走在下沉路上，然后穿过树林里残存的树桩，跨过康布雷和古泽库尔之间的铁路线，越过威尔士山脊，经过老人农场，到达阿维斯山脊的一个有利位置。我们能清楚地看到前方未遭受破坏的伯纳维小镇，右边是拉瓦屈埃里耶，左边是帕姆农场。德军著名的埃姆登战壕十分醒目。为了即将到来的战斗，我们对周边的地形做了全面的了解。

夜里，第 38 支增援部队在冷雨中与我们会合。早上，德军轰炸了一会儿，但没有造成什么伤亡。没有其他事情可做，大家都去翻找战利品，忙得不可开交。

下午四点，天气放晴了，我们的人马陆续越过威尔士山脊，来到老人农场附近的下沉路，离德军越来越近了。向左转，我们沿着通往马尼耶尔的路走了很久。每前进 50 米左右，我们就停下来，然后再前进 50 米左右，再停下来。最后，我们彻底停下来待命。6 个小时过去了，没有任何动静。队伍一解散，我就四处为大家寻找宿营地。在接下来的几天里，我们会参加战斗。

午夜时分，一个激动的军官粗鲁地把我们喊醒，要求我们把防空洞腾出来，让给他刚从前线撤下来的部下。夜空中寒星闪烁，我们被迫睡在露天地里。我把每个人都安置好，然后在身上盖上一点东西，挤在他们身边。德军的炸弹又飞过来了。

一大早，我们冒险在一个坑洼的地方生了一堆火，大家聚集在火边取暖，直到天亮。简单的野战早餐使我们暖和了一点。

在半明半暗中，我四处搜寻，又找到一个很深的防空洞，于是急忙让我们的人进去了。我们把它打扫出来，火盆里的火发出噼里啪啦的声音，这时一名机枪队的军官闯了进来，命令我们出去。这次我没有让步。他虚张声势地威胁一番，然后离开了，事情就这样结束了。我们抓紧时间睡上几个小时。

1918 年 10 月 2 日

迷迷糊糊中，我又被叫醒了，奉命和排长去执行侦察任务。我们沿着下沉路往前走，然后右转，越过从马尼耶尔到伯纳维的山脊。我们在马尼耶尔的后方来回游走，近距离地看到了吕米伊，这个遭受了大轰炸的村庄。再往北是康布雷、布尔隆森林和克雷维格镇——我们目前的前线。向东大约 3 英里处，我们可以看到塞勒斯维尔的教堂尖顶和一部分莱斯丹，两地仍在敌人手中。

在被称为“公墓”的地方附近，我们遇到了惠灵顿旅 1 营的前哨。他们为我们提供了所有必要情报。

一名军官发现了一个蹊跷的德军沙袋，打开一看，原来里面都是战利品。沙袋被扔在地上，我们争先恐后地去抢夺里面的宝贝，在最后时刻才看到炮弹从天而降，在爆炸声中急忙寻找掩护。我抢到一个钱包，里面有15马克和一些硬币。一个幸运的家伙抢到一块手表。

在回去的路上，德军再次狂躁起来，轰炸了一个小时左右，投来不少炸弹。我们的炮兵在上次战斗中从德军手中夺取的两块阵地上也不甘示弱，积极回应。

黄昏时分，我灌下一杯茶，取上干粮和新发的100发弹药。我们奉命收拾行装，在晚上九点就要开拔，明天早上开始战斗。

26

下沉路上的尸体

在倾盆大雨中，我们欣喜地收到一条好消息：解除战备状态 24 小时。战斗取消了，我终于有闲暇时间去安安静静地阅读罗茜·伦肯寄来的一沓报纸。她真是个可人儿。防空洞里点着火盆，我舒舒服服地睡了一宿好觉。

1918 年 10 月 3 日

一上午风平浪静。下午，德军突然猛烈轰炸野战营地的右翼，很多战友不幸被击中，但我们防空洞里的人都幸免于难。由于当时躲在深处，我们免予目睹死难的战友们被一车车拉走的惨状。

吃过晚饭，我与其他士官和一名军官作为先遣队一同前往即将开战的前线。德军几乎立刻发现了我们，毒气弹如狂风暴雨般席卷而来。我们吸入了毒气，感觉有人用锉刀在我们的喉咙和肺部摩擦，十分痛苦。来到克雷维格村的圣康坦运河边，我们闯过一座德国人建的木桥，沿着一条下沉路勇往直前。

德军就在不到 50 码的地方，没遮没挡地出现在视野中。他们立即开火，毒气弹随之倾泻而下。那名军官被击中了。我们把他拖到一个炮弹坑里，给他包扎好，等炮火平息后，让他一个人跌跌撞撞地往回走。现在由我担负起率领大家的职责。我们没有地图，凭着记忆，我带领大家从一个掩蔽处转移到另一个掩蔽处，向东南方向推进。我们中再也没有人被击中，这真是个奇迹。我们没想到德军在这个战区竟然布设了这么多火炮。

我们在一个与伊普尔的下沉碉堡类似的地方找到了连部。奉命沿着下沉路“战壕”前进，我们找到奥克兰旅 3 连，他们在死守着前线。眼前的景象令人揪心。路上到处都是尸体，既有德军的，也有我军的。整个 3 连只剩下 21 名战士和 1 名军官。这就是所谓的“和平到来了”吗？我们的人仍然在流血、丧生。

一位向导将我们带到各自部队所在的位置，我们排随后顺利赶到。路堤顶部已经挖出一个个浅槽，我立即让部下把浅槽往深挖。战士们或坐或蹲，保持警戒状态，忍受猛烈的炮火袭击。我们似乎没有机会全员离开这里。

我奉命与在右边100米外的克雷维格村里战斗的人员联络。顺利到达那里后，我完成了任务，平安返回了。每天我们将吃两顿饭，晚上八点一次，凌晨两点一次。运送食物需要很长时间，吃上热饭是不可能的。有传言说，明天战斗即将打响。

天刚蒙蒙亮，我们还在待命，德军先发制人，开始轰炸我们前方，然后周围都是炸弹。他们知道我们的确切位置。由于阵地吸引了敌军超强的火力，所以我们的进攻计划只好推迟。在夜里，我们已经失去了很多人，和我一起在先遣队的一名士官遇难了。

取消作战计划后，枪炮声逐渐平息下来，我观察了一下周围的情况。大量的尸体让人看了毛骨悚然。我们和死去的战士们都在下沉路上，却无法将他们转移和埋葬。战壕里到处都是伤员，只得到简单的包扎，对于他们来说，这里是可怕的地狱。

两军的装备、军装和财物散落得到处都是，战利品多到可以成车装，却无人问津。靠在小掩体的墙上，我望见对面有一个里程碑，上面刻着“康布雷，7公里”。

就在右边，德军亢奋地轰炸着克雷维格，炮弹如雨点般纷纷落下。曾经宁静的小村庄现在已经化为齑粉。我们一整天都被断断续续地炮击着，每次直接命中，我都会失去一些战友。

早上待命时，我有一种不祥的预感，于是把我排转移到左边一个空出来的掩体，和国王什罗普郡轻步兵[1]在一起。哎，轻步兵们出生入死，尸体已经堆积如山。附近有一个德军以前的防空洞，我走下去一看，不禁十分惊诧。这里面有奢华的皮椅、精美的雕花橡木桌子、台灯和齐备的厨房用具。德国人可真是“既来之，则安之”。

回到之前的掩体，我发现就在正中间有一大片炮弹壳，足有一英尺长，若是被击中，我早已一命呜呼了。

夜间待命时，我们再次遭遇惊魂时刻，又有一些人离我们而去了。所有人都热切地盼望着食物的到来，无论是凉的还是热的都行，大家已经饥不择食了。

越来越多的尸体堵塞了下沉路。下午，我在轰炸的间隙让战士们挪动一些尸体，或者将尸体翻个身，

1 国王什罗普郡轻步兵团（The King’s Shropshire Light Infantry, KSLI），是英国陆军的一个轻步兵团，在 1881 年的柴尔德斯改革中成立，但其前身可以追溯到 1755 年。它曾在第二次布尔战争、第一次世界大战和第二次世界大战中服役。

把一张张了无生气的脸朝向地面。

1918年10月5日

凌晨三点，地上结了一层厚厚的霜，我带领6个人在山顶巡逻。我们在未被发现的情况下推进了400码，去探索另一条下沉路。让其他人待在一边，我带着一个人继续小心翼翼地向前走。一个被敌人废弃的机枪使我想到要小心地雷。在最近的战斗或侦察任务中死去了不少人，横七竖八地躺在战场上，让人胆战心惊。

我们发现在前面不远处有一个德军的前哨，于是记下了详细信息。我们被发现了，一把机关枪开始扫射。一切平息下来后，我又把战友们平安地带了回来。

我们所处的下沉路被挤在一个狭窄的角落里，一旦左右两翼开始行动，我们就立即发动进攻。我们只守在运河前面的一小段前线，后援部队和大炮都在运河的另一边。德军从正面和两翼开火，每当我们想要出击，都会被牵制住，并且遭到疯狂的炮轰。德军不是在打击我们，就是在轰炸村庄。我们占据了克雷维格和康布雷之间的主要道路，他们气急败坏。

食物运送小分队出色地完成了任务，还给我们带来了一批邮件。AJ．麦凯修女寄来一包信纸、信封和一本名为《挚友》的书。这些珍贵的礼物在这里却毫无用处，只得丢弃。

一切都肮脏不堪。无论天气如何，脚下总是十分泥泞，被靴子踩来踩去，被炮弹炸得泥浆四溅。过去几天，断断续续的雨水积聚在掩体里。到处散发着恶臭，厕所蹲坑秽物横流。尸体在腐烂、膨胀，直至气体通过某个出口或伤口排出。可怕的喧嚣摧残着每个人的心灵。

每个人身上都散发着臭味。我自己从头到脚糊着一层白色的泥浆，蓬头垢面，胡子拉碴。

啊，只有配发的朗姆酒才能使我打起精神。

下午两点三十分，我们 4 个人奉命每人率领一支由 8 人组成的小分队，在光天化日之下尽量深入无人区，去设立 4 个前哨。对此我深感不安，因为这无疑是去送死。我去旅部找参谋，建议我们今晚在黑暗中行动，这样会有更大的胜算。但命令就是命令，必须执行。我得到一把刘易斯轻机枪，奉命在左翼作战。

我们偷偷溜过前岸，在 30 码处就暴露了。机枪在喷火，子弹如雨点一般砸在我们周围的地面上。我和部下急忙冲进最近的炮弹坑。他们都挤在一起，毫发未伤。我们稍有动作就会招来子弹，砰砰地击打到弹坑掩体的周围。我发射信号，将情况上报给总部，得到的答复是继续前进，直到出现伤亡才能停止。

我带领大家匍匐向前，迂回前进，每当有黑莓丛或障碍物就躲在后面，却是在做无用功。我们终于收到一条消息，通知我们撤退。我让大家低着头，趴在地上匍匐前进，耳边只听得机枪的砰砰声。战壕从来没有这么具有吸引力过，我第一个爬了进去，我的部下随后也陆续回到战壕。可是有两个人没回来，我将他们列为失踪人员。

德军以为我们要发起进攻了，于是用炮火布起天罗地网，对我们的轻举妄动进行惩罚。

一颗小炮弹恰好落在我躲藏的河岸上，溅了我一身泥土。我的步枪被击中，从手中飞出，粉碎成十几块。我感到头晕目眩，头骨后部产生剧烈的疼痛。我担心会遭遇最坏的情况，结果却发现没有任何伤痕，不禁松了一口气。我设法踉踉跄跄地回到连部，躺了几分钟。苏醒过来后，我立即重新回到岗位，又一次幸运地死里逃生。

守着这条下沉路，我们遭受了沉重的打击，到处尸体横陈。

1918年10月6日

夜深寒露重，凉意弥漫，深入骨髓。僵持中，德军在早晚都按兵不动，我军也没有任何动静。人们吸取了教训，不再轻举妄动。空战仍然激烈，德军飞机忙着和我方空军鏖战，无暇顾及我们。

晚上八点，有消息说1连要来接替我们，现正在途中，已经到达附近。我在这里的最后一项任务是引领他们的一个刘易斯轻机枪班建立一个前哨。我在铤而走险，但最终还是找到了一个德军曾经的前哨，里面还有他们废弃的枪炮。这个哨位地理位置绝佳，十分安全，大家都很高兴。

离开战壕后，我们再次迷失在毫无特点的地理环境中。后来，我们偶然发现了马斯涅尔前面的马斯涅尔—波勒瓦战壕，沿着它一路来到临时露营地。这里没有防空洞。我幸运地在河岸找到一处裂隙，带着稻草、几条毯子和一张油布睡了进去。我浑身脏兮兮的，身上爬满了让人奇痒的虱子，而且急需睡眠。战争是一场肮脏的游戏。

毒气弹在夜间不期而至，有些人猝不及防，在戴上防毒面具之前遭了罪。这些讨厌的东西会使我们感到双眼刺痛，因喉咙灼热而引起一阵阵咳嗽。

早上，战士们热火朝天地干着得心应手的活计：

用铲子扩建更安全的掩体。长官们犒劳全连所有的士官每人一瓶啤酒。哎呀，这可棒了，非常感谢。我手里握着啤酒，双脚抬起，凝望着唯一宁静的景象——蔚蓝色的运河水蜿蜒流淌，两岸的小树郁郁葱葱。下午我沉沉睡去了。

晚上十一点，连长把我们叫去研究预计于明天清早发动的战斗。由于我营在下沉路上伤亡惨重，造成兵员不足，目前无法募集足够的兵力，将在这次大战役中成为其他三个营的预备部队。

在夜里的什么时候，似乎大英帝国军队的所有后备部队都从后方来到前线，像一群羸弱的小猪涌进战壕。他们既无法转移，也不会受到调遣，令人十分嫌弃。更糟糕的是，在这样拥挤的情况下，我正打算分发凌晨三点三十分的早餐，这时德军开始了狂轰滥炸。

早上，我们正在戒备，只见战俘们从前面的一个小坡顶部蜂拥而至，随后是我方的大量伤员从那条下沉路的方向走来。战士们扑向那些战俘，缴获了许多战利品。

我被派去押送一队战俘渡过马斯涅尔运河。他们仪表堂堂，看起来并未因退出这场战争而感到沮丧。我从战俘营回来时，又有 700 名战俘从我身边经过。

也许德军现在炮击时会更加小心吧，他们的人可有不少在我们手上啊。小镇也没留下什么可炸的了，不是断壁残垣，便是砖头瓦砾。

在一个被炸毁的码头和一些沉没的驳船附近，基督教青年会为我们带来了热腾腾的可可、保卫尔牛肉汁和饼干，令人心情大好。他们向伤员发放了同样的食物，还为他们加油鼓劲。

在盟军的大进攻中，总会遇到新情况。我们在半夜收拾行装，前往克雷维格镇的郊区，来到通往拉塔吉的下沉路。我们之前在前线时，这条路由 1 营控制。我们干起老一套，埋头在坚硬的白垩土上挖掘掩体。

德军已经扎好营盘，站稳了脚跟。他们用重型炸药猛烈地炮击我们，所以我急忙去寻找一个更安全的防空洞。经过与一些帝国炮兵的唇枪舌剑，我赢得了一个幽深的上好防空洞，里面非常暖和，而且十分干爽。在轰炸间隙，一些士兵从死去的德国人身上翻找战利品。我从我方即将撤走的伤员那里收集了成堆的食物，我排的口粮有着落了。

午后时分，我们早早入睡了。晚上十一点，我被粗鲁地摇醒，去向连长报告。我被任命为 13 排中士，随之而来的惊喜是：早上我要率领部下参加总攻。

27

轻松

1918年10月9日

天寒霜露浓。我们于凌晨两点出发，小心翼翼地向东行进两个小时，到达集合战壕。我们在2营把持的支援线上待命，左边是近卫师，右边是2旅。

带着不同的作战计划和目标，我们即将朝3英里之外进发，大家身体状态良好，斗志昂扬。

我方大炮于凌晨五点二十分开始轰然作响，目标是一条德军控制的下沉路。分散进入炮兵方阵后，我们作为预备部队紧紧追随着炮兵的火力掩护网。近卫师夺取了塞朗维。过了小镇，我们艰难地行进在犁过的松软的田地中，田里还有新挖的马铃薯。德军对我们的进军稍作回应，只是零星放了几炮。尽管如此，还是有一些人倒下了。

经过美丽的旺拜小镇外围，我们在一条德军先前占领的下沉路上停下来，那里有完好的炮位，一些不幸的当地人的家园被他们据为己有，精心布置成营地。应我们的请求，法国当地人为这次战役已先行撤离。精心耕耘的良田里，作物早已颗粒归仓——若是德国人在，也会这样做。

继续前行，我们包抄了被炸毁的卡特涅尔，经过漫长的等待，终于进入卡特涅尔到博瓦昂康布雷西铁路线上一道深深的路堑。我们立即把工兵铲当作镐来凿开坚硬的白垩岩，挖掘掩体，连上校、副官和医生都得亲自动手挖出自己藏身的小窝。我们不时受到异常激烈的炮击，又有许多人或死或伤。

浑身裹着白垩土泥浆，我们终于吃上了饭，这是早饭后的第一餐，我用野战炉煮了一杯热茶。浓密的黑莓藤蔓和完好的金合欢树列在铁道两旁。每个道岔的双轨都已被炸毁，四周都是熊熊燃烧的城镇和村庄，康布雷上空浓烟滚滚。

黄昏时分，我偷偷走了几百米，来到卡特涅尔，想找个床垫和一些稻草。这里的火车站被炸为齑粉，大多数建筑物都遭到严重损坏。从安装的床铺来看，我猜这里曾是德军的休息营地。在撤离时，他们恨不得把这里的一切都毁掉。我这辈子从未见过如此蓄意的浪费。曾经美丽的花园里到处散落着精美的家具，一架三角钢琴整个翻了过来，画作和贵重的物品都被掠夺一空。唯一残存的美丽是在废墟中勇敢绽放的攀缘蔷薇。

回来时冷雨倾盆而至。所有的人都处于待命状态。一小时又一小时过去了。在愁云惨雾中，我们默默等待着，饥肠辘辘。我搜罗的东西没派上用场，因为睡觉是根本不可能的。德军偶尔会轰炸一下，但没造成什么伤亡。每个人都受够了这一切。

接替我们的1旅在凌晨两点到达。我们迫不及待地撤离前线，一路向前，穿越田野，踏上一条罗马古路——从勒卡特莱到康布雷的道路。在这里，我们迷失了方向，四处游荡，直到天亮才看出来这又是一条下沉路，是今天早上的阵地。

年轻人如饿狼一般扑向为我们端上来的丰盛的炖菜早餐。吃饱了饭，我们有了力气，又驾轻就熟地为过夜挖掘临时栖身处。我又搜罗到一些东西，很快为自己打造了一个舒适的小窝。

我们不是在忍饥挨饿，就是在大快朵颐，在两个极端徘徊。中午时分，又一顿美餐到了。五点时，我们又饱餐了一顿茶点。来自新西兰的邮件送到了这里。妮尔·沃克给我寄来了脆饼，妈妈给我寄来一个美味的水果蛋糕，都保存完好。

现在法国迫击炮连的亚历克斯·米尔恩带来了噩耗——弗雷德·默里遇难了！又一个我深爱而又敬重的挚友离去了，我悲恸不已。米克·奥格雷迪也走了。他是一个多么可爱的小伙子，又是一位多么忠诚的朋友啊！刚进战壕时，是他支撑着我度过种种严峻考验。我为他可怜的父母感到难过。

我已经 4 天没洗澡了，身上又脏又臭，于是决定晚上去大桥边洗洗。在明朗的星空下，我洗了澡，刮了胡子。漱洗干净，吃饱喝足，我感觉自己的精神面貌也焕然一新。

1918 年 10 月 11 日

在雨中，我们向 1 营刚刚占领的埃斯内斯行进了两公里。马匹和车辆堵塞了所有通往前线的道路，军队犹如一台向战场滚滚前进的庞大机器。如何养活这样庞大的军队是一个谜。对于每个身在前线的人来说，后方需要有十几个人辛勤工作才能使他留在这里。

在埃斯内斯，原来的街道名称上照例被涂了油漆、改成了德语的名称，其中必然有兴登堡大街。一座法国纪念碑竖立在教堂墓地，上面写着“向

1914 年 8 月 16 日牺牲的 112 名英勇英国士兵致敬”。战争开始时，“蒙斯大撤退”就发生在附近。

埃斯内斯看起来是一个富裕的小镇，损毁不是那么严重，我们宿舍的玻璃窗都完好无损。显然，在德军开始占领行动之前，平民得到警报：只有两个小时的时间完成撤离。他们留下了所有昂贵的家具，许多散落在街道上。所有值钱的东西又被狡诈的德国人掠走了。由于这个惯用伎俩，他们在战后会有大量的黑钱。

我们的军旅生活还从未如此惬意过——拥有一整栋房子，家具齐全，厨房里有精美的陶瓷餐具和刀叉，房里还有壁炉、煤炉，甚至还有镜子。从中可以看出这场战争使我们所有人都已饱经沧桑。傍晚，坐在可爱的壁炉旁的安乐椅上，我们在灯光下放松休憩，这让我想起在家里的时光，想起我一直怀恋的家里的舒适和温馨。

我被提升为准中士，从中士餐厅获得了更多的快乐。在这里，我可以享用食物和啤酒，有一个勤务兵和一个厨师为我们服务。我在舒适柔软的羽毛床垫上打滚，但德国人拿光了这栋房子里的毯子。幸好我们的背包和大衣失而复得。

1918年10月12日

今天下午，我听到了一个令人悲伤的消息，迪克·戴维在战斗中被一名狙击手射穿了眼睛。我会永远珍藏他送给我的弗勒尔拜纪念烟盒，上面还附有他的赠言。每当看到这个烟盒，他的音容笑貌就会浮现在眼前。

湿滑、泥泞的道路上一直川流不息，大队人马纷纷涌向前线。从前线下来的卡车满载着法国儿童，可能是从德军手中救回来的。他们看起来很不舒服，脸色苍白，衣衫褴褛。有传言说，双方已经签署了停战协议。然而，前线响亮的轰鸣声提醒我们，我军与德军仍然打得难解难分。

我们又休整7天。这7天里，我不得不忍受挥舞着《训练大纲》的军官们。我们把装备进行了擦洗和保养。但是，我仍然带领部下进行了训练。我们的生活颇为奢侈。浑身的虱子在热水澡中得到了消灭。住在“大桥边”酒店里的牙医为我拔掉了一颗牙齿，磨平了两颗烂牙根。

人们从储藏丰富的地窖里搜罗出成袋的土豆、萝卜和胡萝卜，从菜园里收获了卷心菜。食堂供应美味的食物，炸薯片很受欢迎，甚至菜单上还有兔肉。我收到伊娃寄来的一个包裹，里面有毛巾、肥皂、牙刷、牙膏，还有袜子和饼干。她考虑得很周到，这些正是我需要的东西。

军长颁发了勋章。由于推进了41英里，我们受到公开表扬。我们参加了一场精彩的教堂礼拜，但人们还是一如既往地心不在焉又坐立不安。运动会和足球比赛很是热闹。哎呀，战士们兴致勃勃地参加了比赛，气氛十分热烈。大家在酒吧尽情地喝着啤酒，这是特地为当天开放的。

我有各种官样文章和事务要处理，从早到晚忙得团团转。排中士是处于官、兵之间的职位。我发现这活儿不好干，需要照顾排里的每一个士兵，给他们既当爹又当妈的。至于写信，目前根本无暇顾及。我们连长回来了，把士官们弄得提心吊胆——他独断专行，我现在是忙上加忙。

不断有传言说，双方的敌对行动将于15日午夜停止。但16日白天的一声巨响击碎了我们的希望。

这里有一些不错的德国工兵战俘，1营收编了他们，其中一个能说一口流利英语的人还被提升为准下士。他们很高兴被派了任务，去排除德军布设的地雷，挽救我们的生命。他们知道在哪里能够准确地搜到地雷。一个人在厕所中发现了延迟引爆器。古老的贵族教堂的地窖被德式迫击炮和道罗麦特炸药炸毁了。到处都能听到巨大的爆炸声，很快我们的德国朋友就认定这是他们的地雷爆炸了。他们心甘情愿地付出，对我们的人没有表现出任何敌意。

德军又发动了空袭。我们的休整戛然而止，三个小时后就要出发。为了即将返回的法国居民，我们把宿舍进行了大扫除。西里尔·琼斯即将前往英格兰休假，我将一袋战利品交给他，让他转交给伯莎·特拉福德。

作为排中士，我经过一番好言相劝再加威胁恐吓，终于使全排在中午整队出发了。所有炸弹、子弹袋和备用铲子都装载到了运输卡车上，然后我们就被卷入川流不息的行军队伍之中，一边行军，一边竭力躲开风驰电掣的弹药运输车队扬起的泥土和灰尘。马匹、补给卡车、水车、辎重部队的货车、18 磅野战炮的移动炮台和偶尔一见的拖着海军大炮哗啦啦前进的履带车，都与步兵在路上挤来挤去。马路的另一边是空荡荡的水车、救护车、满载战利品和伤马的卡车，还有成群的伤员和德军战俘缓缓而行 。

在喧嚣中，我们依然听得到处于僵持中的前线的枪炮声。德军在死守阵线，而我们要把他们赶出去。

黑暗降临，浓雾笼罩着结霜的大地。人们可以清楚地听到在前方的道路上地雷爆炸时发出的雷鸣般的响声，看到耀眼的冲天火光。

到达博瓦昂康布雷西后，我们在这个小镇过夜。两个排的人挤在一个德军宿舍里，而我自己睡在一个可爱的农舍里。这里还有个小菜园，我愿意在此盘桓几日。

我们正准备舒舒服服地睡觉，这时士官们被召集起来。我们被介绍给一个新来的人，并得知他已经接管了指挥权。我得到了一大堆地图，连将军看了都得头昏脑涨。后天在维耶利附近进行战斗，我们把所有的作战计划和细节都仔细地推敲了一番。我们将成为我营的主要突击排。担惊受怕毫无意义，我们只能迎难而上。

夜里德军表现不好，远程炮弹纷纷落在我们营地附近。

1918 年 10 月 20 日

上午进行了拼刺刀训练和夺取机枪哨的演练，随后我们接到命令，将在下午一点投入战斗。每人配发手榴弹、170 发子弹和一条毯子。

我忙着把武器弹药等分发下去。在下午三点三十分，我们早早吃了晚饭，希望在黄昏时分开拔。令我们如释重负的是，战备状态解除了。今早的进攻没有预计的顺利，所以我们排的战斗取消了。

我心想事成了，可以在这个农舍逗留 3 天。放了假，所有人都心情大好。几乎整个新西兰师都驻扎在这里或者就在附近。走到哪里，我都能遇到老朋友，大家总是相谈甚欢。我见到了米尔斯，现在是中士了，还有伯特·亨德森、哈德中士、道格·保尔、萨米罗·伯森和斯坦·萨顿。

许多战俘经过，起初还零零星星，后来就成群结队了，甚至有成百上千人。我们的小伙子们正无所事事，于是列队欢迎他们。一些当地老百姓回家了。他们没有跟我们一样兴高采烈，看起来比那些德军战俘还要饱经磨难。

我们发了质量上乘的背心，现在天气越来越冷，而我们里面只穿着一件衬衫，正好把背心穿在里边。

师里放了电影，这对士兵来说实在是一种犒赏。开场的钢琴演奏非常动听，故事片《迪克·卡森的胜利》是一部甚为精彩的电影。

1918 年 10 月 23 日

早上四点三十分响起了起床号，我们大为吃惊，也十分不解。五点吃早餐，五点三十分我们带着沉重的行李出发了。

路上越发泥泞，我们艰难跋涉，绕过无数的地雷坑，经过一个个村庄和一个大型德军物资集散地，一路来到维耶利。在这里，道路仍然超乎想象的拥堵，我们踏上令人心碎的越野之旅，穿越长着大头菜、胡萝卜、卷心菜和冬小麦的田地。

在贝纳维附近的布里亚斯特尔小镇旁，德军仍在疯狂肆虐。我们三三两两地穿过村庄，踏着工程兵架设的临时军用桥梁穿过塞勒河。在镇外一座高耸的山丘上，靠近伪装得很好的德军的机枪哨，我们在各自的阵地落了脚。这里是今天早上的前线。

从拂晓开始，我们已经奔波了 12 英里，越来越靠近炮声震天的地方。现在，我们身在其中了。德军在附近抛下一些炸弹，我们的机枪手竭力布设起最严密的火力网。枪炮声震耳欲聋。眼前是一幅战场平常的景象，一些可怜的德军伤员躺在那里，德国军队已经把他们抛在了后面。又一大批战俘经过我们的阵线，他们是被 1 旅俘虏的。我们现在是 1 旅的预备队。

我们继续前进，完成最后的 2000 码，安全到达索莱姆的宿营地。在索莱姆郊区，两个残损铁道口的破瓦残砾挡住了道路，房屋也遭到破坏。靠近镇中心，大多数房屋都完好无损，但经过德国人的一番劫掠后，屋内一片狼藉。不管房屋是否已经倒塌，他们都把每个房间的物品一扫而光。抽屉都被拔掉了，更别提私人物品了。没拿走的东西散落在地板上。他们简直是猪狗不如。

许多法国当地人终于从德国人4年的统治中解放出来，在四处游荡。我们的人分散居住在法国人家里。我住在一个可爱的小房间中，里面有一张单人床和一把扶手椅。这家的夫人和3位漂亮的小姐都很高兴，她们终于看到了大英帝国的军队，激动得跳了起来。我们的食物紧缺，已经实行了定量配给，但夫人很快就给我端来了一盘热气腾腾的蔬菜。女孩们乐于为士兵做任何事，无论大事还是小事。我感觉自己好运当头，很高兴来到这里。我安顿下来。猜猜还有谁来了呢？不是别人，正是杰夫·纽曼——亲爱的艾薇的兄弟。真是一连串的惊喜啊。

可惜，好景不长。夜幕降临前，计划突然发生变化。连长召集士官们开会，布置了下一步的行动和目标。命令传达下来：立即收拾行装，马上出发。小伙子们不开心了。

㉘ 死守阵地

在告别索莱姆时，悲苦憔悴的女人们向我们挥手，老人们向我们敬礼。在教堂对面，炮火逼着我们躲进了一条下沉路。每个人都活了下来，不久我们就回到了开阔地带，进入炮兵阵型之中。

我方最近死去的人仍然尸横遍野，德军的炮弹凶猛异常。罗梅里村已是一片废墟，几乎没有什么地方可以掩护我们躲避连天的炮火。教堂完全被夷为平地。我们再次全部幸存下来，毫发无损。

月朗星稀。在韦尔坦和韦尔基尼厄勒之间的某个地方，我们在高高的路堤后停下脚步。炮兵与我们躲在一起，招来猛烈的炮击。40 匹军马被杀，我们也有了伤亡。我翻找了一个死去的军官的背包，煮了一杯热茶，在开始履行排中士的职责之前先让自己舒服一会儿。似乎什么事我都得亲力亲为，事无巨细。

干粮和手榴弹是在午夜发放的，让我们以为在拂晓之前就要参战了，所以祝大家好运吧。整夜我们中很少有人睡觉，但最后什么都没有发生。

1918年10月24日

在天寒地冻中过了一夜，清早发放的朗姆酒很受欢迎，让我们又有了活力。少校多喝多占，又醉醺醺、乐陶陶了。

早上六点三十分，我们再次出发，经过十字路口左转，继续沿着一条下沉路前进，然后穿过一片长势良好的卷心菜田，来到梅尼勒农场的一个巨大果园。在今早撤离时，德国人将这座宏伟的庄园付之一炬，只剩下一些木梨树、葡萄树和死马。

我们在湍急的河流附近停下来，稍稍放松一下。工兵建造了一座轻型交通桥来代替炸毁的桥梁。河对岸是德军匆忙建造的简陋的防空洞。在黑暗中，各排一字排开，我们在纠缠不清的铁丝网中小心翼翼地寻找出路。

在右边，我们可以看到萨勒什阑珊的灯火。经过漫长的行军，几经周折，一位向导终于将我们带到了勒克斯诺伊镇附近的前线。在从卢维尼凯努瓦延伸过来的一条下沉路上，我们替下了奥塔哥 1 营的一个排。他们的情况很糟，我让他们赶紧撤离，然后组织我的部下就位，却发现还有 3 个他们的士兵在帐篷里沉睡。难怪他们总是吃败仗。

这里使我想起在克雷维格下沉路上的经历。我不喜欢它的样子。德军在被赶走之前把这里当作战壕，在对岸有野营帐篷。我从一个帐篷里找到一把漂亮的鲁格自动手枪和弹药，在可拆卸木枪托上草草划着 13 道计数标记。

我们现在把守的位置地势不利，新西兰师指挥部担心德军会反击。我们似乎三面受敌，机枪从两个方向朝我们射击，一半从左前方，一半从右方。我们开始动手挖掘射击点，以防备德军来犯。

德军了解我方的布阵，一枚炸弹正落在我们中间，可怜的比尔·帕克斯在我面前遇难。他是连里最帅气的战士，也是最优秀的运动员。我不明白为什么上天要带走这么优秀的男子汉，而旁边的另一个男人却毫发无伤。

晚上我们没有再遇到麻烦。早餐时间，补给队员送餐时被敌人发现了，给我们带来几分钟的热闹喧嚣。我负责分发朗姆酒，给连里留下不少。

补给队继续前进，前往下沉路另一端的前线侦听哨所。回来时他们带来一个受惊的法国老人，我也给他喝了很多朗姆酒，他心情好了起来。

2连下午停留在我们的位置，而我们要继续向前进发。就在我们行动之前，一枚倒霉的炸弹飞来，落在人群中。15人受伤，其中两个是我排的战士。我从麦克道尔的腹部抽出一大块弹片，然后尽我所能地为他包扎了伤口。

我们出发了，没有任何火力掩护。去马丁堡农场的路上没有发生什么意外。我让部下留在外侧树篱后面，尽可能靠近我们最终的目标——勒克斯诺伊。我和连长沿着一条半下沉路朝奥辛瓦尔方向小心翼翼地前进，进行一番侦察。回来的路上，一名德军狙击手发现了我们，把我们打得急忙逃命。他枪法了得，子弹擦边飞过。

晚餐时分，下起了雨。我刚分发完食物，正打算自己也吃一口，此时一枚炮弹飞了过来，爆炸了。补给运送员受了伤，但我却安然无恙。我们两个都没死，真是老天开恩。

晚饭后我们收到命令，让我们更进一步，直到贝尔特农场前。我们开始在俯瞰勒克斯诺伊的马铃薯地里布设射击点。在漆黑的雨天里，我们从湿漉漉的泥土中挖出马铃薯，在一道树篱前挖出约200码环形的战壕。越过下一个分隔树篱是防守森严的铁路，然后是德国人占据的要塞小镇勒克斯诺伊。

天亮之前我们伪装了战壕，然后撤退到树篱后面去挖掘我们睡觉的地方。树篱的两部分形成直角，其中一部分遮挡着我们。在这道树篱后面附近的某个地方是德军的机枪哨，所以在白天连个手指都不能露。德军清楚地知道我们就在附近的某个地方，因此非常紧张，在黎明前不断向天空发射照明弹，随后是一阵机枪扫射。

上方有令，要求一名士官率领两名战士找到德军的机枪哨。我不得不挺身而出。我们三个人把配发的朗姆酒一饮而尽，然后沿着树篱匍匐前进。我独自绕过树篱，进入围场，拿起望远镜眺望，发现了两个机枪哨。我可以清楚地看到德国人在四处走动。他们指着我，我立即遭到狙击。机枪子弹在我头顶砰砰作响。我极其艰难地匍匐前进，费了九牛二虎之力回到安全地带。离那两个战士够近后，我立即向他们打手势，让他们先回去，这里实在太危险了。我一动不动地躺着装死，几个小时后才一寸一寸地退回去。

回来后，我发现身上崭新的皮马甲已经被一颗子弹整齐地划开了。

我上报了发现的情况，整个人看起来很惨，从头到脚都沾满了泥巴。我喝了一小口朗姆酒，然后抓紧时间睡几个小时。

一群法国人住在树篱附近的一间农舍里。经调查，我发现他们是大财主，农场被毁掉了，现在沦落到像乞丐一样生活。这群人的年龄从 9 个月到 90 岁不等。还有一些漂亮的富家小姐，其中有一个看上去被枪炮声吓傻了。他们都睡在一个巨大的地窖里，似乎有很多鸭子、鸟和兔子可以吃。

我有些怀疑这些选择住在前线的人，于是安排了一个哨兵在树篱里盯着那所房子，然后好好吃了顿午餐，煮了一杯可可，又睡了几个小时。这是我辛辛苦苦换来的睡眠。

军士长、传令兵和通信兵都喝醉了，最后都中了毒气，下午由我们的排长统领整个连队。晚上七点，我奉命向连部报告，以为自己能获准率领人马发起突袭，结果被告知我的委任推荐进入了下一阶段。

是夜，我在树篱附近带领一支小队巡逻，清楚地听到德国人在说话和发号施令。我用刘易斯轻机枪放了几枪，招来散布几处的机枪点的回击。于是，我向连部报告了他们的准确位置。

我们每个人都在圆形战壕里轮流放哨。滂沱大雨让人极不舒服。早上六点，我执行着最艰难的任务之一——在连部组织调配给养。德军对这里情有独钟，日夜炮轰，主要用毒气弹。我把食物分发给每个人，一切顺利。

我们在黎明前撤到树篱后面的藏身处。刚到达那里，农舍的人就送来一壶热气腾腾的咖啡，对此我们不胜感激。我们许久都没有好好睡一觉了。

我漫步到马丁堡农场去洗脸、刮胡子、泡一泡酸痛的双脚。我非常喜欢这个美丽的农场，在整个英格兰或苏格兰，我看到的最好的农场与之相比都黯然失色。一棵棵经过精心打理的果树被炸得七零八落，令人痛心。我们的部队似乎躲在这片果园里，到处都是。

余烬依然在燃烧，农舍里一片狼藉。上次战役的参战者显然已经匆匆离开。餐具散落在厨房地板上，和其他地方一样，所有的银器、珠宝和贵重物品被一扫而光，整个地方被洗劫一空。一张新鲜的羊皮和两张牛皮挂在阳台栏杆上。我从小姐的闺房拿了两张明信片留作纪念。

在出去的路上，我在芬芳的玫瑰前驻足，它们在破碎的温室里依然欣欣向荣，看起来是那么的绚烂，我突然明白了《皮卡第的玫瑰》为什么被创作出来了。

皮卡第的玫瑰娇柔旖旎，银露闪耀，
花开千朵在皮卡第，唯你独领风骚！
玫瑰随夏日而去，我俩千里遥遥，
皮卡第的玫瑰啊，一朵常开不败！
那是我的心中啊，永恒的挚爱！

我稍事整理一番，然后去位于贝尔特农场地窖里的连部。我被派到驻在勒蒂埃尔附近的军医那里。军医给我做了体检后，我办理了一些手续——向我成为军官又迈进了一步。

哈特将军和拉塞尔将军过来为我们鼓舞士气，强调要加强瞭望，占据优越的射击位置，而且无论白天还是黑夜，都不得放下武器。他们有些殚精竭虑，但这些准备工作对于新西兰即将袭击要塞勒克斯诺伊至关重要。

这个战区形势严峻。我们的阵地至关重要，敌人的机枪从三面包围着我们，几乎可以从我们的背后发动进攻。我们的每个岗哨都布置了三个人，每人面向不同方向。炮火十分猛烈，造成数人伤亡，其中许多人是因为吸入了毒气而或死或伤的。

1918 年 10 月 28 日

1 营把我们替了下来，我迫不及待地离开了这个让人感到风声鹤唳的地方。走了很长一段路，我们才与向导会合。他把我们带到博迪尼的一个地窖，这个地方让人一看就不想进去。但俗话说得好："风暴来时不择港"——我们都已疲惫不堪，随便什么地方，能休息就好。

晚上十一点，一切都安静了下来，这时传来"啪嗒啪嗒"沉重的脚步声，那是又有人进来过夜，他们大呼小叫地抱怨着环境简陋。

凌晨一点，一连串毒气弹袭击了小镇。很快，地窖里充满了烟雾。我们猝不及防，急忙找出防毒面具戴上。我感到喉咙发紧，无法呼吸，眼睛刺痛，鼻子开始流血。这是我毕生最糟糕的夜晚。我唯一能做的就是在地窖里生起一大堆火来驱除毒气，让我们缓一口气。

这是我离毒气造成的死亡最近的一次，明白了被毒死的过程是多么可怕。我又一次幸运地逃过一劫。一些战友吸入了更多的毒气，数周都在痛苦中度过，脸上起了水泡，气管和肺部火烧火燎。

惊魂之夜后，我们在早上八点吃了早餐，然后我安排部下打扫卫生、修修补补，包括清扫地窖、更换稻草，抢救我们的衣服和武器，加固防御工事，把湿毯子塞进门口的缝隙和通风口，使地窖进不来毒气。两个炉子和一箱木头被抬进地窖。

地上的商店和房屋变成了砖头瓦砾。这个小镇已经没有一栋完整的房子了，到处是砖头、灰浆和灰烬，真是一幅令人绝望的画面。清净不到半小时就会来一波轰炸，一些炮弹就落在我们宿舍附近，但凡有一颗落进地窖，那我们就必死无疑了。一门大型舰炮已经抵达我们的宿舍外。当它轰隆作响时，我都可怜我们的耳朵。

博迪尼曾被德军当作后方、休整营地和训练场。宿舍号码被涂在各种房子上，里面塞满了床铺。离开时，他们到处大便，包括每一个角落。我确信他们想把传染病传染给我们和法国人。

古老的教堂也被用作兵舍，里面稻草散落，足有 3 英尺厚。神父的长袍和徽章像抹布一样被扔在地板上，祭坛被砸烂，遭到侮辱。捐款箱被砸破了，其他任何带有金、银或黄铜的物品以及画作都被洗劫一空。神职人员的住所里充斥着粪便。

所有士官被召集到一起，参加一个关于本战区的防御和未来行动的讲座。之后连长平静地转向我说："特拉福德中士，从现在开始，你将承担连队军士长的职责。”这让我喘不过气来，过了一会儿才想起感谢他。我会全力以赴的，大不了就被撤职嘛。

我把全部家当搬到连部，在那里我有一张好床、一张桌子和一个勤务兵。担任军士长有点伤脑筋，但连长是个好人，我很快就会开始处理各项事务。

接下来的几天在文书工作、各种数据、持续的炮弹齐发、关于停战的种种传言以及等待下一次战斗中度过。新职位使我充满了干劲。

连长简要介绍了明天对勒克斯诺伊发动的全面进攻。英军的 62 师将在我们的左翼，37 师将在我们的右翼。新西兰步枪旅 1 营将攻击一个目标，我们将在早上七点二十五分之前攻下另一个目标。我方的炮火将轰炸树林 20 分钟，我们将在上午九点三十二分向最终目标推进。炮火将在小镇前轰炸一个小时，1 旅借机越过我们，再向前推进几英里。勒克斯诺伊届时会被彻底包围。我以连队军士长的身份率领部下冲锋陷阵。

命令传达下来，每个排要携带两把长柄钩刀。显然，预计杀到小镇里之后会上演肉搏战，他们想把我们变成廓尔喀军团[1]，给我们发放了连指手套和皮

1 廓尔喀军团，是来自尼泊尔的廓尔喀雇佣兵，这些肤色黝黑、善用弯刀的山地部族世代为大英帝国提供最优秀的战士。

手套。

每个人都很镇定从容，没有人惊慌失措。事实上，我们为即将发动的是总攻而不仅仅是一次小规模的战斗而感到高兴。

29

新西兰之师解放勒克斯诺伊

1918年11月4日

起床时间在子夜十二点三十分，一点吃早餐，一点四十五分出发。大举进攻的日子终于来临，我们需要推进2500码。

我严重腹泻，还有轻微的呕吐，甚至连看到早餐都反胃。我们在伸手不见五指的黑暗中出发了，每个人都全副武装，携带170发弹药、2枚手榴弹、铲子、镐、斧头、烟幕弹、一条毯子和24小时的口粮。

德军发动了凶猛的炮火攻击，但不知何故我们毫发无损。凌晨三点，我们神不知鬼不觉地在集合点就位。今夜暗无星月，寒冷刺骨。我跪在地上，把胆汁都吐了出来，在漫长的等待中瑟瑟发抖。由于肠胃极不舒服，也没有厕所，我十分狼狈。四下里鸦雀无声。

凌晨五点三十分，随着一声哨响，我军大炮像变戏法一般突然响声大作，以前所未有的力度气势如虹地喷吐火焰。德军以绚丽的“烟花表演”进行回应，红色、绿色、蓝色、黄色和白色等各色照明弹升腾起来，在空中交相辉映。伞投照明弹悬挂在半空，然后像孔明灯般缓缓降落。

德军四下里找不到任何目标，其火力网开始在我们身后蔓延。德军已经丧心病狂，炮火如疯狗一般漫无目的地向四面八方轰炸。我军机枪手在两翼牵扯着德军的枪炮。战地之声犹如排山倒海，我完全听不到其他声音。我们即将一头扎进这场枪林弹雨之中。

在昏黄的浓雾与硝烟中，我们一跃而起，在炮火掩护网后狂奔。我头脑冷静却热血沸腾，早已把痢疾抛诸脑后。

穿过铁轨，杰克·哈丁在我身边倒下，受了伤，看起来没什么大碍。担架员会来的。周围中弹的人越来越多。

我们越过1营，冲过果园，跨过树篱和栅栏，踏上一条通往前方目标的碎石路。德军的机枪在疯狂肆虐，但我方的火力掩护网在前方出色地发挥着作用。

继续向前冲锋，我们陷在了自己的火力网中，许多人被炮弹击中，我高喊着停下来。连长飞奔回来，声嘶力竭地高喊撤退。天哪，炮弹在身旁纷纷炸裂，奇迹般地，我们的人再也没有被自家的炮火击中。

我连有了伤亡，还有许多人失踪。我将人马重新组织起来，分成若干组，分布在战场上。勤务员和信号员一直伴我左右，脸色惨白，但都在坚守岗位。在这场疯狂的战斗中，他们却没有任何武器。

火力掩护结束，我让幸存下来的人再次向前冲锋，攻克了第一个目标。谢天谢地，我发现了一些失踪人员，原来他们冲在前面，现躲在一个坑里。不知他们是如何在这惊天动地的轰炸中活下来的。

我指挥部下继续向前。我们攻占了两个德军机枪哨，我派一个人看守俘虏。又有一些德国人投降，他们被缴了械，身上的财物也被掠夺一空。

我们冲向城堡的树林，准备藏身其中。我们刚一到达，这座美丽的城堡就被燃烧弹击中，顿时燃起了熊熊烈火，那是德军正在摧毁自己的指挥部。我经过门口，看到火焰舔着走廊里的画作。我们以迅雷不及掩耳之势赶走了德国人，这次没给他们留下掠夺的时间。

穿过树林，撤退的德军在空旷地带停了下来，控制着前方的高地。他们开火了，用机枪密集地扫射着我们。我命令部下跳进低洼处一个满是泥浆的排水沟。

连长发来信号，要求保持势头，各排继续冲锋。我迅速巡视了一番，得到了积极的回应。4 连的官兵群情激昂、斗志满满，尤其是 13 排活下来的人，都在渴望不惜一切代价向前推进。

战士们异常兴奋，开始向最近的德军机枪哨发起勇猛的冲锋，里面的机枪手旋即从中撤出，举手投降。

上午十点过后，我们扫清了最后一个机枪哨，完成了第二个既定目标，比预计时间九点三十分稍微晚了一点。终于来到这里，我们如释重负，德军占据的位置真是易守难攻啊。我让部下驻守在这里，并四下布设了几处小型哨所来加强防御。

1 旅乘势后来居上，继续向前冲杀，新西兰炮兵紧随其后。小股的步兵也纷纷加入战斗，德军没有反击。

新西兰之师已经把勒克斯诺伊围了个水泄不通，切断了其与外界的所有联系。几个营的德军和两千多名法国平民深陷其中。我的连队后撤，将小镇包抄起来，以防止任何人进入或逃离该镇。

德军战俘被派去说明当前形势并劝降，但里面的部队困兽犹斗。迫击炮发射了，轰炸了哨所，耳畔传来机枪密集射击城墙顶部的声音。

晚上七点传来了德军投降的消息。我撤回了巡逻队和哨兵，匆忙在勒克斯诺伊外围寻找合适的住所。我以更加饱满的热情工作着。连长下了一道又一道命令，让我监督或执行。今天我们成功驱散了德军，活下来的人可以放松一下了，这是他们出生入死赢得的休息。

新西兰步枪旅为我们几乎兵不血刃地接管了勒克斯诺伊而骄傲。我们的炮兵接到命令，不得炮击这座美丽的小镇，也不得对已经饱受苦难的法国人造成进一步的伤害。德军最后投降的过程相对和平。像古时候一样，战士们通过梯子爬上高高的城墙，进入城内，令人惊讶的是德军很快就举手投降了。

连部设在一个很好的地方，我住在一户平民家里。女主人泪流满面，她感慨万千、感激涕零。平静下来后，她端来煮土豆和热可可放在餐桌上。她就是慷慨的化身，自己的口粮还是荷兰人给的，十分微薄，但依然分出一些食物给了我们。这些女性在德国人的统治下受尽折磨，她们的儿子被抓去当壮丁，下落不明。

今晚终于可以安然入睡了。

1918年11月5日

早上天阴沉沉的，十点下起了雨。小镇里一片宁静。孩子们四处游荡，从门口和小巷张望。他们茫然地瞪大双眼，对我们取代德军感到困惑不解。远处，枪炮声依旧，1旅仍在战斗，驱走撤退德军的残部。

我不知道要让整个师运转起来需要付出怎样的辛苦。在我们将这里移交给刚刚到达的美国国民警卫队42师之前，很多人仍然在为琐碎的事情忙碌着。

早上，我们全副武装在大雨中向大约15公里外的索莱姆进发。最后一瞥勒克斯诺伊，我们惊异地发现，整个小镇由看似坚不可摧的城墙和护城河守护。战士们能够找到进城的办法真是令人惊叹。

我们经过大群的先遣部队，他们正忙着修路，这样运输大队才能跟进。我们在铁路边看到了德军精心建造且壁垒森严的机枪哨。难怪在马丁堡农场附近的任何地方，他们都使我们惶恐不安，这些哨所都处于优势位置啊。

就在铁路线边上一个犁过的围场里，我在一座新坟前肃立。罗斯下士葬在这里，他和我一起在英国参加选拔后，来到法国。

大队人马赶了上来，道路又恢复了永不停息的拥堵和喧嚣。行军十分辛苦，我们跋涉在泥泞中，浑身湿透了。在这样的情形下，人们应该有权诅咒、谩骂。我们来到罗梅里，市民们夹道欢迎，一度振奋了我们精神。

我感到身心疲惫，很高兴回到索莱姆。向导带我到贝亚特街 10 号，女房东用热可可欢迎我们入住。一个柴火炉里炉火在熊熊燃烧，十分温馨。我的床上铺着床单，放着毯子和枕头。这位可敬的老夫人也放弃了自己的私人生活空间，让我们用作连部办公室。

在检查宿舍时，我发现士兵们尤为不满，他们出生入死后得到的却是这样糟糕的待遇。他们住在被炮弹炸毁的房子里，房间在持续的大雨中严重漏水。我竭力为他们找到完好无损、干燥的地方，而挨家挨户地搜索是唯一的方法。我厌倦了这份吃力不讨好的烂工作。

我喜欢我的住所。房东夫人像妈妈一样对我嘘寒问暖。她每晚一定会为我洗衣服，早上它们都已经晾干了，等着我穿上；睡觉前，她给我端来热水洗脚。住在这里的小伙子们都称她为母亲。今天她使我们哑然失笑。她和另一个女人在院子里四处走动，一边兴奋地说话，一边用双手不停地比画着。突然，她们从废墟中挖出了几个装满日用品的大桶。

我们忙于各种组织工作和执勤，终于抽空洗了个澡。到处都是泥水，我们从浴池一走出来，身上就又脏了，比经过一番格斗还要狼狈。

利物浦夫人的慰问包裹到了，里面有罐装牛奶、果酱、午餐肉和烟草，这是我收到的最好的慰问品。我们设立了一个相当不错的军士食堂，所以我吃得很好。各种关于停战的谣言仍然满天飞。我们已经很久没有看过报纸了。住的地方偶尔会张贴新闻简报，但内容经常自相矛盾。

我们奉命列队穿过小镇，路线不长，但很有仪式感。一些不幸的当地人仍然住在这里，他们在街道两旁微笑着、欢呼着，大声鼓励着我们。大家昂首挺胸，阔步向前，可惜在回去的路上下起了倾盆大雨，把我们每个人都淋成了落汤鸡，破坏了气氛。

和士官们一起喝茶时，我吓得魂飞魄散。一个高个子年轻人拿着德国步枪冲进了我们的房间，撞到了餐桌，把食物和餐具都撞飞了。还没等我们反应过来，他已冲进了客厅。法国人立即大声尖叫，我们忙起身疯狂追逐。

每个人都喜极而泣，开心地拥抱、亲吻和尖叫。这个小伙子在被德国人抓走 4 年后逃了回来。他在索姆河挖掘战壕、开车。他和另外两个人在一次轰炸中偷走了德国人的自行车和步枪，然后径直回家。可怜的小伙子饥肠辘辘，瘦骨嶙峋，他是房东夫人的儿子。

他带回来的消息令人鼓舞。在前线，敌人没有汽油，没有牛肉罐头，每周只能抽3支雪茄。到第三天，我终于把工作理出些头绪，也为部下找到了更舒适的宿舍。唉，晚上十点，我被叫去参加军官会议，得到的命令是准备明天早上八点出发。我晋升为二等准尉，是军士长的临时军衔，这减轻了即将离别带来的打击。我的军饷会有变化。

星期天的早上，天气晴朗。我和其他人一道向善良的房东夫人深情告别。她崩溃了，痛哭流涕。我会想念她，想念那温馨的炉火。

挥别夹道送行的人们，我们朝西南方向行进。在博瓦昂康布雷西，我看到了以前住过的农舍和战士们的宿舍。在小镇的另一边，朝着方丹欧皮尔的方向，我们被带到了一些废弃的房屋中，这里就是我们简陋的宿舍。不过，经过一番清扫和擦洗，小窝还是很舒适的。我与军需官共用一张床。在庆祝活动的喧闹声中，脑海里还萦绕着种种停战的传说，我酣然入梦。

1918年11月11日

早晨完成了例行事宜后，我们将重型设备和刘易

1918年11月11日

德国正式宣布投降。德国代表在巴黎北部的贡比涅森林雷道车站的福熙车厢里，签署了《贡比涅森林停战协议》。当日上午11点，第一次世界大战结束。

斯轻机枪装载到运输车上，对性病、步枪、弹药和个人装备逐排进行了检查，然后在上午十一点解散，去足球场上踢了一场精彩的足球赛。

关于停战的事众说纷纭，我不知该如何看待。如果轻信一切，我可就太愚蠢了。

午饭后，士兵们点燃了五颜六色的烟花，四下里顿时火花闪耀，人们欢呼雀跃。

终于，战争结束了！我们结束了这场战争！

哎呀，这一觉睡得酣畅淋漓！

30

和平的荣光与后续

早晨天寒地冻，最初一切都十分静谧、轻松、井然有序，然后将军在阅兵场发表了简短而美好的演说。阵容强大的军乐队演奏着乐曲。虽然不是礼拜天，但牧师在庆祝活动上组织了特殊的礼拜。他代表活下来的人向上天表达了感激，向倒下的战友表示了哀悼。不久，人们又开始坐立不安起来。由于人数众多，40 多码外根本什么都听不见。意义重大的阅兵式又一次草草收场。

据说我们将前往德国，驻扎在那里。若果真如此，我会喜出望外。但许多人无意于继续冒险，他们明确表达了自己的愿望，那就是尽快回到新西兰。一些人就这个问题举行了大型集会，并派出代表团去拜谒最高统帅。

除了没有枪炮的喧嚣，军队事务一切照旧。接下来的几周对我来说依然军务倥偬，需要动用大量的人员和设备。各种勤务需要人手，站岗放哨是重中之重。天气寒冷，木柴的需求量极大，我和军需官一起动手锯木头。我们用马车把一根巨大的原木拉回来，然后用从工程兵那里借来的锯子把它切开。我觉得自己又是个丛林人了。

战俘获释了，法国人在成群结队地返乡，一波又一波地乘坐卡车回来。看到残破的家园，可怜的人们大惊失色。

工程兵和“尸体专家”开始了可怕的尸体清理工作，以防瘟疫暴发。

在今晚的命令中有这样一条，即停止所有晋升和军官委任工作。如果没有完成那一长串程序，我也可能会倒霉地失去成为军官的机会。

星期一又是寒霜袭人，随后彤云密布。起床时间是早上七点三十分。我们列队集合，全副武装参加全师大型庆祝游行。

在卡特涅尔附近，雪花开始飘落，看似一幅美丽祥和的景象，却增加了法国人的困苦。一路上，不幸的法国人正在络绎不绝地返回支离破碎的家园。此情此景令人揪心——流浪汉疲惫地从一个村庄踯躅到另一个村庄；老年男子和女人拖着幼小的孩子，孩子揪着大人的衣摆，小跑着尽量跟上。有人推着车，有人拉着车，没车的人肩上扛着东西。人们已经在用能找到的任何东西来修补房屋，不管是砖、瓦，还是波纹铁。所有人都参与其中，无论是男人、女人，还是孩子。他们已经听天由命，与我们聊天的人从没有大呼小叫地抱怨过命运的不公。

德国人强行在这些城镇推行其钱币，随着战争的结束，现在已经一文不值。阅兵结束时，我们将军粮集中起来，分发给当地百姓。可能过一段时间他们才能拿到救济金，迎接他们的将是一个漫长而艰难的冬天。

一则英格兰官方消息被张贴起来：

致第 4 军全体官兵：

根据停战条款，第 4 集团军将进入莱茵河军事占领区。

前往莱茵河的行军即将开始，尽管此次将以完全军事化的方式行进，但总体上将是和平进军。

在过去的 4 年，经过坚持不懈、艰苦卓绝的斗争，大英帝国的军队证明了我军丝毫没有丧失其特有的战斗精神和顽强的决心，赢得了应有的历史地位，每一位将士都有理由为此感到自豪。

我军在前进和撤退中都保持着最高标准的纪律性。事实证明，以官兵互信为基础的英国纪律，比以恐惧和惩罚为基础的普鲁士纪律，更能经受住战争的严峻考验。

不仅如此，在过去的4年里，英国军队在外国领土上，凭借其在军营中循规蹈矩，对女性彬彬有礼，对老年人、弱者及儿童乐善好施，在法国赢得了声誉。对于在饱受战争蹂躏的异乡服役的军队来说，这是从未获得的殊荣。

在抵达德国边境前，你们将穿过遭受残酷的敌人掠夺和勒索的国家。请礼貌和体贴地尽你们所能减轻这些可怜人的苦楚，他们将把你们当作拯救者和朋友来欢迎。我想进一步要求你们，当你们越过德国边境时，请向世界展示英国士兵与德国士兵的不同，英军不会攻击女性、儿童以及老弱病残。

盟国政府保证私有财产将得到占领军的尊重，我希望这一承诺不是一纸空言，而是能得到你们的贯彻。

最后，我要求你们，来自大英帝国各地的人们，在你们即将履行相对不那么严峻的职责时，请确保英国军队在长期的考验和艰辛中不断提升的美誉依然得到充分的维护。

我请求你们向全世界展示，无论是在战争时期还是在和平时期，英国的纪律是最高的纪律形式，它基于对国王的忠诚、尊重权威、关心下属的福祉、彬彬有礼和对战斗人员的体贴，体现在以我们特有的风度成为一名真正的战士，履行我们的一切职责。

1918年11月16日

一群人迫不及待地要离开军队，他们心怀不满，又组织了一次集会，还派一个代表团去拜见高级将领，结果铩羽而归。

在大家的翘首以盼、千呼万唤声中，一场大型的七人制足球锦标赛开始了，共有21支球队踊跃参加。开球前的浓雾模糊了两边的得分线，更为比赛增添了气氛。每场比赛都在场外观众热烈的呐喊声中激烈进行。我竟然意外得分了，送给自己一个惊喜，我排最终以15：0大获全胜。不受战争纷扰的比赛是多么令人快乐啊！

基督教青年会的朋友们在整个战争期间一直伴随我们左右，使我们能够继续前进。现在战争结束了，他们依然还在，在一个小帐篷为筋疲力尽的球员提供熟悉的热可可和饼干。

小镇里百姓越来越多，但还没有法国人来向我们要回他们的家。孩子们摆脱了羞怯，我的身边聚集了一群可爱的小女孩，我走到哪里，她们就跟到哪里。一个孩子的母亲德拉库尔夫人邀请我去她家度过了一个愉快的夜晚。

“家人”乐队来部队慰问演出。我很高兴能与米尔斯、埃迪·费尔霍尔和韦德叙叙旧，能与善良可爱的米奇·麦克布赖德坐在一起。历经这么多严峻的考验，大家能安然无恙，这是最令我们高兴的。

经过整整两周的休整，我们奉命收拾行囊，继续前进。生活已经变得乏味了，在某种程度上来说，我乐于离开这里。唯一不尽如人意之处是雨水又回来了，还有随之而来的泥泞。

1918年11月28日

清晨，天还没亮，下着蒙蒙细雨，我告别了那些先回到英格兰，然后返回新西兰的人。我意识到我们真的要去莱茵兰了。毯子被卷起来垛在一起。早上八点十五分，我们低调地出发了。法国人都早早出了门，过来搜罗些家用的东西，连垃圾对他们来说都是宝贝，他们争抢起来，激动地挥舞着手吵个不休。

经过贝当库尔，我们发现37师精心准备了惊喜的送行仪式，这支队伍大部分是埃塞克斯旅和沃里克旅的人。他们煞费苦心地在每个角落布置了一支乐队。伴随着欢快的音乐和响亮的欢呼声，他们把我们送出了小镇。没有人不为他们表现出的姿态所感动。

走着走着，我们又回到了令人难以忘却的战场。在残骸中穿行，我们回想起曾经目睹和亲历的种种，让人不寒而栗。一切似乎都跟从前不同了。我们不知道当时是如何做到的。一群中国人正在清理几周前被遗弃在战场上的尸体，现在已经腐烂得如软奶酪一般。

在满目疮痍的城镇里，幽灵似乎真的存在。返乡的法国人犹如自己从前的影子，默默地在布满弹坑的街道上穿行。从德国监狱中获释的士兵同样憔悴，双眼诉说着几年来尝尽的苦难。

农场里布满了炮弹壳和德军没有收割完的庄稼，收割机和割捆机闲置在一边。

经过残垣断壁、弹药库和尸体时，每个人都默不作声。再次经过勒克斯诺伊，大家不禁感到自豪，这是我们最后一次战斗的地方。一切苦难很快就会成为过去，相信终将否极泰来。

卡车运载着沉重的炊具之类的东西。硌脚的鹅卵石路引导我们穿过无数的城镇。我们时而沐浴在冬日的阳光之中，时而风雨兼程，跋涉 20 多英里后，我们在方便住宿的地方停下了脚步。我们往往根据城镇的慷慨程度对它们进行排名，那些地方的人有的提供住所，有的提供校舍或谷仓，有时我们也会被送到熟悉的断壁残垣中受苦。

在其他人早已上床休息的时候，我往往要忙碌到深夜，为第二天的行军做准备。在大瓦尔涅，我厌倦了这一切，于是去卡丽尔小姐的家中与她私会。我重温着法语，与她沉浸在愉快的时光中，这时一个男人敲门进来，命令我返回军营。当时是晚上十一点二十分，我对长官们如何看待我的私生活毫不在意。整天负重前行，我辛苦得几乎没有时间睡觉。如果他们再啰唆，我可要跟他们好好理论一下。

向东转，我们在圣瓦斯特附近路过比利时——一个满目疮痍的国家。那里仍然充斥着炮弹孔、变形的铁路和炸毁的桥梁。到处是士兵的坟墓，上面的十字架使我们回忆起安葬战友和草草为他们制作纪念牌匾的情景。

巴韦小镇的人们以欢呼声和可爱的笑容欢迎我们。早前的几家商店都在营业。大多数建筑物仍然屹立不倒，当地人倾巢而动，拿着扫帚和刷子清理战争留下的“烂摊子”。大队人马经过，车轮和马蹄扬起厚厚的尘土。

一车车获释的法国战俘从我们身边经过，络绎不绝。每天都有成千上万不同年龄、不同状况的男女经过。他们看起来十分可怜，瘦削苍白，有些人看起来急需吃顿饱饭。他们向我们讲述了德国工厂中卑鄙的虐待行为，许多人由于饥饿、贫困或更为可怕的原因而死。他们用美国人、英国人和法国人提供的救济金买来食物，用马车拉着。能早早把救济金拿到手，令他们十分惊喜。

1918年12月1日

刚出拉隆格维尔，正朝着费尼方向前进，我们就接到命令，要列队欢迎英格兰国王，他正在巡游，欢庆胜利。令我们极为满意的是，他比预定的时间提前半个小时过去了，留下路边的人们开怀大笑，放松了下来。我们很高兴能休息一天。

获取通行证后，我和另外两名中士跳上一辆卡车，一起前往莫伯日。我们真是不虚此行。这座军事重镇是为战争而建的，有幽深的护城河和高耸的城墙守护。浮桥被毁坏了，我们像古代的人那样进入。我们逐级而下，从狭窄的桥面穿过护城河，侧身沿着一条小径爬上城墙，穿过大门走了进去。

许多新西兰士兵在这里“宾至如归”。商店开门营业，主要出售醋、卷心菜和雪茄等德国商品。几乎每家商店都出售“约翰·法伯”铅笔和火柴。我们漫步在广场，那里有宏伟的卡诺纪念碑，而后参观了美丽的教堂。一切都完好无损，德国鬼子没有偷走任何东西，真是奇迹。去郊区游览时，我们必须穿过浮桥，那里以前是有桥的。

许多美丽动人的女人和天真无邪的儿童徜徉在街上，令军人们目不暇接。下午，我们去拜访一户法国人家，和女主人共度了一个愉快的下午，喝了很多茶和咖啡。我快成法语专家了。

我们住在位于布索瓦的玻璃厂工人宿舍里，这是我们在法国的最后一个住宿的地方。布索瓦在战争初期就遭到严重破坏，当时德军对他们能够狂飙突进感到异常兴奋。他们把这座城市据为己有。高高的铁丝网包围着 5 英亩的工厂场地。他们的如意算盘是让战俘在工厂里干活儿，然后自己去大院里睡觉。

走廊里圈着马匹，三卡车的齐柏林炸弹装在箱子里，一切已准备就绪。有些炸弹足有 20 英尺长，很可能重达半吨。法国人正在清理工厂，并用杨木制作木屐。由于玻璃的需求量很大，人们将成堆的白沙填入熊熊燃烧的熔炉中。

法国人用能找到的一切材料来修复家园。公牛拉车运送物资，有时旁边搭配一匹马一起劳作。两条狗拉着一架带有汽车底盘的板车，还有一条狗被拖在后面备用。遭到破坏的下水系统快把我们熏昏过去，如果传染病不会席卷这片土地，那将是一个奇迹。

令我们印象最为深刻的是法国美丽的乡村，以及德国人留下的肮脏和贫困。

明天，我将离开这片神圣的土地，继续艰苦地跋涉。回想在此经历的种种，在我所有的悲伤经历中，甚至在充满仇恨的至暗时刻，这片土地也让我感受到爱和友谊带来的慰藉。

第七部

穿越比利时，挺进莱茵兰

Part seven

在那战争年代，青春恣肆，爱欲横流。

——菲茨杰拉德《阔少爷》

31

为了比利时之爱

1918年12月4日

沿着桑布尔河，我们的军乐队卖力地演奏着，马尔庞和热蒙两地的人们听到了，都倾巢而出，散学儿童也争相一睹“新西兰勇士的风采”。

在埃尔克利讷附近，我们踩着德军建的摇摇晃晃的浮桥过了桑布尔河，静悄悄地跨过比利时边境。与炮兵会师后，我们与他们数目可观的人马和枪炮融为一体，队伍顿时变得浩浩荡荡。

德军回撤的人马和车辆留下深深的脚印和车辙。我们循着他们走过的道路，踩着脚踝深的泥浆艰难跋涉。绕过桑布尔河畔索勒尔，我们在梅尔布堡停下脚步。对我们来说，这里堪比小小的天堂。酒吧都开张了，即将营业，备有我们的“老伙计”博克啤酒。镇

1918年12月6日

5万名英国占领军在总司令威廉·罗伯逊爵士的带领下进驻科隆。德国战败后，莱茵兰被划定为占领区，由英、法、比利时和美国派军队占领。

里到处飘扬着比利时国旗和法国国旗，四处悬挂的标语牌上写着“向我们勇敢的解放者致敬”。

我们的宿舍相当不错，是一栋豪宅的最上面两层，军士们睡在舒适的床上，士兵则躺在抛光的木地板上。粗犷的士兵们穿着钉了鞋钉的脏靴子，在这栋精致的宅邸中似乎怯生生的。之前来过的德国佬应该“宾至如归”吧。墙上贴着帅气的德军士兵的照片。

如扑火的飞蛾一般，我们冲向镇里有电灯的地方，那光芒对我们来说是那么新奇。酒吧里挤满了军人，豪饮着干邑白兰地和啤酒。我们几个月来的第一次狂欢早早散场了。人们乐呵呵地勾着肩搭着背，踉踉跄跄地回到宿舍，一头扎在地铺上呼呼大睡，对睡在地板上或德国佬的照片没有任何微词。

让我们六点就起床真是惨无人道。我们头昏脑涨地接受了检阅，清点了人数，然后开启了比利时之旅。在开阔的乡村，牧场里养殖着绵羊和肉牛。这片土地上耸立着陡峭的山峦，其间点缀着一片片小树林和一个个村庄。红瓦白墙的房屋令人赏心悦目。德国佬留下的垃圾使这里白璧微瑕：路上散落着自由散漫的德国佬丢弃的垃圾；机器发生故障或没了汽油，就被遗弃在原地；钢盔被扔得到处都是。

心怀感激的人们纷纷涌向路边，但我们对比利时人的第一印象却是把什么都看成“生意”，所到之处的居民恨不得把我们每个人的口袋搜刮干净。我想念随和、易激动、可爱、友好、真诚到死心塌地的法国朋友。

沿着岩石嶙峋的陡坡往下走，我们绕过一个急弯，眼前豁然开朗，桑布尔河波澜不惊的水面映入眼帘。被重重城墙环绕的蒂安小镇在前方的山坡上隐约现出一个个尖角屋顶。

在小镇附近，我们的军乐队开始演奏。美丽的少女和女郎在街上夹道欢迎。令我们欣喜的是，她们被音乐打动，随着音乐的节奏开始翩翩起舞。肉店里的肉品琳琅满目，其中一家的橱窗里挂着6只肥羊。

步入音乐亭对面的宿舍，我感觉国王下榻在这里也不寒酸，对我来说却过于奢华了。我在隔壁找到一个不错的单人间，于是放下行李，出去花8法郎吃了一顿豪华大餐，有羊腿和鸡蛋。在这里，只要我们肯花钱，什么都能买到，哪个国家的货币都行，其中德国硬币最受青睐。我挑选了一些明信片寄往家中。

我穿上自己最体面的衣服，听了一会儿军乐队的演奏，然后偷偷溜去与维特讷夫人共度良宵。她极为亲切地接待了我，充满善意。从她那里，我了解到德军的残暴，了解到一个美丽女人如何与他们虚与委蛇。她为我端上晚餐，有煮兔肉、土豆和薯条，佐餐的是如葡萄酒般精美的陈酿啤酒，她把酒一直藏在圣诞树下的一个洞中。我对这个可人儿恋恋不舍，和她在一起犹如春梦一场。

垂头丧气地回到我的小房间，我很快重返幸福的国度，因为我惊喜地发现房间里摆着晚餐，还有热情的人们等待着我。我改变了对比利时人的看法，他们只是崇拜我们，竭尽全力让我们开心。

早上，我晕晕沉沉地走在队伍中，沿着绿树成荫的大道，带着美好的记忆走出了小镇。离开这风景如画的小镇，离开这些热情好客的女人，大家都和我一样难过。

一开始路况良好，随后就变得糟糕起来，我们再次踏上坎坷难行的鹅卵石路。在巨大的煤渣山和采矿作业之间，我们一睹了更加令人惊艳的桑布尔河风光和山坡上一座座城堡的风采。

沙勒罗瓦的街道上人头攒动，当地人欢迎着我们的到来。彩旗招展，横幅飘扬，成千上万的孩子和女人兴奋地追随着我们。我们禁不住孩子们的央求，让他们自豪地戴上我们的军帽、炫耀我们的步枪。女人向我们频频飞吻。人们随着军乐队的伴奏激昂地唱响《马赛曲》，声音高亢到让我们听不到自己说话的声音。

士兵的宿舍被安排在贫民窟，但所有人都乐于早点停下来，歇歇在鹅卵石路上走得酸痛的腿脚，为激动人心的明晚做好准备。许多善良的比利时人腾出自己的家来安置我们，我有幸与人合住在杜谢尔街95号一个被精心布置的房间里，那是阿尔弗雷德·萨尔米和其可爱的妻子提供的。与我合住的是我敬爱的朋友鲍勃·皮克劳福特。

我作为连队军士长的军衔得到了批准。我们将大衣、钢盔和挖战壕工具上交了，由火车运到德国，而我们要一路走到德国边境。小伙子们平静地接受了这个消息。比利时让人着迷，我们并不急于离开。

像以往一样，我们在傍晚时分步履匆匆地赶到一个城市。这个地方看起来很大，让我想起了伦敦，但二者的一个明显区别是这里的交通全部免费。有充足的杜松子酒、朗姆酒和优质啤酒待售，人们不知不觉就喝得烂醉如泥。街上，当地人递来免费的咖啡、蛋糕和腌野猪肉，拒绝这些好心人对他们来说是一种侮辱。到处都是妙龄女郎，她们迫切地向我们献上香吻。这座城市挤满了来自殖民地的士兵，他们在这里如鱼得水。看到这座城市和这些店铺，令人难以相信这里曾经发生过战争。

我在玫瑰宫附近观光、购买明信片。赶了一天的路，晚上又在街上四处游荡，任谁也会精疲力竭。我再也没有力气逛下去了，经过一番周折，终于在九点赶上一辆车回到宿舍。

我无法拒绝房东精心准备的丰盛晚餐。我们的到来让他们感到新鲜，他们希望我们能够留下来。

伴着宿醉，我们再次晕晕沉沉地开拔了。又一大群追随者在煤烟味中把我们送到城外。我期望在别的煤矿小镇也能遇到这样友善并与我们情投意合的人们。

我们早早到达了桑布尔河畔维连恩村，伙计们立即以毒攻毒，用啤酒来治愈宿醉引起的头痛。我找到一个不错的房间，地板上有双人床垫，我和鲍勃可以睡在这里。我们借宿的这家有个可怜的孩子生病了，于是我去找营里的军医为他看病。这家人因孩子的病情而忧心忡忡，对我的关心感激涕零。

我和鲍勃在尤金·杜兴夫人家度过了一个愉快的夜晚。一回到宿舍，可爱的房东夫人又盛情款待了我们。她是个有故事的人，其经历令我们惊叹。

一大早，天还没亮，村民们冒着严寒把我们一路送到村外。去博维斯镇的路上风光旖旎。树木繁茂的山坡与美丽的农田相连，田地里还长着甜菜和尚未收割的烟草。停下行军的脚步后，连队战士住进了宽敞而简陋的谷仓，而军官们则进驻一座可爱的城堡。

我四处寻找一个更好的住处，终于在农民皮埃尔·贝罗·罗兰的家里找到了一个舒适的小房间。房东夫人是位母亲，有两个女儿，我被其漂亮的大女儿玛丽亚深深吸引。三个女人忙里忙外，做了大部分活计，而老父亲则坐在熊熊燃烧的壁炉旁吐着痰，冲着自己大呼小叫。

我看起来一定是一塌糊涂，玛丽亚立刻翻出了我背包中所有的脏衣服，然后把它们投进洗衣盆。无论我何时来到客厅，夫人都会很快泡好咖啡。晚上，我和玛丽亚聊了很久很久。她非常勤快，是个十分可爱的女孩。

清晨，倾盆的冷雨不期而至，当天的行军被取消了。各排的队列训练继续进行，我本想在上午和当地人接触一下，却因在连部工作而错过了。我让人修补了靴子。

由于没赶上火车，我与杰克·休斯一起步行 9 公里到了那慕尔。这座历史名城是我在英格兰以外见过的最漂亮的城市。它坐落在一个巨大的干湖床上，周围重峦叠嶂。建筑物十分宏伟，许多窗户上挂着比利时国旗。大量建筑在 1914 年的大轰炸中受损，主桥被炮弹击中。恢宏的教堂和数量惊人的城堡仍然完好无损。

我们的战士如鱼得水，充分体验着欧洲大陆生活中乌七八糟的一面。商店里小到针头线脑，大到轮船的铁锚，应有尽有。我看了看新靴子，对囊中羞涩的我来说像样点的都太贵了。

下午五点三十分，大雨把我们一大群人赶上了由蒸汽机车头牵引的一列车厢。火车都快被挤爆了。免费旅行的士兵被挤在走廊或车厢连接处。车顶上也十分拥挤，几个战士甚至扒在火车头上。可怜的老家伙“哼哧哼哧”地从车站发车了，但很快就走不动了。对于战士们来说这不算什么，我们挺身而出，毫不犹豫地跳下来，开始奋力推车。火车再次启动，我们却沮丧地发现，我们坐错了车。我们立即站出来，经过软磨硬泡，火车终于朝我们回营的方向驶去，但我们还是在倾盆大雨中走完了最后的 4 公里。

回来后，房东夫人像母亲一样对我嘘寒问暖，把我的湿衣服拿去晾干。玛丽亚是我敬重的朋友，我在她的陪伴下在火炉边度过了一个美好的夜晚。

我们在早上八点列队出发。我与玛丽亚依依惜别，她哭着答应给我写信。脚下的泥泞让本已艰难的离别雪上加霜。

我们穿过散布的美丽村庄、树林和连绵起伏的农田。在陡峭的上坡，我们必须推动陷在泥泞中的车辆。回到开阔地带，许许多多的野兔在田野里跳来蹦去，绿树成荫的大道将我们带入村庄。在某些地方，数英里的铁路线已被德国佬彻底摧毁。

无论走到哪里，当地人都蜂拥而至。仪仗队的孩子们跟在大鼓后面，善良的人们拿来食物。

在洛伊策，房东漂亮的小女儿带我参观了她的教室和马路对面的天主教堂。在德国人的占领下，修女们冒着极大的风险，偷偷给关押在学校的战俘送食物，帮助他们逃跑。许多人因此受到严惩。人们在比利时传颂着她们的故事：有人被处决，有人被吊在教堂的钟上。

在煤矿小镇维莱尔斯勒布耶附近，我们停下来，要在此地休整 4 天，大家为此欢呼雀跃。过去几日的行军使我们疲惫不堪。我们的宿舍是一个宏伟的音乐厅，有舒适的军士宿舍和像样的连部。艾薇·纽曼给我寄来一个小包裹。一切都十分美好。

我浑身泥浆，又脏又臭，爬满了虱子，都不好意思靠近别人。早上，在煤矿工人的浴池里洗个澡真是太惬意了，洗澡水热乎乎的，是人体刚好能承受的温度。穿上干净的内衣，浑身舒畅。

鹅卵石路使我的靴子磨损严重，我的衣服也已破旧不堪，所以我又去了裁缝铺和鞋匠铺。感觉自己体面一些了，我和事先约好的梅利诺小姐缠绵了半个小时。

在鲍勃·皮克劳福特的陪伴下，我沿着宽阔的默兹河风景秀丽的河岸徒步来到休伊。我们徜徉在崎岖的白垩质峡谷和山间小径，感到身心放松。矿工们的欢迎温暖了我们的心。彩带、彩旗飘扬，横幅上写着“欢迎勇敢的盟友！向我们的解放者致敬”。

下午，我一路小跑着回去，四处打探消息，看看上级有什么指示，但纯属浪费时间。军官们杳无踪迹，这些没心没肺的家伙。

礼拜天早上没有礼拜。战争结束后，我们的教士对宗教事务失去了热情。我不习惯赖床，和鲍勃与比利时士兵朋友费尔南德·方丹一起不告而别，前往远近驰名的列日市。

火车穿越默兹河谷，上面挤满了人，铁轨两旁工厂和矿山比比皆是。在周围的山丘上，目光所及之处是列日市一座座宏伟的堡垒。

城市里交通繁忙，随处可见胜利的旗帜迎风招展。熙熙攘攘的人群得不时躲避着来往的电车。沿着宽阔、浪漫的林荫大道（足有 60 米宽），费尔南德将我们带到雕饰繁复的大教堂和形形色色的纪念碑前。街面上鳞次栉比的店铺里商品琳琅满目，令人目不暇接，但背街也充分展示了城市中阴险邪恶、尔虞我诈的一面。在费尔南德最喜欢的餐厅里，我们大快朵颐，吃了一顿四道菜的皇家大餐，最后以大米布丁蛋糕结束，这是一道奢华的甜点新品。

我和鲍勃告别了新朋友，找到一家尚有空位的电影院。我们在精致的椅子上刚一落座，管弦乐队就开始表演。兴高采烈的民众引吭高歌，向法国和英国军人致敬，电影院里回荡着《漫漫长路至蒂珀雷里》[1]。每当英国军队出现在电影中时，全场就会爆发出令人振奋的欢呼声。

我们心情大好，漫步在炫目的灯光下，然后在一家看起来很像样的酒店预订了床位。我们被宰了 5 法郎，但得到了美好的生活体验。混在一群剽悍的人当中，我们喝着大胆放浪的女人端上餐桌的葡萄酒和啤酒。十一点左右，我们已有了醉意，而且累得要死，在酒吧变得一片狼藉之前，我们撤到了酒店的床上。

---

1 《漫漫长路至蒂珀雷里》(“It’s a Long Way to Tipperary”)，系一战时期的英国军歌。这首歌问世于 1912 年，起初是曼彻斯特地区的酒吧表演曲目。第一次世界大战爆发后，这首歌在思乡情绪浓厚的士兵间广为流传，军队故选其作为行军歌曲。

清晨下着阵雨，我们早早地起床，离开了这座永远难忘的房子。我们吃了一顿美味的牛排，然后跳上了火车。

无故外出36小时，我们做好了应对麻烦的准备。令我欣慰的是，在一场盛大的舞会后，人们兴高采烈，对我们外出的事只字未提。这的确是一个美好的夜晚，战士们的天堂。作为第一支驻扎在这个小镇的英国军队，我的兄弟们听尽了溢美之词。我和大家一起开怀畅饮，然后下午和梅利诺小姐闲逛，她真是风情万种。

也许早上出发对我们来说是件好事。我们经过拼布艺术一般块块相连的庄稼地，然后是肥沃的丘陵，上面到处是果园，嫩绿色的青草令人惊叹。我们穿过树木繁茂的小峡谷，再次抵达默兹河。有时从两百英尺的高处，在和家乡一样的岩石峭壁上，我们可以俯瞰到震撼人心的景色。炮兵在对岸跋涉，场面十分壮观。

刺骨的寒风袭来，我们把脸缩进衣领里。前面其他旅的行军搅动起泥浆。峡谷外，工业建筑、农舍和小村庄几乎连成一条线。到处都是旗帜和标语。一些当地人操着有趣的口音，用掺杂法语的英语高喊："欢迎来套（到）威尔逊和劳埃德·乔治"和

“荣耀和勇气”。

在弗莱梅尔豪特，我们发现了一大堆德军炮车，都没有轮子，要么被撤退的德军拆掉了，要么被老百姓给顺走了。怪诞恐怖的稻草人酷似德国人，脖子吊在电线杆上。

孩子们和人群把我们带到了弗莱梅尔格兰德，我们的乐队开始了演奏。女教师好心地点燃了教室的火炉，在我们的宿舍迎接我们。

不知不觉中，我们被一群叽叽喳喳的、快乐的男孩和女孩团团围住了。他们哄抢了我们的纪念品，一片喧闹。他们都说法语，而不是当地的佛兰德语。有一件事我们不习惯，那就是男女共用同一间厕所，男孩和女孩一起方便，好像这很正常。

天气寒冷，当我们经过山坡上的堡垒时，刮起了飓风，这些堡垒减缓了德军冲向法国的速度。由于军队拥堵了路面，我们无法继续前行，趁此机会我去了一家后街咖啡馆。我永远不会为之后悔或忘记这段经历。

队伍走走停停，行进缓慢，随着冬日夜幕的降临，我们进入列日市郊外的安格鲁，此时天开始下雨。随之而来的场景是各部队在黑暗中争相寻找落脚的地方。房东夫人叫我到餐厅品尝一顿意想不到的美味。我和她的儿子共进晚餐，这是他跟比利时军队请假得以获批的最好借口。

这位善良的女士早上六点叫醒我，煮了咖啡、做了煎饼和煎蛋为我饯行。凛冽的寒风在峡谷中咆哮，我们顶着寒风踯躅而行。我们跨过一座座完好的桥梁，顺着山势来回穿越现在洪水泛滥、泥泞不堪的默兹河。峡谷中景色宜人，悬崖、瀑布，以及后面高耸500英尺的山峦，都使我想起了家乡怀欧艾卡。

在包围列日市之前，德军曾驻扎在这里。如果我方当时有更多的援军，那么在这个地势险要的地方就可以阻碍德军前进，阻止他们向法国进军。德军在仓皇撤退中再次经过这里，一路上丢弃了许多炮车和汽车。

写着“国王万岁”和“比利时万岁”的标语牌悬挂在韦尔维耶家家户户的房屋上，到处洋溢着解放的喜悦。经过一天漫长的跋涉，这里热烈的欢呼鼓舞了我们低迷的士气。

热心的老师们在维亚杜克街的学校（我们的临时宿舍）接待了我们。我的房间在一座摩登的楼房里，颇为奢华，配有昂贵的橡木椅背的椅子，漂亮的桌子上铺着锦缎桌布。我有些无所适从。一床稻草、一张小桌子再加上墙上的几颗钉子会更适合我。

一路美不胜收的风景和善良的人们的热情接待令人赞赏不已。美丽的女人冲上来陪我们散步，并尽可能地提供帮助。成群结队的小学生喜气洋洋，因为他们的教室成了士兵的住处，他们不必上学了。我们走到哪里，他们跟到哪里，笑嘻嘻地拉着我们的手。我们愧领了这些亲爱的人儿的深情厚谊。今天是我一生中最愉快的日子之一。

大雨如注，我本想去观光，被兜头泼了一盆冷水。但我们也不必远行，因为所有的人都有自己可以拜访的人家，都有女孩陪伴，当地人早已为此做好了准备。我们的女房东竭尽全力让我们宾至如归。我们为比利时人赶走了压迫者，她喜不自胜。在中士餐厅，夫人和她的朋友们为我们精心烹制了一顿盛宴。我们拿出一个藏品作为谢礼，我被推选出来发言致谢，当然是用法语。

这里的人们了解我们所经受的考验、目睹的惨状。回到新西兰，我们将再也找不到如此热情好客的人们了。

我向东道主告别，他们邀请我来这里度假。人们站在街道和林荫道两边，为我们欢呼、送行。在标语牌和旗帜的海洋中，他们抛撒漂亮的彩带。乐队奏起了《马赛曲》，人们齐声歌唱。祖母推着孩子们走向前，让我们和他们握手。一个可爱的女孩走上前来，赠我一面旗帜。队伍出城时，每个人的步枪上都装饰着一面可爱的小旗，在枪口愉快地飘扬。

我们沿着默兹河的一条支流走在一条宽阔的山谷公路上（足有20米宽）。几小时后，我们抵达贝伦，在比利时最后一次纵情狂欢。

一开始事情并不顺利。在即将到来的冬夜，战士们的住处没有燃料生火。一切用品都短缺。我组织了一小队人马去偷煤。第一个举手的人是一位爱尔兰裔的新西兰人，是早期“绿林好汉”的后代。他很适合干这份活计，认为这只不过是一种生存手段。

我在一座舒适的房子里度过了在这个国家的最后一个夜晚。跟一路上在其他人家一样，希恩夫人的家人也向我表达极大的善意。在客厅的火炉旁，我听他们讲述野蛮的德国人用铁拳统治这个宁静的小村庄的故事。房东可爱的女儿欧也妮弹奏着钢琴，使气氛轻松起来，这个夜晚小聚变成了一场家庭演唱会。我非常喜欢欧也妮，要是能留下来该有多好啊。我必须承认，当这个美好的夜晚结束时，我难过到几乎难以自持。这一家人对我真是太好了。

明媚的阳光唤醒了我，这是个好兆头。早上喝咖啡的时候，桌子上摊着一本《维埃斯快讯》，翻开那页，上面刊登着一篇文章，赞扬了我们这样一个小国的军队做出的巨大贡献，也赞扬了我们的行为、纪律、善行和军人风貌。

分别异常艰难。我与欧也妮依依不舍地吻别后，回归了连队。四海为家的军人不能够陷入爱河难以自拔。我将永远铭记在这里的时光。心怀喜悦，我离开了这个国家。

32

占领莱茵兰

1918年12月22日

行军不到一个小时，我们就来到德国边境。有那么一刻，四处旗帜飘扬，然后突然就消失不见了。法国宪兵守卫着道路和附近的每一所房子。

我们沿着主干道的中心行进，进入德国人运营的赫贝斯塔尔铁路地区，然后向右拐到巨大的火车站。到处都十分干净，粉刷一新，看起来管理有方。我敢肯定，庞大的铁路食堂在后方曾为数千名膘肥体壮的德国士兵提供餐食。善良的基督教青年会成员在这里给我们分发茶、饼干、咖啡和香烟。

十二点半，我们登上火车。我们坐在高等车厢的软席上，墙上装饰的德国鹰目光炯炯地盯着我们。德国的列车守卫和乘务员穿着华丽的制服大摇大摆地走来走去，用狐疑的目光打量着我们。他们曾把那么多的德军战士送往前线，到头来却把我们带回到他们深爱的祖国，这对他们来说无疑是个沉重的打击。

铁路系统等级森严，管理有方。德国人无论做什么，都能做得尽善尽美。

我们穿过坎坷的丘陵地带。大部分荒地现在重新种上了小树，排列得整整齐齐，枝条低垂，从车窗旁掠过。大规模的植树造林计划得以实施，来补充因战争需要而被砍伐的树木。

火车在美丽的温泉小镇亚琛停留片刻，又载着我们穿行在平坦肥沃的工厂厂区之中，绵延数英里。每一寸褐色的土地都得到精耕细作，堪称完美。秋播的小麦给大地带来一丝绿意。

在我们的目的地科隆，车站里挤满了平民，许多人穿着正装大步流星地走着，他们的服装与德军军装没什么两样。看到周围都是德国人，让人有一种奇怪的感觉。人们用眼睛的余光偷偷瞄着我们，他们这鬼鬼祟祟的样子让人很不痛快。城堡上飘扬着一面巨大的法国国旗。

成百上千戴着圆筒帽的孩子围着我们讨要巧克力。不用说，他们没有得到我们的热情回应。

下午五点，作为占领军，我们开始游行，穿行在每一条主要街道和小街巷。没有彩旗招展的场面。一些好奇的人会悄悄投来一瞥。人们三三两两地开始聚集起来，欣赏着我们的战马。铁蹄踏在硬化路面上，蹄声隆隆，每一匹骏马都神采飞扬。到处都被灯光点亮，颜色和他们战壕里的一样。澳大利亚士兵在每个角落跟我们打着招呼，一群群英国士兵聚集在周围。

滂沱大雨使游行在六点草草收场。大雨很快转为冰冷的霏霏细雨。宿舍安排在德尔布吕克的小教室里，我们到达时饥寒交迫，苦不堪言。人们争先恐后地抓起自己的箱子和毯子，冲了进去。没有地方放炊具，炊事班在雨夹雪中无能为力。在德国的第一个晚上，我们是饿着肚子入睡的。

早上我们征用了另一栋建筑，安放了炊具。这是所新学校，非常现代化，有最新式的课桌和最先进的设备。不同寻常的是，这里没有电灯。德国皇帝威廉二世的照片张贴在学校的各个角落，但我们的房间里没有，这是我们特别要求的。所有的布告栏上都贴着德国鹰的轮廓，看起来像是儿童奖励系统。德尔布吕克远在郊外，位于一个看起来颇为摩登的角落，车站就在附近。我觉得小伙子们在这里会过得不错。

我的房间在附近的瑟纳大街 21 号，房东科彻先生以前是位教师。初次见面，我就感受到德国人对我们恨之入骨。有这么多武装部队驻扎于此，他知道我们占了上风，所以狡猾地表现出彬彬有礼的样子，这当然是他的一个策略。他指给我看皇帝的肖像，不动声色地让我知道他仍是其追随者。当然，和往常一样，长官们被安置在富丽堂皇的地方，离我们太远，根本指望不上。我们意识到，热情友善的国度真的远去了，或许我们也该不再温情脉脉。毫无疑问，德国政府有钱，但据说他们断然拒绝向盟国支付任何赔偿。街上的英国战车帮助德国军队接受了这个现实：占领就是占领。在我们抵达之前，据说这里发生了骚乱，现在早已平息。然而，我们听说，在戒备森严的科隆桥头堡之外，在德国其他地区可能仍有数百万潜在的敌军。

回想着从经过勒克斯诺伊开始，我在连队一直担当排头兵的情景，我不知不觉睡着了。我和战士们出生入死，同甘共苦。无论身在何处，我希望我们战友之间都能永远保持联系。

第一天早上，天气阴冷潮湿，我们从八点开始进行一个小时的轻度训练，然后就解散了。混在当地人中，穿着卡其色军装的军人显得非常碍眼。人们正忙着为明天的圣诞节做准备。到午餐时间，我的住处竖起一棵漂亮的圣诞树，其装饰可以令别人家的圣诞树黯然失色。

这个德国家庭包括妈妈、爸爸、7个女孩和1个男孩，他刚刚从德国军队退伍。这家人邀请我共度圣诞。令人惊讶的是，尽管他们态度冷淡，但仍努力把我当作朋友。这家的儿子是个例外，他总是回避我，用怀疑和轻蔑的目光看着我。

这些女孩很可爱。我放弃了读信的计划，和他们聊了几个小时。他们的故事充满苦难，但我觉得没有我在旅途中遇到的那些人的苦难深重。食物一直短缺，人们对节节败退的战局颇有怨言。一切都是严格按照定量供应的。面包、黄油、牛奶、煤、羊毛制品、肥皂和蜡烛这些生活必需品都供不应求。1916年的冬天对平民来说是最严酷的。其实，现在仍有许多人四处漂泊，看起来疲倦不堪、毫无生气、面黄肌瘦。

我们继续进行轻度训练。最重要的是，我手头的大量组织工作业已完成。长官们对士兵不闻不问。

我拜访了德国警长，请他帮忙安排些住处，以缓解目前营房过度拥挤的状况，还要一些草垫用来铺床。原来他是个正派人，愿意帮忙，还邀请我共享圣诞大餐，这是他们在24日这一天的习俗。我喜欢他们称为“甜肉”的粗糙蛋糕。警局还有个不错的姑娘。道别时，警长表示以后有什么事尽可找他，他会帮助处理。我趁此机会提出想购买电石[1]放进灯里为战士们照明。

今天，教堂里挤满了圣诞节的推崇者。

1918年12月25日

令人喜出望外的是，拉开窗帘，迎接我的是一个银装素裹的清晨，这是圣诞季的第一场雪。八点的“起床号”是军乐队演奏的圣诞颂歌。我们在当地电影院举办了鼓舞人心的教堂游行。午餐没什么特别的，只为每人准备一包利物浦夫人馈赠的果酱、牛奶和一盒羊舌罐头。重头戏在后头。营里的军官餐厅给每个连配发了45瓶啤酒，还私底下送来4瓶威士忌，专供我们在士官餐厅享用。

部队本来许诺有火鸡大餐，却迟迟不见踪影，人们纷纷开起了玩笑，说火鸡还在路上行军，不知走到了哪里。我们的圣诞礼物是兵饷，全部都是德国马克，对战士们来说可是硬通货。

圣诞晚餐大有改善。我们大快朵颐，吃着美味的炖肉面团，还有可口的水果布丁，在朗姆酒蛋糕上面

1　电石（Carbide），又称嘎石，学名碳化钙，遇水激烈分解产生乙炔气，可放在电石灯中用来照明。

是真材实料的厚厚一层酱汁。在军士餐厅，我们开怀畅饮朗姆酒、威士忌和啤酒。我们很快转场到当地酒吧，举行了“专场音乐会”。酒吧老板给我们拿出一整箱雪茄，姑娘们整晚都在弹琴唱歌。后来，我们都醉了。酒吧里热闹非凡，所有的军人都在尽情歌唱。终于啊，我们度过了一个和平的圣诞节。

我跌跌撞撞地回到住处，发现房东一家正围坐在钢琴旁，用德语唱着甜美的圣诞颂歌，曲调和今天乐队演奏的一模一样。他们盛情邀请我共进晚餐，但我实在是醉得厉害，只得婉言谢绝了。幸好我蹒跚着回到了房间。一定是没等上床，我就已经瘫倒了，昏睡在坚硬的地板上。夜里不知什么时候，我醒了过来，稍微体面地上了床。

我感觉不舒服，一直睡到中午，头痛欲裂。我浑身仍然污秽不堪，羞于睡在漂亮的床单上。

下午，房东善良的女儿弗朗西丝卡为我准备好了洗澡水，这是奢侈的土耳其浴。地板上放着一个巨大的白铁皮浴缸，大得足够我躺在里面。上面覆盖着一条毯子，以留住蒸汽和热量。哦，这有效缓解了我的头痛和不适。弗朗西丝卡拿着我的脏衣服大步走开了。我非常感激这个可爱的女孩。

我安心地读了一天今日到达的邮件。我被新老朋友寄来的贺卡深深感动，其中一张是麦肯齐上校和他的夫人寄来的，令我十分惊喜。我真的很珍视这些远方的朋友。我暗暗发誓要抓紧时间回信。

科隆到处都有电车，穿梭在这座美丽的城市里。熙熙攘攘的老百姓在忙着日常事务。人头攒动的商店都非常新潮。时髦的服装模特在吸引人的橱窗中展示着商品。雄伟的石头房屋所展现出来的建筑艺术令我肃然起敬。壮观华丽的科隆大教堂吸引我们纷至沓来。它规模宏大，是我见过的最为瑰丽的建筑。步入教堂内部，我们看到巨大的石柱拔地而起，精雕细刻的装饰物讲述着宗教故事，装点着宏伟的墙壁。这是千年难遇的宏伟建筑。

大雨把我们逼进一家咖啡馆，没什么可吃的，只有一些德国人吃的垃圾食物。我拿起教堂明信片，回去了。

星期六下着雨，长官们很晚才到，没有训练。我们连执行警戒和纠察任务。德国民众循规蹈矩，这一天我们十分轻松。

傍晚，为了让我开心，玛莎、弗朗西丝卡、海德薇和波拉四姐妹弹起钢琴、唱起歌，十分悦耳。她们可能具有德国人的性格特征，但我还是和最大的两个女孩成了好朋友，聊得非常投机。我发自内心地感到高兴。她们的英语虽带有德语口音，但几近完美。

无论身在何处，我都对人们，特别是那些体贴的女性所表现出的巨大善意感到惊讶。房东家那位兄弟伯特依然整天横眉冷对，无法接受我住在他家。他是我的眼中钉，是我的耻辱。总有一天我会把他暴揍一顿。

新年之前，每天都是例行公事，首先是几个小时的体能训练，大多是在早上严寒的天气里做些轻微运动，然后就是执行任务。由于很多长官根本不露面，我已然成为连部办公室的老大。我坐在这个房间里赚着兵饷，周围墙上的画作描绘了历史上的德法战争。我将两个连重组为一个连，这项倒霉的任务使许多人解甲归田，一些可怜的家伙忧心忡忡。

有传言称，我们师很快将前往英格兰，然后回到新西兰。占据此地似乎已没有必要。街上的普通民众都是模范公民，普通士兵也左右不了政治。除了伯特，我只遇到过一个小麻烦——一个德国人曾试图阻止我在宿舍重新安排家具。

房东家的女儿们让人快乐、轻松。我在闲暇时会和她们去看电影，抓紧时间处理信件，而且我开始阅读《多愁善感的人》这本书，是玛丽·伯顿从新西兰寄给我的，对此我十分感激。现在，只要我在家，伯特就出门躲得远远的。

“失踪”的圣诞火鸡在新年前夕终于出现了，大部分已经腐败，连长大为光火。剩下的部分被做成一道还过得去的炖菜，同一批运来的还有利物浦夫人送给我们的罐头李子布丁，配在一起被消灭光了。我们搞到一些英国啤酒，在餐厅开心一下。我有点激动，自娱自乐地唱起来，然后和鲍勃·皮克劳福特一起小跑回家，又与女孩们共度一个愉快的夜晚。她们没有睡觉，一直对我们翘首以盼。

1919年1月4日

上午九点四十五分，一场将军指挥的阅兵式准时上演。哈特准将检阅了还算不错的士兵，然后草草收场。将军和军官们看起来不像是靠军队的伙食生活的。阅兵式使人又想起了战争，在德国军工厂里举行尤其如此。保险丝、炮弹壳和炮弹箱仍整齐地堆放着。解散后，我设法弄到一些迫击炮的零件留作纪念。

如果将军仔细观察的话，他会发现战士们的状态非常糟糕。我带一些人去奥本海姆歌剧院附近的公共浴场，花了半马克和他们一起在温水里泡澡、用热水淋浴、蒸桑拿。我保证他们晚上每人能喝到一大杯朗姆酒，让他们感到心满意足。

一个排决定罢工，拒绝出操。我急忙记下犯事者的名字，把他们带到军事法庭的押候审席。晚上，我又处置了两个人。我痛恨这项任务。对部下惩罚的过程也是对我自己的折磨。人们对受到的处理感到不满。他们抗议主要是因为不堪虱子的侵扰，归根结底是因为缺少干净的内衣。

接下来的几天都用在军事法庭审判上了。犯事的士官被降为普通士兵，并被罚处 7 天的兵饷。这样的处分使他们颇为惊讶，但对他们有好处。对于我来说，带部下去好好洗个澡不是什么难事。

由于纪律松散，性病这一老问题又猖獗起来。营禁闭所里人满为患，我必须就这个问题给各排好好讲一讲。他们听了讲座，接受了建议。在一名新西兰女性不那么受欢迎的鼓动下，军队备有避孕用品，但缺乏经验的士兵需要这方面的教育。

科彻一家依然对我宠爱有加。我在科彻夫人准备的洗澡水里洗却了所有烦恼。玛莎在浴缸边和我聊天，怀里抱着洗干净的衣服。衣服叠得整整齐齐，我都舍不得穿。晚上上床时，我发现被子下面早就放好了暖烘烘的热水瓶。

手头的工作本已使我忙得不可开交，现在又增加了新任务——把部队撤回到英国。长官们仍然对工作不闻不问。一群废物。我像连长一样处理各种事务，甚至把所有人的活儿都“大包大揽”了。

人们纷纷议论着即将到来的选举。各党派及其支持者对新德国有着不同的政见，他们之间剑拔弩张。目前欧洲似乎弥漫着强烈的不安情绪。德国人对自己的权利表达得越来越强烈，这种迅速传播的工人阶级布尔什维克精神很快会产生麻烦。世界正处于一种动荡、痛苦和纷扰的情绪中——我们自己的军队中同样弥漫着这种情绪。

我那安静的房间非常适合写信。1 月 9 日，我收到了从新西兰寄来的圣诞邮件，这是家人和亲爱的艾薇·纽曼对我的节日问候。罗茜·伦肯寄来一包我要的衣服，里面有一封甜蜜的信。她为我做了很多，在启程回新西兰之前，我希望能尽快在英国与她相会。

一旦有闲暇时光，我都会和房东的女儿们混在一起，开开玩笑，多学习一些德语。我正与海德薇和波拉成为好朋友，与玛莎的关系也变得亲切、自在、轻松。在一个愉快的夜晚，他们的父母去参加选举会议，7 个女孩都和我尽情地谈天说地，为我弹琴唱歌。

他们是皇家文化的狂热拥趸，威廉二世备受拥戴。他被迫退位，现避居荷兰。如果他重返德意志，必将受到热烈的欢迎。他们无法相信是德国挑起了战争，对英国人非常刻薄。德国人前路坎坷，但他们完全是咎由自取。

鲍勃·皮克劳福特常在傍晚来我这里，和我一样享受大家的陪伴。他即将离开我们，因为他的名字出现在返回英格兰人员的名单上。我会非常想念他的愉快陪伴。

1919年1月19日

我早早起了床，因为我收到先遣队的命令，要为威尔士亲王的访问做准备。雪花漫天飞舞，我们穿过美丽的乡村，前往目的地科布伦茨。在我梦寐以求的风景宜人的地方，我们在德国人建的靶场展开一场射击比赛。这里更像一个大型的赛马场，有着宽敞的音乐厅、乐队舞台和茶点区。

射击开始时，威尔士亲王身着中尉军装抵达，在我们中间随意漫步。他缠着我谈了整整5分钟。他对我们极为关切，当我回答他的一些问题时，他脸红得像一个紧张的女生。他向我们致辞，并将射击大奖颁发给获奖者——4连的韦斯特下士。小伙子们向亲王发出热烈的欢呼，所有人都感谢他的来访，感激他本人对新西兰在战争中的贡献表达的谢意。

最近的生活就是忙于各种官样文章。我又出席了一个军事法庭，紧随其后的是为德国选举执行警卫任务。

两名军人因盗窃和出售军产而受到严正指控，这是军纪废弛导致的严重后果。以最为恶劣的罪犯为例。他们在战前就因盗窃而声名狼藉，战后这些人因投机倒把使自己的腰包鼓了起来。他们从食堂大量购买或偷窃紧俏商品，然后以高昂的价格卖给德国人。毛毯、袜子、羊毛制品、食品和饮料都被偷偷卖给心甘情愿出高价的买家。他们把军队定量配给的劣质烟草以 5 马克的价格出售，真是在用耙子搂钱呢。你都难以想象骗子是在哪里找到钱的。许多士兵的口袋里突然就积攒了一卷卷德国纸币。

投票站挤满了排队等待投票的人。在德国历史上，女性首次参加投票。我们的武装警卫和高效的德国警察监督着人群。我们本不必担心。我们的军队纪律一向松懈。比起这些循规蹈矩的德国人，反而是我们把城里弄得乱哄哄的。

新的教育计划取代了军事任务。这真是正当其时，因为越来越多的人因做一些与军队无关的事情而擅离职守。一部分士兵认为这个计划滑天下之大稽，而另一部分士兵则对此表示欢迎，希望借此能帮助他们在回国后找到工作。羊毛分类讲座很受欢迎。不停地点名和追查旷课的人可不是闹着玩的。在最初的几天里，我不得不处理十几个人。我自己选了数据统计课，虽然很难，但希望对我有益。

1919 年 1 月 26 日

一名传令兵将一份文件送到连部办公室，里面有一份前往英格兰的退伍兵名单，我名列其中。离开善良的德国朋友会使我非常难过，但我还是要走的。我已彻底厌倦了每天被支使得团团转的生活。计划是明确的。两天后，我将为漫长的还乡之旅而最后一次“向后转”了。我要感谢弗雷德·费尔贝恩把我的名字列入名单。我本已被选中留在德国，是他动用了关系，说了不少好话才帮我“解脱”的。我盼望着回家。

在报告厅举行了一场特殊的教堂游行。这是我最后一次走在我亲爱的连队的最前列。与战友们一起出生入死这么久，我们情深义重。我会格外想念他们。

听到这个消息，我可爱的女孩们都哭着央求我留下来。我提前下班，和她们一起度过了一个快乐的下午。我们聊天、做室内游戏。她们精心准备了丰盛的晚宴为我饯行，还送我一份小礼物作为纪念。这意想不到的善意更增添了我的离愁别恨。也许分开会更好吧。

早上从窗户向外张望，我发现大地再次被浪漫的白雪覆盖。我决定整天什么也不做。

我和女孩们在雪地里散步，有滑冰者在冰上优雅地起舞。她们伏击了我，和我打了一场激烈的雪仗。我偷偷溜掉去收拾行囊，回来时发现洗澡水已经放好了，是可爱的玛莎小姐做的。

晚上很愉快。女孩们打打闹闹。午夜来临，我给她们送上小礼物，她们不禁崩溃大哭。一直以来，分别是我不得不做的最困难的事情之一。我深情地向弗朗西丝卡和海德薇告别，她俩明天一大早就去上班。海德薇把一张卡片和一个漂亮的名片盒塞进我的口袋里，让我留作纪念。我们都难舍难分。亲爱的女孩们，我真的很爱她们。

在部队办完各种手续后，我向善良的房东和房东太太告别。我做梦也没想到他们会如此在意我的离去。他们说了很多暖心的话。如果我回来，他们会亲自邀请我继续住在这里。连坚定的爱国主义者科彻先生都感动地说，我的行为，特别是对女性的行为表明，我们的士兵比他们自己的士兵优秀。波拉、玛丽亚和玛格丽特都哭了，最后一次求我留下来。可怜的玛莎发誓说我是她唯一吻过的男人。我会非常想念她的陪伴。

留下来的人为我们送行。乐队把我们带到连队总部，在那里我们挤上卡车，在人们响亮的欢呼声中坐车离开。为了多点乐趣，我们临行前把啤酒别在腰带里。很快大家就彼此开起了玩笑。这些年轻人中有一些是我们师里一直勤勤恳恳的人，他们理应离开这里。

各个部队选拔出来的人挤满了火车站。到处都是士兵。在德国站务员的组织下，我们迅速开始排队，但有些人还是吵吵闹闹的，主要是喝醉的炮兵们。营里的几个长官塞给我一瓶威士忌，让我们在旅途中开心一下。

然后我们收到令人震惊的消息。我们冲破德国人的条条框框，都涌进了车站，但听到通知，我们的火车今天不发车。我们列队出发，走了很长一段路，被带到约瑟夫大街附近的乌尔里希·加斯兵营过夜。这里拥有所有现代化的便利设施，配备了所有最先进的军事装备。我军的战俘曾住在这围墙之内，许多德国人在这里受训。

许多人合计着，想从英国警卫身边溜走，然后去酒吧和不太正当的地方，来个最后的疯狂。我假意要睡觉，然后就冲了出去，躲过一个警卫，跳上电车去了大教堂。正当我准备去最爱的德尔布吕克时，猜猜我在月台上见到了谁？除了玛莎小姐，还能有谁呢？我们心有灵犀，这个可爱的女孩来到城里，希望能够找到我。我真是欣喜若狂。

我们最后一次在莱茵河畔浪漫的林荫大道上漫步。纵然一万个不情愿，我最终还是不得不忍痛离去，留下我的女孩在德国火车站的月台上黯然神伤。

1919年1月29日

早上，我们没有再胡作非为。1200人从兵营整队出发，向火车站前进。少女们在站台上哭泣，与心上人诀别。每个人都收到基督教青年会分发的橘子、饼干、香烟和火柴，我们在上车前又咕嘟咕嘟喝了几杯啤酒。一旦上了车，一切就又回到老样子，大家为能有个好座位而争来吵去。

上午十一点，列车缓缓驶离了站台，我即将离开德国。我将永远对这个惨遭蹂躏的国家的人民心怀善意和温情。我将永远不会忘记科彻一家站在阳台上向我挥手，祝我一路平安的画面。

33

历经磨难

一觉醒来，我发现火车穿行在默兹山谷中，寒风呼啸，雪花纷飞。我们蜷缩在没有窗户的黑洞洞的车厢里，人满为患，把腿伸直的空间都没有。车里通风不良，刺骨的寒风迫使我们关上了所有的车门。大家的状态让人感到一丝暖意，纷纷讲着各种老段子和笑话，车厢里欢声笑语。这些人缺什么也不会缺段子。我们的一些共同经历，无论在战争时期还是和平时期，都无法复制。

这列火车是德国人交给我们的，但我们没有得到他们的上等车厢。在许多地方，草草修复的铁轨晃动着，火车一路颠簸。车轮与铁轨撞击的声音比炮弹的呼啸声还要糟糕，我担心自己熬不到回家。

到了纳穆尔，我们都已厌倦了这次旅行。每当火车颠簸和哐啷哐啷地响，人们就骂骂咧咧，声音越来越大。我们还得忍受不时停车，等对向过来的其他火车驶离，我们的列车才能继续摇摇晃晃前行几百码，然后再次停车，反反复复。我们浑身脏兮兮的，每个人邋里邋遢，胡子拉碴。车内严寒刺骨，空气污浊。食物非常短缺，唯一的口粮是面包和奶酪，还有一杯茶，是休伊救世军的人送给我们的。车上这些人到达法国以来一直在这个师艰苦奋战，可以实事求是地说，他们为这场战争的胜利做出了巨大贡献，但得到的却是这样的待遇。

穿过法国边境，快到瓦朗谢讷时，我们打开了车门。破败和荒凉的景象再次困扰着我们。法国人在沉重的负担下辛勤劳作。德国人是幸运的，他们的国家是现代化的，远离前线，未遭到破坏。

上午十点，在阿布维尔附近的一个车站，一名法国士兵跳进车厢，他要去迪耶普办理退伍手续。他不想置身于这种令人神经紧张、不停颠簸的危险之中。由于担心自己的人身安全，一找到机会，他就急忙下了车。

在鲁昂郊外一个荒凉、寒冷的破地方，我们的列车在一条隧道外停了下来。我们等了 3 个小时，终于一列火车的残骸被拖出来，隧道里被清理干净了。3 名列车守卫在这次隧道撞车事故中丧生。除了跳下去，在最近的酒馆里咕嘟咕嘟猛灌啤酒，我们别无选择。

最终我们是在晚上集合的，但我只记得当火车驶入鲁昂时，我从车门口掉到了铁轨上，幸好没有受伤。人们跳下车，七手八脚地把我抬回车上。

到了鲁昂，在救世军的小屋里，我吃着炖肉、面包和奶酪等美食，想让自己清醒一些。早上八点，我们闹哄哄地整队出发，每个人都背着沉重的行囊，外加两条毯子。炮兵们已完全失控了。满负荷的行军持续了整整一个半小时，还没有醒酒的人在冰天雪地里跌跌撞撞。令人大失所望的是，我们要住在英国军营的帐篷里，真希望能和那些精明人一样溜到城里，躲进法国酒吧或小姐们的温柔乡里。

一大早，我们排好队，继续遭受屈辱的待遇，脱下裤子，接受疥疮检查，还要排队接受性病检查。长官们无视我们的抱怨。我们背着全部行李，被带到一家浴室，把外衣进行熏蒸，换上干净的内衣，然后把爬满虱子的旧毯子换成新毯子。

我们将在 3 号营地再过一晚。大家纷纷请假去鲁昂，都得到批准。我们漫步在迷人的河滨大道，参观了一座大教堂，欣赏了拿破仑和圣女贞德的雕像，逛一逛备货充裕的商店。这里饱受战争的蹂躏，破败不堪，随处可见的士兵更是碍眼。昨晚逃跑的几个家伙还在四处游荡。食物是配给的，而且很稀缺，餐厅要到下午六点才营业。法国女人在街上兜售着新鲜多汁的橘子。背街依然是藏污纳垢之处。数十名军人在那里做着不可言喻的生意，非常过分。

在一家咖啡馆愉快地盘桓几个小时后，我们想搭乘电车回到营地，但根本是徒劳，因为想乘车的士兵实在是太多了。晚上九点，电车停运了，我们被困在城里。除了踩着雪泥走回去，我们别无他法。一群战士挤在一辆汽车里呼啸而过，这辆车是他们以某种方式征用的。从车里传出的噪声和摇摇晃晃的车身来看，车上不可能有一个清醒的人。

凌晨三点，起床号突然响起，把人吓一跳。人们咒骂着、抱怨着，在凌晨五点多出发，去搭乘我们的新交通工具——塞纳河上的渡船。

但在最后一刻，没有船可供使用，所以火车站又陷入一片混乱。醉汉们以各种方式冲向车厢的滑稽动作引得在那里工作的德国战俘大笑不止。我们对没能乘上船感到失望，但正如许多人所说，如果别无选择，我们就是爬也要爬回家。

我们蹲在敞开的车厢里，在严寒中几乎冻死，穿越积雪覆盖的大半个法国，去往勒阿弗尔港。每当拥挤不堪的火车在爬坡路段缓慢行驶时，我们就轮流下车，沿着铁轨跑步取暖。

我们在勒阿弗尔待命，准备今晚启航。我和几个人不告而别。我们扛起背包，幸运地搭上一辆卡车，直达舷梯，但被拒绝入内——船要到午夜才能启航。我们惦念着悲惨的战友，还有其他部队成千上万的人，大家都在雪地和泥泞中待命。不知他们何时才能动身。

乔·克罗克感到身体不适。我们设法找到一位好心的护士，把他带到医院，安心地在那里等待出发。我和另外一个人在一辆备用救护车上找到可以睡觉的地方，直到晚上十一点被部队的喧嚣吵醒，感受到彻骨的寒冷。

我们像沙丁鱼一样挤进“罗伦娜”号轮船。许多衣衫褴褛的人在码头上向士兵乞讨食物。在船上，水手们高价兜售三明治、茶，甚至是自己位于船首的船舱，这种可耻的行为让他们发了大财。我不会向这些烂人低头。

陆地从船尾慢慢退去。终于啊，我们缓缓离开了这里。这片大地曾给我们带来无尽的悲伤、诱惑和恐惧。在这片沃土之上，无数的战友犹如被镰刀割倒的庄稼，纷纷倒下。此时，心中的宽慰与抛弃逝去战友的羞愧交织在一起。在异国他乡的墓地，没有家人和朋友照料他们神圣的安息之地。永别了，亲爱的战友们；安息吧，我的兄弟。

第八部

英格兰及还乡

Part eight

长路迢迢，穿越沧海的幽暗，
宝石璀璨，佩戴大海的胸前，
梦中女王，内心深处的乐园，
新西兰啊，将赤子深情呼唤。

——阿奇博德·休·博格尔中尉《新西兰！我的祖国！》

34

英格兰，救救我

1919年2月3日

韦茅斯港口长长的码头及其后面的海滨长廊和宏伟的建筑令人赏心悦目。士兵俱乐部准备了像样的早餐，之后善解人意的漂亮女人们给我们每个人一个午餐袋，里面装着我见过的最好的肠仔包。

我和另外两个人偷偷溜出来，去洗脸、刮胡子、打扮打扮，重新做回文明人。刚在理发馆的椅子上坐下来，一个英国宪兵助理参谋就怒气冲冲地闯进来，质问我们为什么不参加上前线选拔。我们对他置之不理，然后用胡言乱语吓唬他，他恼哼哼地走了。他可能没听到战争已经结束的消息。

经过上次旅行，有暖气的三等车厢对我们来说变成一种奢侈。火车在一片绿草如茵的田野中疾驰而过。没有积雪，也没有破败的建筑物。一切都十分美好。

下午三点，列车驶入布尔福德岔线，就在斯林营地旁边。

看起来呆头呆脑的基地人员在某种程度上破坏了我们到达时的情绪，他们拿出我们初次来到这里时填报的相同表格，烦琐地登记了我们的姓名、年龄、信仰、亲属关系、以前的工作、身份标识和笔迹等。

斯林营地早已今非昔比。一切事情进展拖沓，管理人员效率低下，他们是澳新军团中的软骨头，个个牢骚满腹、脾气暴躁，双脚从未踏出过英格兰半步，也不尊重饱受战争摧残的士兵。

这里做什么都要排队。军队都是按字母顺序排列的，我的姓氏“特拉福德”自然在名单后面。我等得不耐烦，冲到队列的前面，编了一套说辞，使得勃然大怒的工作人员不再威胁恐吓我。我拿到盖有我名字印章的备品，然后再次痛苦地做了体检，在前臂上接种了流感疫苗，以预防在船上发生传染。这场可怕的流感疫情仍在席卷全国。

我被分配到25号宿舍，大家混住在一起，不管是准尉、中士，还是士兵。又恢复睡硬床板加草垫子的待遇了。

基地的娱乐设施和餐厅都是一流的，基督教青年会的建筑是我所见过的最好的，但不到一周，我就厌倦了这个死气沉沉、让人没有归属感的营地。中士餐厅里乱哄哄的，每次都有 80 个人同时进餐。食物质量不高，数量还不够。在这里需要严格遵守各种仪式。仅仅在主官卫兵换岗时，就需要两个乐队奏乐，佩剑的军官在旁边昂首阔步地走来走去。

由于铁路系统罢工，火车停运，请假外出只得作罢。从大家激烈的言论可以看出，如果这些愤怒的小伙子抓住罢工者，后果将不堪设想。他们中的一些人对未知的未来感到心烦意乱。

不时袭来的暴风雪也带来了严寒。除了早早进被窝暖暖身子，我们别无他法。我盼望早日离开这里。

1919 年 2 月 8 日

早餐后，我立即和军需军士克拉克冲进连部办公室去抢通行证、铁路通行卡、肉类和食品券，准备去度长假。我们用双倍的速度赶到布尔福德车站，在最后一刻登上火车。天哪，小伙子们会疯掉的。火车又开始运营了，但除了我们两个人之外，其他人都还在排队，错过了火车。

在有记录以来最寒冷的一个清晨，郊区的人们似乎都滑冰出行了。由于地铁工人罢工，成群的伦敦行人阻塞了街道。这座城市榨干了我的腰包。很少有商店在星期六开门，所有东西都贵得惊人。我为海上旅行买了一只箱子。任何一件像样的大衣都超出了我的预算。我去新西兰条例部试试运气，想让他们发给我一件大衣，结果被训斥了一顿。我被吓坏了，绝望地离开了那里。

在尤斯顿和托特纳姆球场路拐角处的查斯贝克商场，善良的杰奥·波茨为我量身定制了一套便服。如今服装的价格前所未闻，这套衣服非常昂贵。

到处都是复员军人，都想找点事做。在每一条街上都能邂逅老朋友，看到这么多人活了下来真让人感到欣慰。街上熙熙攘攘，百姓的生活如火如荼。人们会拦下我们，急于让我们分享经历。

我去找罗茜·伦肯，如皇室成员一般受到热烈的欢迎。多好的女孩啊。我们一直聊到深夜，她的父母对科隆非常感兴趣。听说二位都出生在那里，我感到很惊讶。

罗茜叫醒我，我们吃了一顿很晚的早餐，然后她和丽兹带我在帕默斯格林周围散步。这里是伦敦最宜人的住宅区之一，地势较高，处于低垂的雾霭上方。远离萧索的营地真是太棒了。朋友多莉为我们准备了一顿丰盛的午餐，有烤牛肉、布丁。令人惊喜的是，竟然还有香槟。这个善良的女人照顾着伦敦的一个小流浪儿，是个可爱的小女孩，其父母在一次炸弹袭击中丧生。

晚上，我们在游乐场观赏了电影《淘气的妻子》，一部基于战时事件改编的喜剧，非常精彩。迷人的格拉迪斯·库珀深受士兵们喜爱，大家都把她的海报挂在墙上。她和查尔斯·霍桑是这部电影的主角。电影非常贴近现实。

过了午夜我们才回来，伦肯先生还没睡，准备了美味的晚餐等着我们。他对女儿们盯得很紧，保护有加，但方式非常温和。

早上晚些时候，我和罗茜终于有机会独处，云雨一番过后，她为我缝补了衣裳。

出发的时候，伦肯先生把我送到公共汽车站。我将永远记得这次男人之间的对话。他非常和蔼，所说的自然都是关于我和他女儿的事情。我沮丧地感到，他更希望他的宝贝罗茜能和一个生活稳定的英国绅士在一起。

在母亲卡梅伦家族亲人的召唤下，我重访了爱丁堡。伦敦一直从我口袋里掏钱，这么看来，它似乎是世界上最无情的城市。爱丁堡虽然潮湿阴暗，但仍然让我心情愉快。“维多利亚联盟”酒店提供可口的早餐，我在那里订了一张床，洗了个澡。

基督教少年军的一个英俊的苏格兰少年带我参加基督教青年会安排的出访，我们来到位于古菲尔德广场的考恩先生家。我和一个美国人、两个澳大利亚人和一个南非人一起度过了一个妙趣横生的夜晚。妩媚动人的苏格兰姑娘和我们人数相同，大家一起唱歌、跳舞、玩游戏。苏格兰里尔舞深得我心，考德威尔小姐是一位完美的舞伴。我明白了为什么这么多军人决定在爱丁堡成家立业。苏格兰和苏格兰女孩永远是最优秀的，这话一点也不假。两位可爱的姑娘送我们回家，在王子街与我们吻别，祝我们晚安。

在去往因弗内斯，然后是埃尔金的旅途中，火车犹如一把勇往直前的犁，把雪浪推到了车头前面。一位从巴库服役归来的健壮的苏格兰中士是我的好旅伴，跟我聊得十分投机。我们偶尔还能看到小鹿在雪地里觅食。沿途山路崎岖，大地一片洁白。

欧维和埃拉表妹在月台上与我欢聚。看到她们可爱的面庞，我由衷地感到高兴。姨妈用美味的晚餐欢迎我。像所有的苏格兰人一样，她很迷信，发誓说她的手开始哆嗦的时候，她就知道我离她不远了。尽管上了年纪，但她心胸开阔，和女儿们一样朝气蓬勃。

我喊上表妹们一起去市政厅欣赏业余剧团表演的《罗布·罗伊》。风笛声扣人心弦，苏格兰口音对我来说如音乐一般悦耳动听。苏格兰退役军人基金会分担了一定的票钱，我感到十分欣慰。

欧维租了一辆车，载着我去芬德霍恩河。我们经过福雷斯的特拉法加胜利纪念碑，在那里俯瞰着这座美丽的小镇，然后在泥泞的路上能开多快就开多快，风驰电掣。曾经高耸入云的森林如今只剩下光秃秃的树桩，像一望无际的海洋，那是加拿大林业队在山麓上为战争伐倒了林木。

我们把食物留在一个小农舍里，漫步河畔。河水顺着山势而来，一路咆哮，空气清冽，让人神清气爽。湍急的水流从巨石上倾泻而下，流入深邃幽暗的水潭，冰冷刺骨。哦，这景象让我想起了心爱的怀欧艾卡。在小屋前的篝火边吃过晚饭，愉快的郊游就结束了。亲爱的欧维挽着我的胳膊——如幽谷百合一般纯洁的女孩。

康奈特山庄的麦肯齐夫妇邀请我们参加一个盛大的晚会。留声机播放着美国最流行的歌曲，我们随之翩翩起舞。我迅速学会了狐步舞、波士顿华尔兹和华尔兹踌躇步。

早上分别时，可怜的姨妈和我一样难过。她送给我一个巨大而华丽的、镶有银饰的公羊头。这个令人垂涎的卡梅伦家族的传家之宝将随我一起回到新西兰。我深情地与她和欧维道别后，艾拉把我送到车站，悲伤地与我告别。想到此生或许再也无法与她们相见，我更加悲痛难忍。战争给我带来的考验之一就是人们可以迅速成为亲密无间的朋友，然后很快就不得不分道扬镳。

火车在下午五点十五分到达爱丁堡，我拐进车站想冲个澡。脱掉衣服时，我已经冻得浑身发青，瑟瑟发抖，但我惊恐地发现，淋在皮肤上的水是冰冷的。

格雷灵厄姆悬崖农场的家人们一如既往地对我表示热烈欢迎。尽管姑妈和姑父的身体已大不如前，但整整一个星期里，我仍然享受着二老的宠爱。这里的猪肉馅饼和火腿依然天下无敌，丰盛的晚餐加美酒对一名战士来说无疑是最好的犒赏。

我到达农场之前，就已有 20 封信转发到这里，还有一包工资簿在等待着我。安妮·麦凯护士给我寄来一封令人心碎的信，我从中得知了令人震惊的消息——她弟弟埃里克已在去年 10 月 23 日的行动中丧生。我对这位亲爱的女子深表同情，她是那么的善良，那么的善解人意。

可怕的离别时刻还是到来了，我柔肠百转，悲伤欲绝。姑妈反复叮咛，依依不舍。我从姑父的脸色可以看出他的难过。粗犷的外表掩盖了他如羔羊一般细腻温柔的内心。罗斯和埃塞尔去送站，我在站台上再次与她们依依惜别。

我去了格林斯比，想短暂拜访一下罗布·里格尔表哥。他看起来像个巨人，赶着豪华的轻便马车来接我，拉车的是他最好的骏马。我们驱车穿过他家广袤而欣欣向荣的农场，来到他的宅邸。他可爱的妻子杰西立刻赢得了我的好感。从外表和举止来看，她像极了艾薇·纽曼。他们夫妇及两个可爱的小女儿点亮了我的生活。他们对我一再挽留，根本不理会我要在下午赶到斯伯丁的打算。

没想到离开他们会使我如此难过。我亲了杰西的脸颊与她道别，然后同罗布和两个小女孩一起坐马车去车站。

伯莎·特拉福德堂妹到斯伯丁车站来接我，她比我上次见到时消瘦了许多。我很高兴能再次见到她。我对这位亲爱的女士评价很高，谁能娶到她真是好福气。

我们聊聊家常。艾美表妹正在成为真正的一家之主。她有移居新西兰的强烈愿望。家里好多人因为这场可怕的流感而倒下了。

在去银行上班之前，伯莎把一大份早餐送到我的房间里。我不习惯女孩子出去挣钱而自己却游手好闲，于是起床整理零七碎八的东西，并把日记妥善放好。

我赶上火车，准备给里格尔姑父一个惊喜。罗布也上了车，也打算“突然袭击”，探望一下父亲。看到我们两个人，亲爱的姑父喜出望外。他是最棒的老人，战胜了那么多的苦难与悲伤，堪为我们的表率。晚上，他一直陪着我们，和大家一起插科打诨，参与所有消遣活动，享受着天伦之乐。

多丽丝染上流感，病倒了，在下面的小屋里养病。米妮在伯明翰照看另一个病倒的妹妹。全家人为此忧心忡忡。

我和罗布住在同一个房间里，聊着男人之间可以聊的各种话题，一连几个小时。他真的很可亲，是我最好的表兄弟。

这些亲人牵动着我的心。星期一，在离别时刻，姑父实事求是地说出了让人揪心的话：这将是我最后一次见到他。

永别了，我挚爱的亲人们。

初到伦敦就让我体会了社会险恶。我在科拉姆街6号的一家私人酒店订了一张单人床位。仅仅是住宿和早餐，意大利老板就宰了我整整8先令6便士。

我从查斯贝克商场取回做好的西装。我让卡特·帕蒂森通用运输公司将我的箱子装上第一班货船运往新西兰。仓库工人把我的名字和地址用很大的字体印在每件东西上，我为这些货物投保了100英镑。日记被包在防水材料里，藏在衣服中间。苏格兰大公羊头被单独安放在一个盒子里。

忙完这些事情，我去新西兰俱乐部和鲍勃·沃克共进午餐。关于回家船只的问题，我收到些不太好的消息。由于缺少船只，加上造船工人罢工，登船计划一团糟。我听说我们的老军舰“怀特玛塔”号被鱼雷击中，已葬身海底。

一切都已准备就绪，我坐公共汽车去“圣乔治之家”。罗茜还是一如既往的可爱。晚上，我们一起去看电影，享受一段难得的时光，互相取笑逗乐。

在去公共汽车站的路上，我试着向她表达我的感情。我一直想探听出来她的心思。她是一个非常善良、聪明的女孩，一直让我朝思暮想。我回新西兰的行程都已安排好了。我只希望以另一种身份更加名正言顺地融入她的家庭。

我不能一直强人所难。喝完茶，我和伦肯夫人及三个女孩吻别，她们都流下了泪水。伦肯先生陪我走到电车站，又谈了几句。他握了握我的手，我们就此别过了。

正在伦敦四处闲逛，我碰巧遇见了先锋营的卡罗利亚·金基。一起吃午饭时，他告诉我他决定留在英国。军人教育计划对他来说是一大福音，一旦他在马可尼大厦完成无线电报课程，他就可以立刻退伍，到一家英国公司就业，这是事前承诺好的。我祝他好运。

我挨家挨户地寻找新住所，被推荐到约克路附近的曼纳斯街 1 号。按响门铃后，一位非常漂亮聪明的女士过来应门。她立即毫不客气地训了我一通。她没有假装彬彬有礼，而是开门见山，直言不讳。她解释说她对房客有很高的期望，还介绍了入住规则，尤其是士兵需要遵守的规矩。我喜欢她的说话方式，对各种规则欣然接受。她的收费是合理的，但她坚持要我提前一周付清。

我在昏暗的光线下读书写字有些困难。在米尔班克，我用样品眼镜测试了视力。天哪，效果立竿见影。我订购了一副特制眼镜。

周六，所有的交通都已停止。人们成群结队地聚集在特拉法加广场，对即将举行的胜利大游行翘首以盼。伦敦人一定是倾巢而出，成千上万的人聚集在街道上、窗户边和阳台上。

我在河岸街发现了一处有利地势，一个可爱的女子辅助队女孩骑在我的肩膀上。在热烈的欢呼声中，威尔士亲王骑着骏马走在皇家御林军的前列，随后是威尔士卫队、爱尔兰卫队和苏格兰卫队，被花环装点的国旗猎猎飘扬。每个营后面都跟着退伍老兵和军官。人群向载满伤员的卡车发出高声喝彩。到处散落着人们抛给军人的礼物，有半克朗银币，还有很多香烟。

夜晚的城市十分热闹，每个角落都有情侣在卿卿我我。见此情景，我越发想念罗茜，决定早点回到住处。

成千上万的失业者在伦敦四处游荡，等待工作机会的出现。在这一周的剩余时间里，我感觉自己也是其中一员，漫无目的地踯躅，想找点事做来填充空虚的一天，使我不再思考人生。我在去过的景点闲逛，在体育馆观看杂技表演和猴子表演。

伦敦人竭力让我们振作起来。国际基督教青年会发出更多邀请。在这些善良、体贴的英国人的家中，我度过了一段快乐的时光，结识了新朋友。

每一天都是那样漫长。我经常去新西兰俱乐部，和士兵们借酒消愁，他们也在百无聊赖地等待归船。

澳大利亚人真是好得没话说，可以说是最好的伙计。他们的幽默和个性总能让我心情愉快。在俱乐部，杰克·劳斯告诉我一个不幸的消息，可怜的哈里·钱伯斯死于流感。

狂风暴雪侵袭了伦敦。终于风驻雪歇，却又浓雾锁城。街上一整天都死气沉沉的，路灯从早上一直亮到夜里。

我一直在热切地期盼着新西兰队在特威肯汉姆对阵南非队的足球比赛。我本来约好去试戴新眼镜的，但一再被敷衍糊弄，结果错过了火车。去看球赛的想法就此作罢。

基地邮局有一封妈妈的来信，还有一封德国朋友们的信，里面夹着一张照片，我很开心。收到来信使我稍稍振作起来，之后又使我更深地陷入孤独的泥潭。无所事事是很可怕的，会驱使人去纵酒。我思念雷，思念家人，思念罗茜。如果情况继续恶化下去，我想我会把自己的脑袋炸飞的。

35

上校和一段情缘

1919年4月3日

乘坐运兵专列返回营地的旅程枯燥乏味，他们看到我早早回去颇感惊讶。发了毯子，我很快就在6号营地22号宿舍安顿下来，在那里过了夜。房间里条件非常简陋，所有的床板和支架都已被拆除。

这里乏善可陈。我以为情况能稍有改观，但很快希望就破灭了。营地变得更加混乱、肮脏、毫无纪律性。有些宿舍非常脏，很久没有打扫过了。成千上万的士兵百无聊赖地晃来晃去。他们和我在法国时所认识的战士已经判若两人。现在的他们无精打采，弯腰弓背，双手插在口袋里四处游荡。我不在的时候，一群不满现状的家伙暴乱了，都是由生活的不确定性造成的。

赌博十分盛行 。但凡有人聚集的地方，就有人玩“皇冠与锚”和“猜硬币正反面”的游戏。中士餐厅的伙食竟然出奇地好。我的老朋友米尔斯已经晋升为中士，目前也在这里，正好跟我做伴，两个人总是聊得很投机。我经常能见到艾薇的哥哥杰夫，这个可怜的家伙痛风很严重，痛苦不堪。

我、斯坦·哈顿和鲍勃·沃克一起参加了自由教会的礼拜。结束后，三个人四处走走。和老战友在这里待上几个星期对我来说没什么坏处。他们能让我振作起来，使我想起曾经的经历比这恶劣多了。一回到新西兰，我们就会各奔东西，可能再也没有机会重聚。

帕特·弗利、博弗伊和几个小伙子一起来找我喝啤酒，我差点儿没认出来他们。1916 年时他们还是孩子，现在都成了男子汉。帕特很了不起，为自己赢得了一枚军功章。我尊敬的老朋友杰克·戴维森失踪了，他因休假逾期未归而被关进监狱。

在伦敦休假时，鲍勃·沃克带我去了位于戈登广场的新西兰 WCA 旅社去见他的新未婚妻，一个可爱的北岛女孩。我不想妨碍他们，就到国王十字街附近散步。

我与玛格丽特约好见面，她是我在一次家庭聚会上认识的。我们相谈甚欢，我很高兴她同意进一步发展我们的关系。

我顶着春分的狂风，来到亚历山德拉皇后医院取新眼镜，但其怪异程度令我震惊。经过一番争论，我付钱给下士，让他做不少修改。

经过四处寻找，我终于在圣乔治酒店订上一间房间。怀着激动的心情，我和鲍勃坐上了拥挤的电车，去特威肯纳姆观看南非队与英国队的军队足球大战。配合默契的英国队以 21∶12 的比分击败了一盘散沙的对手。这对两千多名观众来说是一场视觉盛宴，其中包括两位受人爱戴的王子，专程前来为英国队喝彩助威。

晚上，我痛快彻底地洗了个澡，然后去科拉姆街见玛格丽特。我们先散了一会儿步，然后她邀我去她位于维多利亚的酒店私人住所。是夜，我们极尽缠绵。清早我心情愉快地醒来，阳光明媚，我们小小放松了一下。玛格丽特是个极其可爱的女人，对我真的太好了。我很快就喜欢上了她，一个与众不同的女孩。我想是她拯救了我。

美美地吃了早餐，我去了罗素广场的士兵诊所，还遇到几个熟人，那里都在做些杀菌预防措施。

我的小可爱带我去牛津街的弗莱明餐厅吃了一顿

丰盛的午餐，之后我们漫游在邱园，度过这一天余下的时光。虽然不是一年中最美的光景，但有玛格丽特亲昵地挽着我的手臂，浪漫的百亩皇家植物园堪称完美。我们穿过一个巨大的穹顶玻璃温室，里面种植着一片奇异的热带丛林。在蕨类植物园里，我们发现了被精心打理的新西兰独有的蕨类植物和剑叶朱蕉，都长得郁郁葱葱。盆栽区绚丽多彩的杜鹃花和来自世界各地的奇花异草让我目不暇接。

这个美丽的地方和这个亲爱的女孩都让我神魂颠倒，我们一直盘桓到关门时间，然后在附近的一家咖啡馆外面的草坪上喝下午茶，就像巴黎人那么浪漫。

我们徜徉在美丽的泰晤士河岸边，停下来观赏数支赛艇队滑过水面，动作是那样精准整齐。眼看着天要下起雨来，我们急忙回到她的住处，吃了点晚餐，就上床睡觉了。她是一个多么漂亮、整洁的好女孩啊，可惜我就要回家了。这是一个糟糕的世界，我们最终都将负重前行。

我们在八点三十分开始吃早餐，然后收拾一下，买了点东西，赶上 25 路巴士去南安普顿街。令人难过的是，我将不得不向这个可爱的女人说再见。她是那么温柔、有女人味、惹人喜爱。如果我的家就在这里，我会立即娶她为妻。

现在已是大雨如注，我又变成了孤身一人，黯然踯躅到新西兰俱乐部等候室。

最终我在晚上八点半回到营地，在救世军那里随便找了点吃的，然后早早上床睡觉。我感到身心俱疲。离开亲爱的女孩令我怅然若失，不知未来是否还能重访伦敦。想着，想着，我入睡了。

我缝补好衣服上的破洞，然后找到鲍勃·沃克和斯坦·哈顿，一起去了汤米镇，又去布尔福德村散步。我们看到希德·维纳尔在他家外面的菜园里干活儿。希德真是好命，能娶到一个这么美妙而真诚的女人。他在这里的陆军后勤部队有一份不错的工作。我们沉迷于黑玛利亚扑克牌游戏，玩得不亦乐乎，直到午夜才离开。

橄榄球比赛的新闻被张贴出来，新西兰队夺得国王挑战杯冠军。我们球队中大部分是士兵，击败了大部分由军官组成的英格兰队，值得好好庆祝一下。

我决定在走之前去别的地方转转，最好的办法是继续请假，现在基地对待我们的政策似乎是悉听尊便。由于无法决定到底去哪里，我最终还是留在了营地。明天是耶稣受难日，没有火车开行。

耶稣受难日这一天很热，空气中弥漫着春天的气息。营地里空空荡荡，一些人在附近等待着教堂游行开始。最终我们的队伍走得七零八落，游行乱得一塌糊涂。

我收到一封信，打开信后，不禁十分惊讶。原来是库克夫人邀请我去德文郡的乡间别墅与她和丈夫上校先生共度复活节。这是我无法推辞的邀请。在一次郊游中，我和库克夫人在做游戏时是默契的搭档。

早上，我仅够时间去取上兵饷，然后急忙去赶火车。索尔兹伯里车站洋溢着节日的气氛，每个人都盛装打扮，喜气洋洋。车厢里挤满了孩子、野餐篮和行李箱。我身边的一位女士像喜剧演员一样让车厢里笑声不断。

我在最后一次转车后坐上了通往海米克的支线列车，到达了目的地。我来到一个古朴的小山村。村民用轻快的语调给我指路，这口音让我恍惚间感觉不像是在英格兰。

一位衣着考究的尊贵的绅士向我微笑致意。原来他就是库克上校，结束了捕鱼探险之旅，正好回家。他带我去卡姆·戴维村舍，我跟着这位职业军人风风火火地阔步前进。

库克夫人在门口迎接我们，微笑着向我问候，并亲吻了她的丈夫。洗澡水已准备好，豪华的铜浴缸里，热水快溢出来了，我无比惬意地泡了个澡。

我立刻如醉如痴地爱上了这里。这座茅草屋有400多年的历史，里面的橡木家具非常精美。外面，美丽的花园中色彩缤纷的花朵群芳争艳。一道月桂树篱、一棵丁香树和爬满石头墙的爬山虎为本已醉人的景致更添韵味。可爱的仆人房建在草坪之间。放眼望去，小村庄风光旖旎，幽谷中的块块农田错落有致。碧野中点缀着牛棚和褐色的奶牛。乡间小巷是一幅开满野花的图画，报春花、紫罗兰和菊花竞相绽放。泉水涓涓，溪水潺潺，流向山谷中的库姆河。一座小小的山脊遮挡了北风，最近的邻居离我们有600码远。

我默默许愿，一旦安定下来，我一定要拥有一处如这里一般安逸的地方，那样我就称心如意了。

晚餐共有4道菜，从烹饪精美的新鲜鳟鱼开始。我对这样的规格感到一丝惊慌，好在妈妈教我在这种情况下要彬彬有礼、灵活变通、见机行事。这顿精美的晚餐以姜饼作为完美的结束，然后我们转战到休息室品酒。喝着勃艮第红酒，我感到心满意足。

库克夫人善于交际，能说会道。上校将其在印度30年的军旅生涯娓娓道来，他的故事充满人生智慧，引人入胜。他阐述了自己发表的著作，对席卷全国的“唯灵论”浪潮进行了猛烈抨击。十点后，我们喝了几杯睡前威士忌，然后我回到我那间古雅的小房间，弯腰穿过老式低矮的门口，开心地倒在一张真正的床上，舒服极了。

我睡了个懒觉，女仆进来拉开窗帘，让我感到受宠若惊，十分尴尬。她拿来一盆热水供我洗漱，把房间收拾得整整齐齐。我起了床，喝着咖啡，享受着有三道菜的奢华早餐。

在花园里吸完烟之后，上校带我徜徉在历史悠久的库姆·戴维教堂。这座教堂建于 1200 年，一棵枝繁叶茂的古杉树荫蔽着这座小小的古刹，古时候的自耕农取树上的木头制作弯弓。

星期一，一封电报被送到小屋，召我即刻归队。

我们三人徒步到达海拔约 1000 英尺的高原。灌木丛、蕨类植物和石楠漫山遍野，再次让我想起了亲爱的新西兰。现在我对它朝思暮想。

早上，女佣将我唤醒，最后一次在早上七点吃了早餐后，我就上路了。

在埃克塞特等车时，我逛了几家二手书店，买了两本莎士比亚的作品，打算在返乡之旅中慢慢品读。

直到凌晨一点三十分我才回到宿舍，正好赶上一个五大三粗、长相难看的陆军后勤部的人躺在我的铺位上。我很生气，在半夜三更跟他狠狠地吵了一架。我把他扫地出门，自己躺在了地铺上。

1919年4月23日

我和一张张熟悉的面孔接受检阅。“魏玛娜”号点名了，我在离开人员名单上。距离5月9日，还有两个多星期。

一切如常。我收到格雷下士寄给我的眼镜，对他修改的效果感到满意。

澳新兵团日的庆祝仪式使军队组织恢复了以往的效率。我们行进到基督教青年会的音乐厅，在那里，小伙子们在短暂而感人的礼拜上严肃认真。那些倒在战场上的战友被致以崇高的敬意。我们的心中又充满悲恸，为倒下的战友黯然落泪。我想起了弟弟被安葬在比利时土地上的那片小小的安息之所。

一场盛大的足球比赛即将到来——新西兰队对阵联队。早晨，暴风雪迎面而来，雨水夹杂雪和冰雹砸在地面上。猛烈刺骨的北风使人更加绝望，仿佛一夜之间又回到了冬天。

比赛前，太阳喷薄而出，给人一种虚假的安全感，结果我和鲍勃·沃克在维多利亚公园前遭遇了一场突如其来的大暴雨。

我们的战士们轻取对手，点燃了我们的自豪感。新西兰士兵涌进足球场，占据了场地进行疯狂庆祝，那里顿时成了军帽和头巾的海洋。

回到营地后，我取上邮件，惊讶地发现有一封罗伯·里格尔妻子的来信，我把它留到最后才读。我的好朋友，魁梧的大表哥罗布，不幸死于流感。我为可怜的姑父和他亲爱的家人感到心痛。我深深地同情杰斯和他们的两个可爱女儿。我上次见到罗伯时，他还是那么兴高采烈，身强体健。真的，我们总是活在死亡的阴影里，无法摆脱。

斯坦·海顿和鲍勃·沃克把我拖到加里森剧院观看巡回演出《标题》。一先令花得值。这些才华横溢的表演者辛苦造访布尔福德，丰富了我们乏味的生活。用来对抗流感的强力消毒剂每隔一段时间就会被喷洒在我们身上。这残酷的现实提醒我们，我们仍然身在军营。

演出结束后，我和一个女孩共进晚餐，聊得不错。她每年有 1800 英镑的遗产。我不知道自己为什么要只身回家。在新西兰我永远不会有同样的机会，也不知道艾薇·纽曼对未来有什么打算。

在伦敦胜利阅兵式当天，我们全部在早上七点十五分登上了开往滑铁卢车站的运兵专列。

再次全神贯注地行进让我恢复了生机。在白金汉宫，我们向皇宫冷溪近卫团致敬。有趣的是，其中一名卫兵的步枪倾斜了，另一名卫兵错误地出示了武器，这对英国军队来说都是严重失误。

在宪法山[1]路上，大理石拱门附近，我们跟在数千名加拿大和澳大利亚军人之后，准备临时扎营。我们停下脚步，把武器和装备堆放在一起，然后挤在帐篷下面，享用一份被精心打包的午餐，以及一品脱淡啤酒。

十二点四十五分，长官们出手控制局面，因为场面实在是混乱不堪了，像打仗一样。

我们的队伍排在英姿飒爽、全副武装的苏格兰军队的前面。4 营鼓手的击鼓声铿锵有力，仿佛在参加斧头狂欢节。城市里到处彩旗招展，数万名兴高采烈的观众从海德公园穿过伦敦的主要街道为我们加油。14000 名小学生大声欢呼，挥舞着手中的旗帜。

白金汉宫大门敞开，柱子之间露出一座高台，端坐在上面的是来自许多国家功勋卓著的军官，正中央是国王和王室成员。站在前排的有温斯顿·丘吉尔，他身着大臣礼服，还有几位将军，包括道格拉斯·黑

1　伦敦的宪法山（Constitution Hill），是伦敦威斯敏斯特市的一条路。它从东到西连接了白金汉宫广场到海德公园角惠灵顿拱门，在白金汉宫花园和绿色公园中间穿过，是一条不通汽车，只适合皇家骑兵跑马的沙石路面，形成一条从皇宫到海德公园举行各种官方仪式的路线。惠灵顿拱门在这条路的西头。

格爵士、普卢默、罗林森、伯德伍德等。就连年迈的、拥有维多利亚十字勋章的士兵迪格顿·普罗宾将军也拄着拐杖站在这里。一群技艺高超的加拿大飞行员开着战斗机，俯冲而来，呼啸而过。真是让人大开眼界。

我们的战士精神抖擞地走过，接受着人们的阵阵欢呼。大家气宇轩昂地一直走到白厅，在那里要停留10分钟。让群众感到很有趣的是，这些军人还是一贯的做派，一大群人直接坐在了马路当中。

一束束水仙花和一包包香烟从马路两边的窗户飞来。有些士兵们坐在晃晃悠悠的脚蹬上，有的倚着灯柱、雕像、树干或他们能找到的任何东西。在河岸街，派对才算真正开始。澳大利亚人在沿途警察的密切注视下，为我们鼓掌欢呼，四处响起我们步枪旅的绰号“老丁克”。

在杨格准将检阅完最后一支队伍后，步枪被装上了一辆卡车，我们就解散了，去公园里喝茶。大家都已汗流浃背，脚痛难忍，但这一切都是值得的，因为这将是一段难忘的经历。

军人们被带到彼得街的一家俱乐部，庆祝他们的重要日子。我偷偷溜到罗素街地铁站等候小玛格丽特。她来了，我们之间还是那么默契，我感到非常欣慰。我们前往圣乔治酒店，我在那里订了一个房间。老板们现在已经习惯士兵带着女朋友了，也欢迎我们住在那里。

我们度过了一个非常愉快的夜晚，睡得很好。中午，我穿好衣服，到罗素广场做常规杀菌。我们在牛津街的弗莱明餐厅享用了一顿愉快的午餐，然后坐在一个很棒的敞篷观光巴士上，前往埃平森林。

我们漫步在古老的森林里，在湖畔的草地上嬉戏，在草坪上采摘樱草和野生紫罗兰，然后在宁静的茶馆中用餐，与我的爱人一起度过极其曼妙的一天。

在温莎堡稍作逗留时，我们发现一群人正在猛灌啤酒，就像离开酒不能活一样。这个地方到处都是新西兰士兵，他们的所作所为会让我们国家的女性感到恐惧。

我们再次共度良宵，并在早上享用美味的早餐。离开时，老板娘欢迎我们下次光临。我逐渐意识到，我真的要最后一次说再见了。

我们的分别异常艰难。我抱着我可爱的女孩，直至最后一刻才从站台登上已经开动的火车。

我因擅离职守和缺席游行而受到批评。副官声色俱厉，逼我承认去过伦敦。我使出浑身解数，假装我一直在布尔福德。他终于冷静下来，告诉我，我将在回家的海上旅程中担任准尉副官，负责惠灵顿分队。

1919年5月7日

700人参加了检阅，一群粗犷的小伙子。指挥官检查了我们远航需要的物品、工资簿和身份证。

1919年5月9日

最后一次点名。行李在晚上七点之前都已准备就绪，明天一早就要出发。我收到最后一封来信。亲爱的玛格丽特给我寄了一包香烟和巧克力。包裹在纸条里的是一张她自己可爱的签名照片。

在餐厅里，大家都在豪饮啤酒——花上几个小时来追忆往昔，庆祝好运。午夜的钟声敲响，我踉跄着回去取上行李和大衣。

1919年5月10日

出发的时间到了。午夜起床，之后就是早餐。人们被召集起来，有些人醉得一塌糊涂。第二支奥克兰军乐队带领这群乌合之众赶往布尔福德铁路侧线。

36 返航

登上“魏玛娜”号，我们凝望着蒂尔伯里港。没有人在离开朋友和爱人时内心不会阴云密布。人们没有意识到这是我们最后一次踏上英格兰的土地。尽管在此经历过考验，但对我而言伦敦一直是座快乐的城市，有我需要的种种欢愉。我将把英格兰人民的情谊和对英格兰的记忆永远珍藏。事实上，在这场战争的大部分时间中，是她让我活了下来。

一名消防员在码头上丧生，延误了我们启程的时间。在上午的晚些时候，我们已经驶过平滑如镜的泰晤士河，投下了最后一封信，在托基与导航员道了别，就此驶入雾气茫茫的大西洋。

副官详尽介绍了我负责的警务工作。我现在是船上的宪兵军士长。这是一份相当糟糕的差事，有

50名军事警察归我管理，但好处是我有舒服的卧铺，比士兵们强多了。他们处境艰难，在拥挤不堪的船舱里挤在吊床上，真是糟透了。到达热带地区时，他们会非常受罪的。有人从1700名士兵身上赚了大钱，头等舱一个床位40英镑，二等舱30英镑，普通舱17英镑。

大西洋汹涌的海水使船只摇摇晃晃，几百人晕了船，毫无食欲。我的运气不错，虽然有点头昏脑涨，但胃口大开。由于这么多人晕船，餐厅里上好的食物绰绰有余。

我们这艘万吨巨轮在战争中一直服役，从新西兰运送了部分主力部队后，还运送了加拿大和美国的士兵。现在，它满载着瓦楞铁皮、士兵和一位妻子返航。没有一匹战马返回。船上还载有大量的金子——一箱箱金币被锁在下层巨大的铁柜里。我在弹药库里闲逛，惊讶地发现了大量的弹药和轻型深水炸弹，随时可用。

船上的生活使我每天懒懒散散、无精打采，只想吃饭和睡觉，没有心思去管理那些伙计。

乐队动听的音乐让我有了活力。远离外面的世界，任何音乐在这里听起来都是那么的悦耳。我们没有比较，没有忧虑，没有考验，也没有诱惑。我明白了为什么有人建议通过海上旅行来放松心情。

纸牌游戏吸引了我，我的牌技越来越好。我和弗雷德·济慈搭档参加了竞叫桥牌比赛。船上的声乐天才被挖掘出来，他们有着优越的嗓音，每晚在钢琴的伴奏下演唱。

我开始讨厌这份吃力不讨好的工作。陪同长官们巡视时，我让士兵们起立、立正，而这完全没有必要，后来听说他们非常反对这种愚蠢的形式主义。我不得不追捕一名海员，把他带到船长面前。我目睹这个老人像条恶犬一样扑向那个可怜的家伙。

寒冷和频繁的恶劣天气在士兵中散播一种不安和阴郁的情绪。封好了舱口，这艘坚固的老船在每一次风浪的冲击下嘎吱作响。由于奉命只能待在甲板下方，这群人把船舱变成了空气不流通、气味难闻的地方，让人无法忍受。尽管如此，我相信多年后，当我们回顾此次返乡之旅时，依然会津津乐道。

我仍然为自己未能带回一位妻子而感到遗憾，为自己的愚蠢感到懊恼。已婚男人比像我这样的单身男人更容易安顿下来。天晓得我该如何定下心来。我已经与当年的我截然不同，这段经历将永远伴随着我。写日记对我来说一直是种慰藉，只是不知未来它们是否还会被翻开。

在没有牧师的情况下，天主教兄弟会开始举办周日教堂的礼拜仪式，吸引了所有教派的大批信徒。为了打发无聊的时间，也为了解决纪律松弛的问题，长官们组织了各种游戏、运动和消遣活动。拳击和摔跤比赛总能吸引更多的观众而不是选手。也有舞会，乐队提供舞曲。小伙子们来了兴致，兴高采烈地争论着由谁来做女舞伴。

1919年5月21日

现在已驶入加勒比海海域，天气炎热，阳光给人带来健康向上和生机勃勃的感觉。小伙子们都晒得黝黑。太阳的威力迅速增强，我们经常被汗水浸湿。猛烈的热带暴雨突如其来，然后一如来时那样迅速地退去。帆布遮阳篷被草草地搭了起来，使我们的船看起来像曾经活跃在这片水域的海盗船。

1919年5月28日

今天是个重要的日子。令人难忘的朝阳照亮了巴拿马科隆港里许多悬挂美国国旗的船只。士兵们出现在甲板上，看到这样的情景激动得发疯。为了能“惊艳亮相”，大家急忙梳洗打扮，万一能下船呢？我们悬挂黄色旗帜，表示有人生病。船上有几例麻疹和腮腺炎病例，我们在港口医疗机构检查时紧张得屏住了呼吸。

当地人上了船，个个健壮、肌肉发达、皮肤黝黑。他们接管了船只，打开所有的检查井和煤仓盖，最终批准我们上岸。1700 人逐个踩着单列跳板缓慢地下了船，与此同时，肮脏的煤尘从一台台运煤升降机上喷洒出来。

在椰子树、芒果树和香蕉树下漫步到科隆市，我们呼吸着馥郁芬芳的花香，欣赏着郁郁葱葱的绿色植被。攀缘植物到处蔓延，覆盖了岩石及其前进路线上的一切。巨大的陆地螃蟹在人们的步履中间慌忙逃窜。

镇上到处都是衣着考究的快乐的当地人，还有几百名中国人和骄傲的牙买加人。为数不多的美国军警武装到了牙齿，趾高气扬地挥舞着可怕的警棍。到处都是婴儿，他们的母亲非常慈爱，眼睛闪闪发亮。两层木屋外的楼梯上晒着洗过的衣物，木屋群形成一个个整齐的正方形街区。

我在微风拂面的酒吧花园里喝着冰爽的啤酒，眼看着士兵们迅速地烂醉如泥。有些人只需经过一家酒吧，就基本“缴械投降”了。廉价的朗姆酒以两先令一瓶的价格大量售出，雪茄已经售罄了。

欧洲风格的美国基督教青年会里面十分宽敞，我们在此享用了午餐和美味的冰激凌，然后在酷暑中，基督教青年会的人带我们参观谢尔曼堡，领我们穿过兵营和炮台。美国部队在纪律方面更加自由和松弛，允许我们拍照，想看什么就看什么。炎热可以瓦解一切纪律。

穿过鹦鹉和螃蟹出没的茂密丛林，映入眼帘的是椰林、绿松石色的海水和洁白的沙滩，简直是人间天堂。所有的小伙子都脱光衣服，开始嬉水，然后在树荫下懒洋洋地吃着丛林里的美味水果。一个小男孩爬到树上摘椰子，并向我们展示如何钻一个洞来制作出异常清凉可口的饮料。我们被柔软的椰肉所吸引，惬意地坐在那里大快朵颐。

在“吉尔伯特之家”，美国红十字会盛情款待了新西兰人，然后我回到镇上与来自世界各地的人喝了几杯。一位美国商人说服我们随他去华盛顿酒店，那里十分凉爽。显然，黑人和美国人之间互相嫌恶。后者似乎从小就讨厌前者，在他们面前总是高高在上。

我很想留下来创业。这个宜人的国度仍处于起步阶段，机会无处不在。这一天过得非常愉快，犹如天堂里的美梦，我将永远难忘。

1919年5月29日

我们在六点起锚，领航员引导我们的船驶入巴拿马运河，经过风景秀丽的丛林和法国人留下的废弃钢铁。在加顿船闸，系在船身上的钢缆拖着船穿过巨大的闸门，进入一个大水池——像人工挖的鱼塘。我们身后的闸门锁了起来，水位上升。我们重复这个过程3次，然后缓慢地深入运河，现在是淡水区，高出海平面80多英尺。

佩德罗米格尔水道旁的悬崖在一处狭窄的地方高高耸立在我们的上方，意味着我们在数吨摇摇欲坠的岩石和泥土下方航行，这让我十分紧张。船长朝卧在泥泞的岸边晒太阳的两只巨鳄开了数枪。几只雄鹰翱翔在天空，我们听说美洲虎和猴子生活在悬崖另一边的丛林里。美国飞机持续在运河上空巡逻。

最后的米拉弗洛雷斯船闸将我们降到海平面高度，进入巴拿马城郊区的太平洋水域。一艘美国游艇的入水仪式正在附近进行，欢呼声一片，爵士乐队的表演和美丽女郎的舞蹈使我们兴致勃勃。红十字会的人上了船，送给我们成吨的香蕉、菠萝、椰子和一大堆报纸。

巴拿马运河举世闻名，是人类最伟大的工程奇迹之一。就要离开此地，此时我们赶上一场倾盆大雨。

温热的喜雨涤荡了甲板上可怕的煤尘，也把人们淋成了落汤鸡。大家索性拿来肥皂，在甲板上享受一把天然沐浴。许多人像我一样，身上长满了痱子，浑身都是红疹。

早晨，我们到了墨西哥，降雨仍在持续。此时海面波涛汹涌，海水呈晦暗的铁灰色。

两名美国偷渡者在科隆上了船，在第二天被发现了，很快成为大家关注的焦点。可以肯定的是，有些人一直在藏匿他们。科隆天气闷热潮湿，他们住不惯。

到了第三天，气温骤降引起了感冒。我头痛得厉害，感觉昏昏沉沉。医生怀疑我得了腮腺炎，让我住进隔离医院。我在“病房”时，轮船穿过了赤道。第二天我就出院了。

乐队在甲板上演奏，我们欣赏着被夕阳照亮了的从船头逃走的成群飞鱼。海面平静了一些，但船体仍在摇晃。左舷甲板总是很湿滑，不止我一个人滑倒。人们告诉我，一个锅炉出了问题。

所有中士列队来到一个餐厅，被要求签署一份声明，证明我们对食物十分满意。不消说，没有人签字。除了水果，我们的食物已经变成了一种无法形容的状态。

小偷小摸十分普遍，让我忙得焦头烂额。船上有一群有组织的盗贼和破坏者，战前就臭名昭著了。我们逮住一个人，发现他藏有一大堆赃物。我们惩治了他，然后把他送到上校那里接受军事法庭的审判。由于在科隆市出游时放浪形骸，有些人受到严厉惩罚，懊悔不已。

1919年6月8日

就在军事法庭开庭的时候，船剧烈地颠簸了一下，然后左摇右晃。所有应急设备都已开启，我们急忙赶到船尾甲板集合点。没人出来解释发生了什么，但大家都知道，海面风浪太大，情况可能不容乐观。

早晨风和日丽。大海像没有涟漪的小池塘，船身已经停止了摇晃。从巴拿马到新西兰，我们已完成了三分之二的航程。

刚吃完早餐，我发现远处有一个喷口。一头鲸鱼游弋在离船不到100米的地方，愉快地拍打着尾巴，完全没有意识到它的到来引起了人们的兴奋。它直奔轮船的方向游来，船长和大副都举起步枪射击。子弹四处飞溅，引得人们大呼“把它送到军事法庭”，然而我知道开枪是为了防止鲸鱼与船相撞，给这艘船造成危险。

拳击决赛在甲板上举行，结果是一场糟糕的表演。之后，甲板上的游戏和比赛逐渐精彩起来。在离甲板4英尺高的横杆上，两人拿枕头互相击打，几个回合下来看得人心潮澎湃。

后来，在第四次枕头大战中发生了一件可怕的事。两名选手同时被打下来，其中一个人很快又爬上了横杆，我们等待着第二个人也上去。医护人员带着毛巾赶到，开始人工呼吸。这名男子没有苏醒，他的生命宣告终结。我们目睹了他突然被夺走生命的瞬间，这让我感到震惊。这是和平时期，但此事再次证明，我们总是活在死亡的阴影里。我非常同情他的亲人，离家都那么近了……

船上笼罩着阴霾，比赛推迟了。穿越南回归线时，夜空晴朗无云，南十字星熠熠生辉。

1919年6月11日

一起床，我们就看到地平线上出现了一座小岛。我们的船直奔它驶去，一股海岸巨浪使厨房里发出哗啦啦的撞击声。前方几英里处，一座被绿树环绕的高大的哨兵山拔地而起。到八点时，嶙峋的红色悬崖和岛上的房屋已清晰可见。几艘船离开小岛，朝我们的方向划来。我们停下引擎，漂浮在原地等待小船的到来。

兴奋的士兵爬上索具，抢占有利地势迎接来访者。划船的人系泊时，已经累得气喘吁吁，小船在风浪中上下起伏。他们是著名的皮特凯恩岛民，是“邦蒂”号叛变者的后代，在我们看来像来自另一个世界的“怪兽”。三个女人看起来安静而矜持，困惑地打量着我们。有的男人穿着花格呢套装。戴巴拿马草帽似乎是一种时尚。

通过扩音器，我们船的大副询问岛上一切是否都好，还问他们想要什么。他们边比画边说了半天，表达了想寄出邮件并向我们出售水果和小饰品的愿望。

新鲜采摘的热带水果装在麻袋里，用绳子拖上了船。他们用蹩脚的英语和我们以物易物，但他们彼此之间说自己的语言。所有的水果都以便宜的价格卖光了，还有贝壳和小饰品，但贵一点的船只模型却无人问津。他们中的一个人似乎非常渴望换到一台留声机，而我们给了他们书籍、报纸和期刊。

一个士兵挤到前面，在船舷边兴奋地和他们聊天。他出生在这座岛上，但小时候就和父亲离开了。岛民大声回应着，提到莱昂纳德和麦考伊两家很多人的名字，还极力劝说这个士兵和他们一起回去。

船长下令解缆，小船退到了船尾。我们走不远就掉头了，因为一名偷渡者悄悄爬上了船。小船也以最快的速度向我们的方向划来，一位激动的长者要求我们将潜逃者扔下船。他们对那个想抛弃他们的人十分粗暴。他很快就安全地滑下了绳索，随后滑下来的音乐唱片和留声机挽救了他的声誉。他们的心情由阴转晴，转而向捐赠这些礼物的基督教青年会男子大声欢呼。令我们惊喜的是，他们以优美的和声唱起了感恩赞歌。

在看不到陆地的地方，我们为二等兵坎贝尔举行了葬礼。他的遗体连同几根粗铁棒被缝在帆布里，然后用英国国旗包裹。来自瓦伊库的斯金纳神父主持着令人动容的礼拜，坎贝尔的同排战友们为神父充当了仪仗队。他们将遗体从左舷降到海里，溅起了水花。我们看到它朝着安息之地沉没，怀念起所有逝去的人。这是我第一次在海上参加葬礼，希望也是最后一次。

乐队在晚上举办了一场美妙的音乐会，我们的心情好了一些。

1919年6月12日

今天是新西兰时间的星期五。随着白昼渐短，天空变得灰蒙蒙的，我们感受到冬天的逼近。昨晚我第一次盖上了毯子。我们的船在惊涛骇浪中剧烈颠簸。

我们走啊走啊，日子一天天过去，离新西兰还有两千英里的路程。

我厌倦了竞叫桥牌。牙医又给我拔了一颗牙。

三天里，海上浊浪排空，风狂雨骤。为了安全起见，所有舷窗都得到加固。海浪一会儿把船掀起，一会儿又左右摇晃。前一秒船头朝天，下一秒又冲向海底。这是我们所见过的最大的风浪，海水漫过了甲板。餐具随处滑动，我们从座位上摔下来。就在我准备上床睡觉的时候，混乱接踵而来。船体突然发生45度倾斜。甲板上沉重的设备挣脱了束缚，左右滑动，剧烈翻滚，互相撞击。士兵们被从床上甩出来，行李纷纷从架子上掉了下来。散落的个人物品和香烟四处滚动。有传言称舵机暂时失灵，让人感觉我们的麻烦远远不止于此。

1919年6月15日

尽管强风在持续，但海浪平息了一些。信天翁出现在左舷船头，神气地随风翱翔。沙砾散落在甲板上，可以防止我们滑倒，我们踩在上面，还可以使甲板变干净。

我们在船上为各种竞赛优胜者举行了一个颁奖晚

会，随后是一场有趣的华尔兹比赛。一对先遣队“夫妇”被授予一等奖。

随着距离新西兰越来越近，我整天忙于警务，越发厌恶这份差事。弄清楚皮特凯恩岛民的两封信到底寄给谁让我煞费苦心。根据几条线索，终于“真相大白”。其中一封是由奥克兰霍普顿街贾奇夫人转交给杨格小姐的。

我逮捕了两个“赌王”中的一个，名叫奥布莱恩。我把他交到了军事法庭。美国偷渡者是另一个棘手的问题，可以看出许多士兵都十分同情他们，我们只得略施小计。中士命令他们到连队办公室，我和团军士长将他们一举拿下，关进了监狱。

我们从收音机里获得的第一条外部世界的消息并不乐观。德国不但断然拒绝签署和平条款，而且还向盟国提出要求，这让人忧心忡忡。去过德国以后，私以为这不会是我们与他们统治权力的最后一场战争。

有这么多人愿意回来真是太好了。几个月前，他们大声诅咒着军队生活，可是有些人从来没有在军队组织之外找到过任何工作。

1919年6月17日

从某种意义上说，这是激动人心的一天，我们每个人都收到了新西兰远征军的退伍通知书，将于1919年7月23日终止服役。我们获得了28天的特别假期及铁路通行证。大多数人都意识到，当兵的日子屈指可数了，但仍不确定什么时候到家。

1919年6月18日

我们的最后一大笔酬劳到手了，整整20英镑。高风险，高回报。

全员体检时，我就将来的医疗救助和受伤赔偿问题进行了咨询。有人告诉我，回新西兰后去理事会问吧，在那儿才有定论。

船上人声鼎沸。行囊被从货舱里拿出来，人们仔细擦洗，做着回家的准备。晚上，乐队举行了最后一次音乐会。

1919年6月20日

我们把时钟拨回到新西兰时间，然后默默等待。每个人都尽可能待在下面的船舱了。这一天昏天黑地地下着暴雨，海上刮起了飓风，海面再次掀起滔天巨浪。我们宿舍区入口处巨大而沉重的铁门第一次被加固、被牢牢地拧紧。这是漫长的一天，所有人都茫然无措。

1919年6月22日

这艘老船在汪洋中乘风破浪，每一次狂风暴雨都让其返航之旅愈加艰险。在甲板上接受检阅时，我们不得不躲避海水的来袭，需要全力以赴才能在风浪中保持站立。

尽管如此，我还从来没有听过人们这么兴奋地吹着口哨。宿舍区看起来像是在英国的赶集日，一片热热闹闹的景象，人们或者在打包衣服，或者擦洗东西。一些小伙子收到了家里的电报。对家的思念终于使全船的人都喜气洋洋，其乐融融。

二等兵克里顿给我看了他的维多利亚十字勋章，他刚刚擦拭完，闪闪发光。他有一块刻了字的手表，是布罗肯赫斯特士兵们送给他的。甘特公司为他的妻子特地复制了勋章，是原来尺寸的四分之一大小。

我感觉不舒服，而且身上一直很痒。我的腿因缺乏运动而酸痛无力。我是累坏了。

1919年6月23日

奥克兰现在近在咫尺，风浪已经平息，但晨雾和阵雨使我们看不见陆地。四点半，“居维叶”号驶过，离开了港口。终于，新西兰将我们拥入怀抱。

第一次世界大战，导致了1500万人死亡，2000万人受伤，其范围之广、伤亡之重，在当时前所未有。

一战期间，整个新西兰10%的人口在海外参与了战役，1.6万人死亡，4.1万人受伤。新西兰和澳大利亚将每年的4月25日定为『澳新军团日』，用于纪念在1915年加里波利登陆战中牺牲的士兵。

1939年9月1日

德国闪击波兰。第一次世界大战结束的21年后，第二次世界大战爆发。

第九部

战后之战

战争何时休？
胜利或拥有，
往事仍添忧。
自由可奢求？

——西塞尔·L.哈里森《战争何时休》

Part nine

37

定居

亚历克回到新西兰后，在近一年的时间里，他没有再提笔。他属于令人不安的一代年轻人，拥有超乎年龄的成熟和智慧。关于战争，他们言辞激烈，但只在脑海中回响，似乎从来只字不提。

作为亚历克的孙子，现在由我来讲述他的故事。小时候我们叫他“爷爷”。我出生时，他已经退休了，住处离我家不到十分钟的车程。我们的关系不是那么亲近，没有享受过那种我坐在他腿上一起读书，或者坐在一起喝茶的天伦之乐，所以在这里我就叫他亚历克吧。十岁左右的时候，我知道了他参加过战争。从阅读《突击队》系列漫画中，我对战争有了些许了解。在漫画中，主题都是英雄主义，好人总能战胜坏人，在故事中似乎战士们没有在险境中遭受什么苦难。

我是个粗犷的乡下男孩，在大自然中嬉戏，把感情抛向狂风和荒野。我罕见地悄然流过一滴眼泪，那还是在澳新军团日，我与6英尺高的父亲哈维一起站在特卡拉卡阵亡将士纪念碑前。他抽抽鼻子，我也那样，而当地毛利人则对着刻有死者名字的纪念碑大大方方地哭泣，其中包括亚历克弟弟的名字。我记得亚历克身着便装，胸前挂着一排不起眼的勋章，和其他一些人肩并肩地站在前面。我不明白为什么安息号会让我哽咽，也无法了解这位老人，我父亲的父亲，曾是一名年轻的士兵，多年前不得已与死神称兄道弟。

回到1919年，年轻的战士亚历克从“魏玛娜”号下了船，登上奥克兰码头，参加了一场小型的民间庆典，但与比利时街头香吻频飞的热烈场面截然不同。然后士兵们再次被带上火车，沿主干线向南行驶。亚历克和吉斯伯恩同乡转车前往内皮尔，在那里登上沿海渡船“阿拉胡拉”号回到吉斯伯恩。我的家人推测，在吉斯伯恩码头，他至少会投入伊娃和母亲的怀抱。种种伤痛必将涌上心头，欣慰的泪水也会肆意流淌。心爱的雷没有还乡，他们必然悲喜交加。他们先坐火车，然后骑马回家。在路上，他们有了闲暇，聊聊谁家添丁进口，谁家有人离世，农场里的家常，以及长大了的弟弟妹妹们的近况。

亚历克重新融入父母的生活——一切如常。在特拉福德山下，在山峦起伏的怀欧艾卡峡谷的一头，他在自家的丛林中奋力劳作，用斧头去砍、用横锯来锯，把一棵棵树放倒来开垦荒地，在每次播撒草籽后积极增加家畜的数量。手头忙不完的活计有助于他无暇回顾战争。

他的父亲阿瑟·哈维还是这片租借土地上的“老大”（很快，这里就变成军人安置[1]农场），但他患有风湿性心脏病，所以十分依赖儿子。他依然干劲十足，每天愉快地吹着口哨，蓝眼睛中闪烁着揶揄的光芒，坚忍地跟儿子一起辛勤劳作。母亲伊丽莎白身上流淌着苏格兰卡梅伦家族坚强的血液，在艰苦的丛林荒野中生机勃勃。

为了纪念他们的兄弟和儿子，农场被命名为雷溪。为弟弟的死亡和战争中的伤员所触动，伊娃不顾父亲的反对，开始在吉斯伯恩的库克医院接受护士培训。每次回家探亲时，门口写着农场名字的牌子都会让她热泪盈眶。

---

1 1915年在新西兰开始实施的《退伍军人安置法案》为第一次世界大战的退伍军人提供农场安置计划和职业培训。这里或许意指亚历克家原来租种的土地转为政府分配的军人安置土地。

并非所有定居下来的农场主都很富有。像特拉福德家这样的后来者被迫远离宜居的东部平原，来到穷乡僻壤的山区和边缘地带。从吉斯伯恩的服务中心才能了解如何进入怀欧艾卡峡谷。莫托拉火车沿着波弗蒂湾的平地行驶，然后以蜗牛的速度爬升500米，到达马塔怀的拓荒者锯木场。4个小时的火车之旅后，特拉福德家的人需要骑上马，在云遮雾绕的米塞里山下骑行，涉水或者游过莫图河，然后穿过特拉福德山上凶险的羊肠小道和峭壁悬崖，才终于到家——整整15公里。在看到家里的灯火之前，常常已经夜幕低垂、薄雾弥漫了。

1920年12月7日，在战后归来18个多月后，亚历克·特拉福德第一次去了吉斯伯恩。一天中他探访了几个朋友，办完与农场相关的一些杂事后，从可吸烟车厢登上返回莫托拉的火车，把装炸药的袋子扔在座位下，然后转身去了禁烟车厢。在火车驶离吉斯伯恩之前，乘客卡恩斯闻到了袋子焖燃发出的烟雾味道，以为只是小火情，就按一般情况处理，踏在上面，结果用他自己的话说就是，“爆了”。

亚历克的一包炸药意外地炸毁了车厢，现场一片火光、烟雾，十分混乱，好像战场，站台，甚至整个车站都发生了震动。6名伤者被当地警察紧急送往医院。

第二天，作为肇事者，他举起手低头认罪。他确确实实惹上了麻烦。按照士兵的习惯做法，通过火车运输炸药是行不通的。诉讼费、罚款和安置受害者等造成的经济困难将在未来几年一直困扰他。

尽管他想尽情拥抱这个偏僻的农场带来的美景和慰藉，一种黑暗的触须又阴险地侵入他的生活，对此他再熟悉不过了。他想竭力挣脱笼罩在战争阴影之下的艰难处境。他背着沉重的背包长途跋涉，铺开铁丝网搭起篱笆，在泥泞中赶着马车拉货，在丛林里睡在帆布中过夜。他用炸药炸开树桩，转运沉重的原木，用步枪和军刺一样的刀打猎，为餐桌增添一些肉食。峡谷中频繁的雷雨引发了雷击，被击倒和焚毁的树木一连几周冒着青烟，让人想起西线战场。

亚历克的朋友们记得“特拉夫”[1]是个“强悍的浑蛋”，但他过于敏感，不适合参战。现在，生活又搭起新的舞台，开始上演一系列紧张的战斗——与拮据做斗争，也与极力压抑的记忆和萦绕在心头的情绪做斗争。对手是无形的，却甚为强大。雷在他心头留下的缺口从未真正填补，在每一个雷逝世的周年纪念

1 特拉夫（Traff），应该是对特拉福德（Trafford）的简称或昵称。

日，他都会祭奠。

再次提笔，他在日记中隐晦地提到自己的沮丧和种种情绪：

我刚从奥蒙德回来，因腿伤住院3周——被马踢伤的。

我给纽曼兄弟送我的小狗洗了澡，怕是洗得太厉害了。这个可怜的小家伙痛苦不堪。我把他放在火炉旁的一个盒子里，估计无济于事。

早晨天寒地冻。午饭后突然刮起东北风，一场暴风雪夹杂着冰雹和雨雪席卷而来。

由于剪毛机失灵，今天下午没干成活儿。母羊看起来不错。由于恶劣的天气，今年很晚才做防蝇去毛[1]。饲料短缺，不知道这个冬天余下的日子该怎么过。

早晨寒冷、肃杀。大雪覆盖了山巅。

今天上午，我和罗素先生试了一下发动机，但没能启动，最后把汽化器送到吉斯伯恩进行检修。

我砍了一点柴火，干了一些零活儿，膝盖很快就

---

1 防蝇去毛（Crutch），饲养美利奴绵羊时，为减少粪尿污染，剪毛（Shearing）开始前3个月内，对羊只进行防蝇去毛处理，使粪污没有时间变成棕色或黑色。

开始疼痛，因为用力过多而肿胀了。

那只可怜的小狗昨晚死了，今天早上我把它埋了。我为这个无辜的小生命的逝去深感难过。

我用马驮着许多肉去了伐木工那里。看了他们干的活儿，我不太满意。干得不利落，留下不少树木。我责备了弗雷德·考文垂和索瑞几句。

他自己有活儿干，有生活目标，但能感受到其他退伍军人的痛苦——那些到处漂泊的人，四处寻找工作，逃避着锁在脑海深处关于战争的记忆；那些辛辛苦苦耕种土地、修建公路、铁路和房屋的人；那些结了婚的人，而他们的妻子却奇怪为什么丈夫像缓燃导火索一样；那些觉得政府匆忙签署了退伍文件，然后将他们弃之如敝帚的人。老人再次当权，在各董事会任职，掌管着工作面试，通常不会设身处地为退伍军人着想，也不了解他们的想法。

随着从父亲的肩头接过来家庭的重担，亚历克感受到战后经济萧条的恶劣影响，无助地看着羊毛价格下滑，直至作为一种毫无价值的商品跌到了谷底。最终，只剩下两名怀欧艾卡农场主坚守到底。

牛羊在恶劣的环境中死去。牛群越过边界，逃进丛林，变得异常凶猛。有些人掉下了悬崖，或被四处蔓延的图图树[1]毒死。

我朝一头上好的母牛开枪，但子弹卡住了，最后射杀了一头小肥牛，把它剥了皮，分割开，与营地的人分享。我们满载着牛肉和牛皮，走向营地。到达营地时已经漆黑一片，我们筋疲力尽、饥肠辘辘。这里真是避风的港湾！我浑身血污，在小溪里摔倒了，又湿又冷，比在战场上还惨。

在营地过夜，和营地的人聊了许久。佩塔夫人是营地里的一位毛利妇女，把我们照顾得很好，营地里干净整洁，我们都很满意。这种简单的生活比那种“浮华的”、疲于奔命的生活更好、更轻松。有些新西兰白人苦于应付那样的生活——多么愚蠢啊！

在羊肠小道上、道路施工现场、陡峭的悬崖和农场中造成的伤亡在怀欧艾卡定居区无处不在。受伤屡见不鲜，而且在远离医疗救助的情况下，死亡也时有发生。有一次，汤姆弟弟和亚历克一起去伐木现场，一根木头失控了，滚过来把汤姆撞昏过去。农场主和家人之间形成了一张散开的安全网，而且不仅仅是身

1　图图树（Tutu Trees），拉丁文为 *Coriaria Arborea*，中文名为树马桑，图图树是其别名，含羟基马桑毒素，服用可引起中毒。

体意义上的安全网。

莫莉·金今天来了。我送给她10先令作为礼物——我想这个可怜的女孩手头不太宽裕。只想表示我星期六不去舞会了——10先令应该足够了。

生活并不总是阴云密布。邻居们偶尔会在河边野餐，再加上聚会和舞会，都是令人愉快的消遣。他经常需要骑马去参加这样的活动，还会在朋友家过夜。由于有许多老兵在周围定居，马塔怀有了自己的退伍老兵协会，并派出一支由剽悍的乡村男子组成的橄榄球队参赛。

早起，和球队一起登上开往特卡拉卡的火车。

特卡拉卡酒店的老板很好，为两支球队准备了更衣室和浴室。一大群人观看比赛，特卡拉卡人非常热爱运动。我很享受比赛，但不幸的是，膝盖早早就被踢了一脚，又肿又痛。一场艰苦的比赛，我们以6：9输了。

早上，在回家的路上，几个熟识的小伙子拿出一盒煮好的小龙虾和啤酒，大家分而食之，一扫而光。

不再远隔重洋，他向艾薇·纽曼展开追求攻势——虽然道路曲折，但两个人中间的距离也只有“区区”70公里。

㊳ 家有贤妻

与艾薇共度一生的浪漫梦想让亚历克充满了希望和喜悦。约会、打网球、野餐；去奥蒙德，在艾薇家欣欣向荣的里弗福德农场参加社交晚会；艾薇偶尔来雷溪看他。这些都是调剂丛林生活的完美解药。

亚历克并不是唯一一个受到艾薇青睐的追求者。战争期间，她至少还给另外一名士兵写过信。亚历克需施展全部的个人魅力，才能让艾薇心甘情愿地在穷乡僻壤怀欧艾卡与他白头偕老。1919 年，艾薇失去了父亲；1920 年底，她 35 岁的哥哥伯特因马鞍疮导致血液中毒而倒下，继而身亡。亚历克完全能够感同身受，深切同情哀伤的一家人。他越来越频繁地造访奥蒙德，那里与峡谷生活对比鲜明。

星光璀璨之夜。我享受骑马回家的旅程，晚上十一点左右到家。这个短暂的假期非常愉快。希望今年能为我们带来更多惊喜。我求上帝助我喜结连理，使艾薇成为我的亲密爱人。

几天后，他在日记中写道："杰克·亚瑟回来了，带回了邮件。朝思暮想的那个人没有给我来信。我有点担心情况不妙。"

电线杆和电话线延伸到了特拉福德山，缓解了这里与世隔绝的状况，不需要再骑马走很远去借用邻居的电话。艾薇现通过特拉福德家的新电话号码 28K 与亚历克联络。但由于天气恶劣，线路经常出现故障。而且线路是共享的，没有隐私。"我想给艾薇打电话——运气不好——占着电话线的人们大喊大叫，说个不停。"在日记中，他开始用可爱的昵称"乐乐"（Joy）来称呼艾薇了。

由于担心火车爆炸事故可能导致被判入狱，而且他认为法官对一名已婚归国军人会宽大处理，所以亚历克低声下气地紧急向他的宝贝艾薇求婚。他们于 1921 年 6 月 28 日秘密结了婚。同年 10 月，他们在里弗福德农场举办了简单的婚礼，然后悄悄乘坐"阿拉胡拉"号去奥克兰度蜜月。大家在邻居塔克家的羊毛棚里为他们举行了惊喜派对，欢迎他们回到怀欧艾卡。一大群人冒着恶劣的天气、踩着泥泞的小路来到这里，挤满了派对场地，跳舞直到天明。

亚历克从未拥有过库克上校的卡姆·戴维村舍那样的房子，而是和父母同住一个屋檐下，家里仅有简单的家具，墙上钉着几根钉子。这对夫妇很快雇了一名当地男子，在他家小屋旁边又建造了一座小房子，并布置上放弃土地的邻居们不要的家具。

艾薇学会了与坚忍而慈爱的“苏格兰”婆婆和睦相处，也十分适应与丈夫一起开荒的丛林生活。她骑术精湛，与亚历克一起骑马。一天，两人准备把围栏材料送到夏普农场。他们正在往马背上放货，这时驮马突然开始尥蹶子，使得亚历克只得把满满的货物转移到他最喜欢骑的母马多莉的背上，骑上这个横冲直撞的家伙。多莉在特拉福德山上一处光秃秃的悬崖边滑倒，翻落到河床里，摔死了。

经过多年的勘测，小径开掘已经完成，道路建设开工了。艾薇受雇于公共工程部，被视为施工队的一分子，很受敬重。她负责驾驶一辆名为“汀丽兹”的T型福特汽车，运送修路工人和物资。这是一项危险的工作。工人们手持撬棍守在悬崖最狭窄的部分，如果汽车发生侧滑，就把它抬回到坚实的地面。她开车涉水穿越小溪，驶上临时铺设的两块木板通过冲蚀区域。

特拉福德家成了疲惫的修路工和旅人的避难所，政府人员或四处找工作的漂泊者也同样受到热情的款待。巴素·希普——与亚历克一起躺在法国伤员处置站的那个战友——以及其他一些生活在丛林中的战友在前往营地或返回城里的路上，在他家进进出出。还有人则通过帮他砍柴、做家务等方式来换取几晚的食宿。有许多张嘴要吃饭，许多客人要招待，还有喝多了自酿葡萄干啤酒后吐出的秽物要在第二天早上清理干净。

艾薇成为怀欧艾卡一带的中流砥柱，有时被召去护理受伤的农民、修路工人和丛林人，或者接生婴儿。亚历克对新婚妻子感到无比自豪。

农场、森林和菜园是他们的食物来源。他们赶马犁地，清理土里的石块；挤牛奶，把奶油搅成黄油。他们捕获下游深水区的鳟鱼和受法律保护的新西兰木鸽等美味，丰富家里的餐食。成群结队的野猪横冲直撞，把牧草连根拔起，他们猎杀后煮进锅里或腌制成培根。

我们骑马在路上逡巡，寻找着木鸽，一直到杰克·亚瑟家附近的小溪。把马拴好，我们继续徒步前进。走不远，狗子就发现了一头野猪。往山坡上走，我们看到野猪冲了下来，麦克布赖德立刻朝它开了两枪。野猪滚下陡峭的山崖，掉进了小溪。不久，我们来到奇尔科特家的小棚屋里烤烤火，喝上一杯热茶。冒着严寒，我们在黄昏时分回到家。麦克布赖德在烛光里剥下猪皮，证明他不仅是个神枪手，用起刀来也得心应手。

我们在这里度过了一个非常愉快的夜晚。麦克布赖德先生真是个幽默大师，我们笑个不停。

特拉福德夫妇的肚子饱了，但银行账户却不饱。由于战伤，亚历克从政府挣得一份养老金——他即将需要一大笔钱解决麻烦，这点钱远远不够。

39

困顿

参战以来，亚历克变得越来越严肃。他敦促各种理事会和委员会改善行业服务，特别是公路和电话部门；游说将怀欧艾卡公路推进到奥波蒂基，开罪了在莫图路（另一条备选路线）沿途的农民。最终怀欧艾卡路线胜出，意味着当地将更加繁荣，居民将拥有更便利的交通、更广阔的市场来出售牲畜。为了生存，他痴迷于维护自己作为公民的权利。

奥克兰市

皇家土地专员收

尊敬的先生：

我不幸在吉斯伯恩—马塔怀列车上引发了爆炸，

导致6人在不同程度上受伤。对于其中的两人，我设法处理了他们的开支、索赔等问题，已自行解决。其余4人则通过他们的律师，对全部损失、所受伤害等提出了巨额索赔，金额约为1500英镑，并威胁要上诉到最高法院。然而，经过多次商谈，代表4名申诉人的律师决定接受575英镑的全额和解款。此外，我还需处理铁路部门对579号车厢损坏的索赔，总计超过38英镑。

我疲于应对这些突发事件，而且，由于眼下经济大萧条，我陷入了严重的财务困境，不得已才走出这一步。我已逾期欠款，但会尽力履行义务，支付欠款。我唯一能做的就是向贵委员会提出请求，将这笔款项的支付延期12个月。我愿意按照目前的利率支付利息。希望届时羊毛和肉类的价格会更加稳定，我们好知道如何应对。

我有约700英亩的草场。我可以在前一天把牲畜聚拢起来，第二天就能把肉类送到冷冻加工厂的院里。

随信附上一些信件、收据等，以证实我所说的不幸遭遇。

我相信您会体谅我的难处。在这种特殊情况下，您看是否可以批准我的请求？至于12月31日到期的下一笔利息，我想我应该有能力支付。

您忠实的

亚历克·特拉福德

亚历克典当了雷不多的遗物，其中藏书最为值钱。

很快艾薇就怀孕了。生产前的几个月，她回到了父母在奥蒙德的农场。在临近预产期的一个波澜不惊的日子里，亚历克接到一个电话，顿感晴空霹雳——艾薇生病住院了。他急忙赶到吉斯伯恩，发现孩子已经夭折了。

出生一周后，他们的小女儿于 1923 年 3 月 1 日被安葬在奥蒙德公墓的纽曼家族墓地。

这个可爱的小东西被安葬在她长眠的地方——走了，但不会被忘记。这是个漂亮的小女孩，很像她的母亲，非常秀气，发育良好。她看起来就像个美丽的洋娃娃，对这个世界来说过于美好了。

除了财务方面的担忧，失去女儿也给他们带来持续数月的深深忧郁。艾薇需要护理，经常卧床，体贴入微的亚历克努力助爱妻恢复健康。他送给她一台留声机作为生日礼物，家里的每个角落都回荡着她最喜欢的音乐。他相信大自然的治愈力量，为艾薇挖了一个花圃，让她照料，并陪她在清澈的溪流旁散步。

另一个婴儿诺兰·史蒂文森的出现带给他们短暂的欢喜，那是孩子悲痛欲绝的父亲带来的，他的妻子突然去世了。

至于他自己，亚历克打算“化悲痛为力量”，通过努力干活儿来淡忘所有的心痛和磨难。

1923 年末，61 岁的阿瑟心脏衰竭，肺部充满积液，被紧急送往医院。11 月 23 日，家人们震惊地收到消息，他已经去世，身边没有家人陪伴。他被安葬在吉斯伯恩的塔鲁赫鲁公墓。

母亲伊丽莎白继续在挚爱的怀欧艾卡峡谷中生活。她履行着母亲的职责，过着简朴的生活，保持对上帝的信仰。陪伴她的还有一架钢琴，那是她早年间挂在两匹马中间带过来的。亚历克接手了农场的所有权。

1925 年，这对夫妇第一个活下来的孩子出生了。朱迪思小时候也被放在马鞍上的篮子里，在溢满雨水的莫图河中游泳，横穿特拉福德山。

同年，农民联盟主席发表了公开声明。声明上说，当年那些年轻人热情洋溢地开始在土地上劳作，经过多年辛苦，除了失望一无所获，现在都已熬白了头。这个在原始丛林中看起来如此宜人的国度，事实证明不适合种植英国牧草。虽然混种鸡爪草和黑麦草在最初几年有不错的收成，但很快就出现枯竭的迹象。在过去三四年里，除了极少数近年刚被开垦出来的有限区域外，该地区没有一块土地上能长出美丽的草场。次生植被，包括新西兰芒刺果、芳香蕨类、欧洲蕨、白里叶莓等，都以惊人的速度取代了牧草，草场载畜量也在相应降低。

多年来，拮据一直困扰着亚历克。牧草长势不佳，土地租金、利息和用于购买牲畜的抵押贷款，再加上火车爆炸受害者的赔付，使他变得一贫如洗。在一场狂风暴雨中，清澈见底的丛林小溪变成了可怕的棕色怪物，几乎要吞噬这座房子，真是雪上加霜。亚历克和雇工紧急修建了岩石丁坝，若再次爆发山洪，可借此改变洪水的走势。他走投无路，在绝望中给皇家土地专员写了一封信，恳求拨发赈灾款。

到 1925 年底，土地部长给予了农民喘息之机，免除 4 年的土地租金，所有欠款也被免除。

我的父亲哈维出生于 1926 年，随后雷伊和敏蒂也陆续出世。巴弗蒂是最小的一个。丛林中的孩子们无忧无虑地在野外长大，在灌木丛、小溪和山坡上总有新的发现和游戏可玩——捕捉鳗鱼、采摘树莓、饲养宠物、发明假想游戏、建造小屋和兄弟姐妹之间互相逗乐。由于每天忙着手头的活计，母亲和祖母采取了一种他们称为“提防性忽视”的育儿方式。快乐的小孩子们天真无邪，不知道父母在暗中面临的困难，也意识不到父亲只字不提的过去给家里造成的阴云。群山环绕的山谷像一只蚕茧，他们简单地将丛林覆盖的山峰和山脊之外的无垠空间称为“世界”。

经过连续几年的辛苦，经济紧张并没有得到多少缓解，亚历克最终在信件中承认：

……我很难履行义务。牲畜数量在减少，剪毛季绵羊状况很差，羊毛又嫩又脏，实际上，已经接近腐烂。老实说，现在本地的载畜量是每英亩只能养活一只非哺乳羊。就牛而言，由于山势陡峭，每年损失超过25%。干这一行盈利是绝对不可能的。如果我们能拿回本钱，就已经心满意足了。

这个区域位于怀欧艾卡河背阴处。大部分陡峭的山麓都向西和西南方向倾斜，有的地方在隆冬时节一整天都照不到阳光。

我在这里住了13年（除去4年参战），干过大部分活计。妻子、母亲和我共同生活，需要我扶养，还有个姐姐也经常住在这里。我的兄弟帮助我砍伐了250英亩的丛林，我们并肩劳作，但他在战场上牺牲。我并没有灰心，打算继续坚持，但我觉得我必须尽力让国家给我做些减免，使得我在这一地区获得合理的收入。可以说，我出生在人烟稀少的腹地，一辈子都住在农场里。我不想在这里度过大半辈子之后，被扫地出门。

吉斯伯恩的伯纳德和布尔律师事务所发出律师函，要求他出席听证会。乱云飞渡。这个世界充满了各种纷纷扰扰。

他面临着怀欧艾卡定居者共同的苦痛，也步了他们的后尘，在抵押权人最终取消了抵押品赎回权后，不得已出售牲畜以弥补1928年的亏空。科恩谢尔顿石油公司也催他偿还欠款。亚历克别无选择，只能将农场交给另一位农场主，和他签订了“相互租赁”[1]协议。他的659只羊被聚拢起来，在马塔怀寄养场出

1 相互租借（Cross Lease）。所谓Cross Lease就是“互相租借”的意思，它与永久产权的土地，也就是Fee Simple / Free Hold最大的区别就是，在协议上的几位业主互相向对方租借这块土地中的一部分。也就是说，多个业主共同享有一大块土地上所有建筑的产权。

售了。

亚历克出席了土地委员会听证会，就没收他的土地一案提起上诉，还去了股票公司、银行和保险公司，请求援助。他的贷款申请被拒绝了，对于这个在最艰难时期为国效力的、勤劳本分的人来说，这是个巨大的打击。他甚至要把自己多年收集的邮票出售。

无论如何艰难，亚历克都要竭尽全力在峡谷中活下去。他想出了新的赚钱方法，继续奋战。他找到一份临时工作，用锯子、千斤顶和炸药清理新路上频繁的滑坡和被风刮倒的树木。他还辛辛苦苦地将当地的围栏柱和罗汉松的房屋桩结构拆下来出售。

由于崎岖的新路贯穿了峡谷，亚历克从纽曼家族那里获得了一笔借款，用于购买一辆二手埃塞克斯面包车，建造一座屠宰场，开始以屠宰业为生。在剩余的家庭围场里，他把廉价购买的羊和牛育肥。每周两次，他拉着一车肉行驶在曲折的新路上，沿途向修路工人和奥波蒂基镇的居民出售或与之交换。

未售出的部分被家人吃掉，或者捐赠给买不起肉的人，他们感激涕零。像心、肚子、腰子、肝这些内脏，以前都是喂狗的，现在经过烹制，摆上了特拉福德家的餐桌，甜点包括牛奶或蒸布丁和自制的水果罐头。如果某一天生意不错，家里还会偶尔出现稀罕的菠萝和香蕉。

天黑后，家人度过许许多多难熬的时刻，焦急地等待亚历克回家——120公里的行驶充满艰险。马斯格雷夫服务有限公司在吉斯伯恩和奥波提基之间开通了公交车。一天，亚历克穿过独木桥，向司机迪克·惠廷顿挥手，拦下了车。他们悄悄安排孩子们坐了上去。行驶16公里后，司机把他们从峡谷送到毛利人居住区的一所小学。他们还制订了应急计划，如果因发生滑坡或暴发洪水而阻塞了道路，孩子们就会被安顿在其他定居者的家里。

于是他们每天早上七点半出发，如果车满了，有时会被绑在外面的行李架上面。他们受够了放学后漫长的等待。起初，他们违背父母的意愿，开始厚着脸皮搭乘陌生人的过路车。校长后来承认，他对接收特拉福德家在丛林中长大的野孩子感到担忧。但当他发现他们的学业水平已经通过家庭函授课程得到了提高，并且家里还有祖母教导，这份担忧很快就消除了。

后来，在亚历克和其他当地人的大力游说下，有了校车将他们从特拉福德山区送到马塔怀的一所更大的学校。

尽管亚历克热情地鼓励孩子们发展爱好、做各种尝试，但他主要忙于生计，而艾薇才是抚育孩子们的人。富有创意的艾薇为一年一度的学校化装音乐会缝制戏服。亚历克兴致勃勃地参加了，只为能欣赏孩子们的表演。几年后，他仍然会兴致勃勃地讲述儿子哈维的童年往事。他穿着粗麻布缝制的服装和同学托尼·罗布一起扮演奶牛。表演到一半，他还踢了妹妹雷伊（扮演挤奶工）一脚。

他会花些时间收集孩子们藏在路边的废弃瓶子，卖了给他们作零花钱。他们把钱攒下来，准备在一年一度的吉斯伯恩 A&P 展销会上花掉。他还鼓励哈维和托尼·罗布一起猎杀野猪。亚历克爱他的孩子们，乐于做一名典型的新西兰父亲。

然而，哈维不得不逃学去农场帮助父亲。亚历克在战后一直脾气暴躁，遇到不顺很容易像火山喷发一样短时发作。哈维是为数不多目睹过父亲乖戾行为的人之一，有时会殃及池鱼。一天，一头脾气暴躁的公牛因拒绝上木头槽里而被亚历克宰杀。亚历克抓起斧头当场把它击倒。除了微笑和忍耐，哈维在这种情况下没有别的办法。现在，亚历克为国家效力而参战的经历影响到了下一代。年轻的哈维说话时出现口吃，这是他一生的痛苦。

值得庆幸的是，1936 年，调整委员会将农场租金降低到更现实的水平，最终缓解了一家人在这片土地上生活的困境。工党政府推行了农场畜类定价制度，亚历克终于可以喘口气了。

久病不愈，伊丽莎白——受怀欧艾卡人爱戴的母亲——于 1937 年 12 月 1 日在亚历克和艾薇的小屋中溘然长逝。艾薇继承了她的衣钵。

哈维在马塔怀学校的求学生涯即将结束，此时却突然中断。由于地区护士认为他需要特别的照顾和锻炼，于是将他托付给在吉斯伯恩健康营的护士长 G. 威尔斯小姐照顾，他在查尔德斯路住了 4 周。

财务状况仍然不容乐观，但更容易打理了。然而，年长的几个孩子已经无法继续在乡村学校读下去，解决吉斯伯恩寄宿学校的学费又迫在眉睫。

40

烽烟再起

1938年4月，亚历克与一群老兵登上“芒格努伊”号老军舰，前往澳大利亚悉尼市。他与埃瑟尔·普里查德修女一道，代表马塔怀退伍老兵协会参加悉尼盛大的澳新军团日庆祝活动。

黎明的上空再次回荡起安息号，将43000名情绪激动的老兵带回到沉睡在异国他乡的战友身边。紧随政要和一车车伤残军人之后，1800名新西兰人参加了大规模的街头游行。游行队伍绵延10多公里，蔚为壮观。沿途55万名群众欢呼雀跃，25万人参加了感人的纪念礼拜。当天数百名老兵接受了医护人员的治疗，两人死亡。

与此同时，又一只“怪兽”开始抬头。欧洲政局动荡，战争的钟声越敲越响。德国政客仍在为战败和签署《凡尔赛条约》感到懊恼，但他们无意于走和平之路。家人们逐渐注意到亚历克行为上的异常。

一天晚上，亚历克没有从屠宰场回来。第二天，他安然无恙地出现了，忧心忡忡的家人们松了一口气，但他的经历让他们惶恐不安。亚历克告诉家人，他为了帮助一名受伤的司机而停车，结果路边坡垮了，他坐在车里，跌落了 20 米，掉进了山下的小溪。面包车的寿命和屠宰生意都戛然而止。那是 1939 年，更加不可思议的事情还在后头。

这一年的晚些时候，第二次世界大战爆发。亚历克愁肠百结，担心那些去海外参战的年轻人遭受痛苦或死亡。

新西兰向希特勒德国宣战对亚历克来说是个悖论，一方面拯救了他的财务状况，另一方面却让他陷入深深的忧虑。随着战争需求的增加，农场收益大幅提升。1942 年，尽管已有妻子儿女，艾薇的弟弟杰克·纽曼还是报名去海外服役，撇下家里的农场无人照料。亚历克和家人终于从怀欧艾卡的土地上被连根拔起，搬去了肥沃富饶的怀堡河平原。在那里，他接手管理纽曼家的霍姆布什农场。

搬家的部分原因是孩子们的教育问题，这是他们要考虑的重中之重。4 个大孩子的寄宿学校费用都很高，而搬过来后他们离特卡拉卡区高中非常近。最大的两个——朱迪和哈维——去了吉斯伯恩寄宿学校。每个工作日，敏蒂、雷伊和巴弗蒂都会划着一艘小艇穿过怀堡河，穿着胶靴穿过一个个围场，再换上鞋袜，搭上红色巴士前往特卡拉卡。伊娃的女儿南希和海伦·霍维尔也从遥远的蒂阿拉罗瓦来到这里，为了上学住在特拉福德家。

然而，放弃执着的梦想，接受富裕姻亲的救助，对于出身于丛林的亚历克来说是一种投降行为。现在，艾薇的角色定位有些混乱，在她的家人和不满的丈夫之间起缓冲作用。

在内心深处，亚历克怒不可遏，仿佛自己也在参战。收音机里的新闻广播在家里是神圣的，他收听时，全家人都得蹑手蹑脚。当他把耳朵紧贴着刺耳的战争报道时，任何人都不许发出一丝动静。在很长一段时间里，他仿佛被扔回战壕，一家人都生活得战战兢兢。

亚历克的战后创伤应激综合征的外在表现很明显。他被压得喘不过气来，要么生气，要么情绪低落，闷闷不乐。在最为消沉的夜晚，他像士兵一样再次大步走到干草仓去过夜。这激发了他最黑暗的记忆，加剧了家庭关系的紧张。有一天，女儿敏蒂发现艾薇处于严重的抑郁状态，摸索着一瓶药想自杀，但不知她们是否让亚历克知晓了这件事。

16 岁时，哈维退了学，开始全天在农场干活儿。他遗传了父亲的敏感，他最快乐的童年记忆在里弗福德农场消逝了。亚历克用斧头杀牛的画面深深地烙在他的脑海里。正是在这里，他承担起守护神的角色，防止父亲粗暴的思想和言语渗入家庭生活。幸亏这并没有发生，但对年轻人来说仍是个沉重的负担。

随着第二次世界大战的持续，日本在威胁着新西兰领土，哈维的头上也悬着一把剑，年满 19 岁就要被征召入伍。对亚历克来说，这将是他最大的噩梦。如果新西兰法律迫使哈维出战的时刻到了，亚历克暗中希望儿子可以通过“基本服务”[1] 规则获得豁免，该规则允许一些农民留在家里。

他们并没有放弃怀欧艾卡的雷溪。由于获得了战时汽油配给额，艾薇和亚历克定期驱车前往“峡谷”，通过饲养更容易管理的阉羊继续苦心经营着雷溪农场。父母不在时，哈维负责管理家庭和农场事务。

朱迪思离家去了惠灵顿教师培训学院。假期里，为了不让她去弹药厂工作或者参与其他“基本服务”，

1　基本服务（Essential Services），意指保障基本民生和健康的行业，在战争或灾难发生期间也需要正常运转。

亚历克向人力资源委员会申请，让她在家里的农场干活儿。

这次战争也带来一点好处。正如我们所知，亚历克喜欢舞蹈。现在当地定期会欢迎受伤的士兵回家。全家人盛装打扮，挤进车里，涉水过河，为亚历克能在当地的舞厅参加热闹的舞会而一路向前。几年后，我的父母仍然开玩笑地说，爸爸的舞蹈风格远远超前于他的时代，因为有时他会在舞池里兴奋地跳来跳去。

1944 年 8 月 25 日，星期五，亚历克年轻的吉斯伯恩亲戚，与雷·特拉福德同名，在法国开着“台风”战斗机袭击坦克和运输工具时被击落。他被安葬在鲁昂，也就是亚历克从莱茵兰回来的火车上摔下来的地方。

1944 年，杰克·纽曼早早从战争中归来，艾薇从家族产业中撤出了自己的份额。特拉福德一家在特卡拉卡的莫里斯路购买了一处廉价房产，无奈涉足奶牛养殖业。带着一如既往的坚忍，他们开始了艰苦的劳作：改善破败不堪、易受洪水侵袭的农场和年久失修的房屋。房子的窗户破了，没有栅栏，猪圈就在地板下面。这里唯一的美景是科槐，开着明黄色的花朵，于是他们把这里命名为“科槐悬崖”农场。一开始农场没有电，都是手工挤奶。带着强烈的挫败感，亚历克在生活和记忆的重压下郁郁寡欢。

从饲养绵羊和肉牛转行养奶牛，这对特拉福德一家人来说并不轻松。女儿雷伊搬出去当护士了，其余的家庭成员都恨死了挤牛奶。每天上学前或放学后，最小的敏蒂和巴弗蒂都要帮忙干活儿。在上学的路上，小巴弗蒂吃力地拖着笨重的奶罐，放到莫里斯和吉卜林路拐角处的卡车上，这粗重的活计给他留下了终生背痛的病根。好在二战后的一项计划保证为生产牛奶的农场提供电力，更棒的是步行就能到达附近的商店、学校、教堂和电影院。

哈维依然卖力地干活儿，尤其在父母去雷溪的时候。敏蒂记得哈维一边宰羊，她自己一边用没有彻底切开的羊排做烤肉。

在此期间，亚历克难以相与，但他试图通过关注家人的兴趣来表达爱意。哈维参加橄榄球比赛，他是忠实的粉丝。后来，哈维进入怀科胡代表队前锋阵容，他跟随哈维去外地比赛，包括怀罗亚和特阿拉罗亚等地。哈维代表波弗蒂湾参加过一场省级比赛，他一定会在场边加油喝彩。亚历克把哈维在赛场上的拼搏和进球的精彩报道从报纸中剪掉，然后自豪地放到他的存档中。

1945 年 5 月 23 日，星期三，根据《国家服役紧急条例》第 16 条规定，哈维·蒙特·特拉福德（编号为 662409，农民）被征召到武装部队服役。收到通知的愤怒平息后，他立即退到角落，填写各种表格为儿子争取免服兵役。

其实他不必费心，哈维得救了。战争于 1945 年 9 月结束，形势开始有所好转。

41

岁月静好

随着岁月的流逝，亚历克的懊丧在当地事务中找到了出口，他在家里也逐渐变得理智起来。在特卡拉卡镇委员会、怀科胡县委员会、库克医院委员会和吉斯伯恩港口委员会，他有了为民众服务的平台，就各种各样的地方问题积极发声。他受不了蠢人当道，在会议上面对他认为愚蠢的或对社区有害的决定时，不止一次拂袖而去。

早年在峡谷时，他是马塔怀镇退伍老兵委员会的成员，也是怀科胡县和吉斯伯恩市分会的创始成员之一。现在，他重燃激情，集中火力为两次世界大战的老兵们的福祉而战。他帮助、支持他们，尤其乐于帮助他们填写各种官方表格来申请救助。

在他的待办事项名单上，归国士兵的重新安置问题位居首位。亲身经历了被安置在贫瘠土地后的一无所获，他为老兵们能够被安置到更加宜居的地方而奋斗。他游说相关部门把马塔怀的汉森农场和格林农场划分开，但未果，而在争取蒂韦拉和奥图克地块时取得了巨大成功。

他对新农场主们及其家人保持着慈父般的关注，为他们的预算出谋划策，并确保他们不会像特拉福德家那样受苦。

受伤的士兵在医院里垂头丧气时会跟他大吐苦水；他坐在伤员的床边为他们鼓劲时，也会滔滔不绝。由于他的贡献和对老兵生活的关注，他被老兵协会授予金星勋章和终身会员。

亚历克和艾薇度过了动荡时期，在20世纪60年代一起过上了平静的半退休生活。

亚历克仍然是那么热心肠。我父亲哈维经常去60公里外的雷溪农场。母亲塞西莉当时育有两个孩子，一个是我，另一个是同年出生的哥哥罗斯。父亲不在的时候，她还要打理我们的卡纳卡奈农场。

母亲一大早就要给家里的奶牛挤奶，不得不把我们两个婴儿放在后院的门廊，还告诉我们不要乱动。得知我俩无人照看，亚历克开着福特普里菲特汽车过来，愉快地承担起这项家务。我母亲记得，只要他不在家，无论是在参加聚会、会议，还是帮别人办事，他都是好脾气。这种好脾气惠及不到家人，可能他在外面已经忙得筋疲力尽了吧。

爷爷和奶奶曾住在特卡拉卡吉卜林路的一座小房子里，我自己对那段记忆非常模糊。亚历克仍然掌管着家庭农场的事务，现在经营着雷溪、科槐悬崖和新的卡纳卡奈农场，我在那里度过了童年。他支付所有的账单。我母亲想知道，她偶尔会从谢尔顿百货公司的杂货店购买衣服和私人物品，不知他会做何感想。

有时候，父亲把家里使用频率极高的1系列路虎车停在学校外，带我们去纳特·克鲁的理发店剪个脑后及两侧都很短的盖式发型，然后去和他的父亲严肃地谈了一会儿。亚历克的办公室是个小小的外屋，装有护壁板。他似乎一生都埋首案头。亚历克痴迷于收集剪报，有条不紊地将其分门别类地装在一大堆杠杆文件夹里，像厚重的壁纸一样沿小屋的墙壁排列。

小时候，我记得他们的家是成年人聊天的地方，而我们一群孩子在花园的某个角落总能找到乐趣。勤劳的奶奶总是把花白的头发简单地挽成发髻。在家庭聚会上，她会安静地做饭，然后把食物端上来，就像多年前她在怀欧艾卡的家里为客人和流浪汉做的一样。爷爷会和大家一起兴致勃勃地聊天，但过一会儿就烦了。他会关掉助听器，没影了。奶奶平静地解释说他犯了“心悸”，躺在床上了。

还有一次，艾薇邀请我们一家人去吃晚饭，但亚历克没有一起用餐。他抗议说自己没有得到通知。整个晚餐期间，他一直把自己关在小小的办公室里，自我放逐。

一天，我家的电话响了，在电话那头的是亚历克。他的马铃薯作物得了枯萎病，已经没救了，他深感惋惜。尽管当地商店储备了大量的农产品，但听他的话好像饥荒已经迫在眉睫了。这是经历过苦日子的人才会有的想法。

退休后的某一天，亚历克让我父亲从他的天花板洞里取出一个秘密包裹，让他烧掉。这些是他的战地日记。现在，哈维有了一扇了解父亲过去的窗。日记从来没有被烧掉。相反，它们被奉为圣典，受到顶礼膜拜，被反复研读。如果值得信任的亲朋好友来到我们的农场，我父亲会溜到我家棚屋里，从椽子上取回日记，指出一些段落给他们看，或者给这些亲密的听众朗读上一小段。

我父亲对这些日记的情感显而易见，我对祖父的文字也总有一种特殊的感情。这正是这本书的起源——一种在我的内心酝酿了几十年的感情。将近20岁的时候，我在帕默斯顿北方师范学院读书，穿着爷爷传给我的短袖羊毛背心去上英语文学课。那是他当年干活儿时穿的，已经染上了白色，还布满抢眼的破洞。老师曾表示，下课后，他将为伊恩·特拉福德募捐，用于购买一件新衬衫。

随着时间的推移，艾薇和亚历克终于摆脱了辛苦劳作，以自己的方式在特卡拉卡享受愉快的退休生活。艾薇得了阿尔茨海默病，一段时间后，于1968年去世，享年76岁。

《吉斯伯恩先驱报》上的讣告将她描述为"一个真正意义上的拓荒者……以她的乐善好施和随机应变而闻名，帮助该地区许多生活坎坷的人解决了难题。她总在别人遇到危机或生病时挺身而出"。

3年后，亚历克认识了一位爱好法国时尚的女性，与之结了婚。多特·库茨格外爱护他，像战地护士一样无微不至地照顾他。

多特拿上了驾照，经常开车带亚历克来我家。与以往相比，我在卡纳卡奈农场看到他的次数多了起来。其实，他们的来访给我和我的兄弟们带来了极大的快乐。听到他们的小福特安格利亚车在前门停下来，我父亲会急忙打开大门，而我们其他人则在蓝色绣球花丛中找到“窥探孔”——观察的有利位置——准备看好戏了。

为了以一挡起步，多特会猛踩油门，小引擎发出刺耳的声音，他们没有起飞真是个奇迹。突然挂上挡后，汽车在街区一窜一窜地飞跑，都快失控了。我们这些孩子总是乐不可支，笑得直打滚，特别是有一次汽车从车道上冲下来，“砰”一声撞到了附近的木堆上。

多特宠爱所有的孩子，给我们带来各种礼物，通常对我们这个年龄来说都太幼稚了。她喜欢化妆，还点上美人痣，一边喝茶、吃司康，一边和蔼地聊着天。爷爷似乎安静了许多，很少严肃地跟我父亲谈话了。我相信哈维很怀念他父亲的斗志，尤其是在阅读日记之后，他对这种斗志有些钦佩。他真的不忍心看着父亲“失去活力”。

随着年龄的增长，哈维不止一次表示，他自己可不想在退休后只是打打保龄球。

短短几年的安逸生活让亚历克拥有了安全感，非常放松，他很知足。在多特和他的可卡犬的陪伴下，亚历克·特拉福德在吉斯伯恩市的生活十分惬意，而且他依然可以在舞池里一展风采。

1978 年 12 月 8 日，他在吉斯伯恩去世，享年

85 岁，与艾薇合葬在塔鲁赫鲁公墓。亚历克·特拉福德离世时，丝毫不知道他的故事会被公之于世。我想他会乐见其成。

译后记

弗朗西斯·福山在其所著的《政治秩序与政治衰败》中说道："时代的每一粒尘埃，落在个人身上都是一座大山。"这句话被广泛引用，因为它折射出个人在大时代中的无奈与艰辛。《茫》的主人公亚历克·特拉福德屡屡被"时代的微尘"砸中，一度对生活茫然失措，不知何去何从。

亚历克原本在新西兰偏僻的农场中过着与世无争的拓荒生活，但随着第一次世界大战的爆发，他的命运发生了巨变。他懵懂地应召入伍，与弟弟雷一起投入所谓的"伟大的战争"，却在残酷的战斗中发现战争并不伟大。第一次世界大战历时4年，战场横跨欧亚非三大陆，亚历克所在的西线战场战事尤为惨烈。他参加过数次历史上著名的战役。生性敏感的他目睹着自己的战友战死沙场，有些人得到安葬，更多的却曝尸荒野，使他的心头笼罩上永久的阴霾。他自己出生入死，屡次受伤，好在全身而退，但他的亲兄弟雷却永远地留在了异国他乡一方矮矮的坟墓里，在他心头留下一块永久的空缺。他的许多至亲也或因战争，或因疾病，甚至因为当时流行的大流感纷纷离开了他，使他对生活充满危机感——“我们生活在死亡的阴影里”。他把所见所闻、所思所感写在日记里，为后人留下了一笔可贵的财富，也有助于今天的读者了解一战真实的面貌。

一战之后，经过几个月的等待，他终于得以返回家乡。他本以为可以在父亲的农场中安居乐业，但战后的经济大萧条使羊毛价格跌到谷底，农场的经济状况非常糟糕。他在火车上不慎引发爆炸，导致6个人在不同程度上受伤，他需要负担巨额的赔偿款。同时，他还要赔偿车厢损毁费用。这一切使得本已拮据的生活雪上加霜。多年来，他一直为地租、贷款、赔偿款及养家糊口忙得焦头烂额。更为糟糕的是，第二次世界大战的爆发使他一直压抑的记忆浮出水面，他一度出现幻觉，以为自己又重返战场。他的焦虑和阴郁使一家人活得战战兢兢，爱妻艾薇曾一度想结束自己的生命。但二战时期的物资需求增加了农场收益，他家里的经济状况有所改善。

随着二战的结束，新西兰政府开始实施一些惠及民生的项目，他的财政状况得到进一步的好转。同时，战争带给他的压抑和愁绪以及生活带给他的挫败感在公益事务中逐渐得到释放。正如路遥在《平凡的世界》中所说："即使最平凡的人，也得要为他那个世界的存在而战斗。"多年来，亚历克一直为退伍军人的权益而奋争，是当地退伍老兵协会的创始人之一。他确保返乡的军人不再遭受他经历过的艰难和困顿。他慢慢地从多年的积郁中走出来，从利他的努力中实现利己，最终实现自我救赎。晚年的他一方面活跃在为退伍军人维权的路上，另一方面也含饴弄孙，享受天伦之乐、岁月静好。

这位普通老兵虽平凡却也伟大。他的一生让译者屡屡想到《平凡的世界》中的箴言："我们承认伟人在历史进程中的贡献，可人类生活的大厦从本质上说是由无数普通人的血汗乃至生命所建造的。伟人们常常企图用纪念碑或者纪念堂来使自己永世流芳，真正万古长青的却是普通人的无名纪念碑——生生不息的人类生活自身。"这位老兵看清了生命的真相，却勇敢地保持对生活的热诚："我只能一往无前，坦然接受生活给予的一切。"他通过一生的奋斗，赢得了家人的尊重，当地人（尤其是退伍老兵）的爱戴，为自己树起一座无字的丰碑。

伊恩·特拉福德以其祖父的日记为蓝本，以生动细腻而又朴素真挚的笔触将祖父的故事公之于世，使我们读者有幸了解到这位一战老兵传奇的一生。在时代之尘埃的重压之下，他虽然偶尔迷茫，不知前路何在，但总的来说他生机勃勃，斗志满满，为“他那个世界的存在而战斗”。这是一位普通人的英雄主义，这种不屈不挠的精神更为鼓舞人心。

在第一次世界大战结束104年后，译者于2022年11月11日结束了这本书的翻译。这天恰好是一战停战日，是机缘巧合，亦是译者有意的安排，借此纪念一战结束、致敬这位一战老兵。时至今日，人类共同的敌人依然是贫困、疾病和战争。在大时代的洪流中，如亚历克一样，译者也偶尔感到茫然无措，不知所往。幸好有这本书的陪伴，译者可以暂时忘却外面世界的纷纷扰扰，穿越时空，分享亚历克的喜怒哀乐，体验一种别样的人生。那个时代似乎离我们那么遥远，却又那么接近。

翻译的过程充满种种挑战，但同时也得到了许许多多的帮助和支持。非常感谢资深翻译家李尧教授的信任，把我推荐给中国工人出版社，使得我有机会与优秀的编辑共事，愉快地完成这本书的翻译。感谢宋杨编辑的鼓励和认可，给予我莫大的勇气和信心。另外，我也借此感谢家人给予的支持和帮助：我的爱人是该译本除了译者之外的第一读者。他对我不断鼓励，也提出一些合理的建议。我的孩子恰好是名军官，在遇到一些军事术语时，我会向他咨询求助。另外，一些好友也不时给我打气加油，在此一并感谢。

由于译者水平有限，相关地理、文化、历史等知识欠缺，尽管在翻译过程中努力查找资料，但难免有疏漏之处，敬请专家、学者和广大的读者朋友们批评指正，不尽感谢。

愿世界和平，人间皆安。

姜鸿玉

内蒙古师范大学

图书在版编目（CIP）数据

茫：士兵日记1916-1919 /（新西兰）伊恩·特拉福德编；姜鸿玉译.
—北京：中国工人出版社，2022.12
ISBN 978-7-5008-8000-4

Ⅰ.①茫… Ⅱ.①伊… ②姜… Ⅲ.①日记-作品集-新西兰-近现代
Ⅳ.①I612.64

中国版本图书馆CIP数据核字（2022）第230749号

著作权合同登记号　图字：01-2021-3826号

茫：士兵日记1916-1919

出 版 人　董　宽
责任编辑　宋　杨　李　骁
责任校对　丁洋洋
责任印制　黄　丽
出版发行　中国工人出版社
地　　址　北京市东城区鼓楼外大街45号　邮编：100120
网　　址　http://www.wp-china.com
电　　话　（010）62005043（总编室）
　　　　　（010）62005039（印制管理中心）
　　　　　（010）62379038（社科文艺分社）
发行热线　（010）82029051　62383056
经　　销　各地书店
印　　刷　北京盛通印刷股份有限公司
开　　本　787毫米×1092毫米　1/32
印　　张　15.5
字　　数　190千字
版　　次　2023年3月第1版　2024年2月第2次印刷
定　　价　68.00元